PROJETO LAKEWOOD

MEGAN GIDDINGS
PROJETO LAKEWOOD

PRIMAVERA
EDITORIAL

PARTE 1

1

As instruções finais da avó de Lena foram de que o funeral deveria ser agendado para as 11h, mas começar somente às 11h17, quando todos estivessem presentes e sentados. Se estivesse em condições de fazer isso, Deziree conduziria um dos tributos, e, durante o almoço, Lena entregaria presentes e cartas aos amigos mais próximos da Dona Toni, e diria a eles uma última vez como eram especiais para ela. Dentro de uma semana, Lena enviaria cartas àqueles que, apesar de estarem vivos, não pudessem comparecer. E, às 20h, Deziree e Lena deveriam estar no cassino do outro lado da cidade, aquele com um bom bufê.

Ainda de vestido preto e salto alto, Lena ouvia as músicas de máquinas caça-níqueis, seus ritmos e sinos, a animada harmonia de quem anuncia, em voz alta, um vencedor. A mãe dela, Deziree, estava conversando com alguns seguranças e garçonetes, recebendo suas condolências e balançando a cabeça enquanto alguém dizia: "Eu ainda não consigo acreditar. A Dona Toni. Jesus. Tenho trinta anos e ela estava em melhor forma do que eu". E, um ano atrás, isso realmente era verdade. "Ela tinha mais vida do que a maioria das pessoas que conheço." Lena concordava.

No dia anterior à morte dela, quando as três estavam no quarto do hospital, sua avó dissera: "O que eu não daria por mais um dia de junho". Ela queria conversar com as amigas na varanda, comer uma tigela de framboesas com chantilly por cima, fazer um churrasco, ficar acordada até tarde jogando cartas com as duas. E o tempo estaria agradável, sem estar quente demais. Grandes nuvens brancas em um céu azul. Lena pediu licença, foi tomar um chá e pensou que gostaria, no final de sua própria vida, de também só desejar mais um dia comum – nada de especial.

– Vou rezar por vocês.
– Obrigada – disseram Lena e Deziree em uníssono.

As duas estavam tão acostumadas a ouvir variações daquilo que a resposta se tornara automática.

Elas puseram moedas nas máquinas caça-níqueis Cleópatra. Após perder cinco vezes seguidas, Lena parou e sacou o que lhe restava. Deziree continuou. Luzes rosa e azul da tela iluminavam seu rosto, tornando visíveis as manchas de lágrimas em suas bochechas.

– Não seja tão rude – Deziree murmurou para a máquina depois de perder uma segunda vez.

Lena fechou os olhos. Era a primeira vez, em horas, que as duas estavam sozinhas, e ela não precisava parecer corajosa ou grata ou pensar nos sentimentos de outras pessoas. Ela já estava exausta daquele dia. O rosto da avó no caixão, tão sereno – Lena só conseguiu olhar por alguns segundos antes de ter de cuidar do tapete rosa no chão da igreja, das flores brancas ou das próprias unhas, pintadas de cinza. A voz da mãe dela, tão firme, enquanto falava sobre Dona Toni. Observá-la e tentar se concentrar no discurso, nas despedidas, em vez de se preocupar a cada vez que as mãos de sua mãe tremiam, toda vez que ela se atrapalhava um pouco com uma palavra, que outra crise estivesse prestes a começar. A mistura de flores, mofo, perfume forte que só cheirava mesmo a perfume – não a baunilha ou lírios, como os frascos provavelmente informavam – e frango assado no porão da igreja.

– Estou esgotada – disse Lena.

– Emocionalmente? Ou fisicamente? Você precisa trocar de sapato? Ou alguma outra coisa?

– Todas as opções.

– Nós prometemos isso a ela.

– Eu sei.

Lena viu Deziree ganhar dez, perder vinte, ganhar trinta. Ela gostava do azul dos escaravelhos. Dos gatos bobos usando chapéus. De como os *designers* do jogo haviam recorrido a letras ornamentadas em vez de tentar reproduzir hieróglifos. De como não havia nada que pudesse fazê-la entender como ganhar o jogo. Tudo isso parecia um grande capricho robótico.

Um bando de amigas da Dona Toni virou no corredor e foi até elas. Usavam roupas casuais, calças de seda e moletons, mas ainda fediam aos perfumes fortes que provavelmente borrifavam toda vez que se arrumavam para sair.

– Aqui estão vocês, meninas.
– Ela também pediu a vocês que viessem aqui?
Uma delas apertou o ombro esquerdo de Lena. Outra espanou com a mão algo de seu braço direito. Outra perguntou a Deziree como ela estava e se precisava de alguma coisa.
– E Lena, como estava acompanhando as aulas? A faculdade já era difícil por si só, sendo tão jovem, não dá para imaginar – questionou uma delas.
– Tá tudo bem na faculdade. Todos os professores foram muito legais e compreensivos.
– Vocês têm o que comer?
A bondade era sufocante. Tantas caçarolas, tantos cartões, tantas pessoas aparecendo, tanta consideração. Lena queria ser boa e gentil. E ela se sentia grata por tantas pessoas amarem sua avó. Mas também era exaustivo ter tanta gente olhando para o rosto dela, observando seus traços e tentando encontrar algo da Dona Toni.

Uma garçonete que carregava uma bandeja se espremeu entre elas e pigarreou.
– Cortesia da Dona Toni. – Ela serviu dois Dark & Stormy para Lena e Deziree. A garçonete parou, com o rosto de quem queria prestar condolências, mas acabou se afastando antes de dizer algo.
– Ela estava no funeral? – perguntou Lena.
– Talvez... mais lá pra trás?
Deziree brindou seu Dark & Stormy contra o de Lena.
– Saúde.

As mulheres ficaram ao redor delas, falando sobre como Toni fizera um ótimo trabalho criando as duas, como se Deziree não fosse fazer 43 anos. Lena olhou para a tela da mãe: ela já tinha passado dos 65 dólares.

— Eu já volto — disse Lena.

Ela foi até o banheiro mais próximo, levando seu drinque. Sentou-se na baia mais distante da porta. Respirou o mais fundo que pôde e, depois, soltou o ar bem devagar. Contorceu o rosto em diferentes expressões — feliz, angustiada, você-vai-ver-sua-cadela — e tomou um gole grande. Havia duas fatias extras de limão, como a avó sempre pedia. *Quantos Dark & Stormys eu tenho de tomar*, ela pensou, *para te sentir aqui com a gente?* Uma música sobre ser tão apaixonado por alguém que você sente como se seu corpo ardesse em chamas saía pelas caixas de som no teto.

— Lena? — Ela ouviu sua mãe chamando. Terminou a bebida, pôs o copo no chão e foi até Deziree.

— Está tudo bem? — perguntou Lena.

Pelo espelho conseguia ver a parte de trás da cabeça da mãe, e perceber que ela parecia ter puxado o cabelo. As alças do sutiã preto estavam à mostra. Os olhos delas estavam vermelhos, os dedos tremendo. Não dava para dizer se era por causa da má iluminação do banheiro ou pela doença, mas Deziree estava pálida.

— Nós podemos ir pra casa — disse Lena.

Ela ajeitou o cabelo da mãe e arrumou as alças no lugar. Observou se as mãos e a boca estavam tremendo, e estavam. O batom escuro de Deziree estava meio borrado, mas o resultado final ainda era bom.

— Eu perdi tudo — falou Deziree.

Elas se olharam por um momento e riram.

Quando não aguentava mais rir, Lena tossiu e não conseguiu conter a pergunta:

— Você tomou seu remédio hoje, né?

— Eu não teria conseguido fazer nada sem ele hoje.

Elas saíram do banheiro e foram até o crupiê de blackjack de que Dona Toni mais gostava. Quando as notou, ele gesticulou para uma garçonete, que trouxe mais dois Dark & Stormys.

— Talvez a sorte da Dona Toni acompanhe vocês nesta noite — disse ele. Então, rindo, completou: — Por favor, não tenham a sorte dela. Eu preciso deste emprego.

Elas sorriram uma para a outra e fizeram o que sempre faziam. Estalaram os dedos, para dar sorte e apertaram as mãos. Uma das primeiras coisas de que Lena se lembrava era de sua avó ensinando a ela como jogar blackjack, as regras do jogo e também como na maioria dos esportes individuais, que se tratava, principalmente, de uma disputa contra si mesma. Era preciso ser confiante, comprometida e paciente. Não se deixar levar pelo silêncio do crupiê ou pela conversa das pessoas ao seu redor.

Lena se inclinou um pouco para a frente. Focada em contar, prestar atenção às cartas de todos, observando as mãos e os olhos do crupiê em busca de alguma revelação. Ela tomou bebida por um tempo, em um ritmo rápido o bastante para fazer seus pés doerem um pouco menos, mas não o suficiente para se sentir muito ousada. E quando ela bateu blackjack pela primeira vez, virou automaticamente para a direita, onde sua avó estaria, antes de girar e apertar as mãos de Deziree.

Uma hora depois e duzentos dólares mais ricas – um montante que Dona Toni teria considerado "regular" – elas se agitavam e dançavam a caminho do bufê para comer sorvete de bacon com mirtilo e lagosta com ovos mexidos. Enquanto esperavam que seu café fosse servido, Deziree frequentemente botava a mão sobre a testa e esfregava o ponto entre as sobrancelhas.

– Não se preocupe – dizia.

Deziree pousou a cabeça nos antebraços sobre a mesa, sem perceber que o sorvete roxo estava manchando a frente de seu vestido. Lena pediu um Americano duplo à garçonete.

– Ela bebeu demais? – perguntou a garçonete. Ela era jovem, provavelmente uma estudante de faculdade. Cabelos tingidos de roxo, um *piercing* no nariz.

Lena recordou-se dela no funeral também.

– Não. Ela tá legal.

– Faz dias que não me sinto tão bem – Deziree, naquele momento, era um misto de doença, tristeza e exaustão. Sua voz saiu arrastada.

– Ela vai precisar de uma cadeira?

Lena tirou o próprio sapato esquerdo por debaixo da mesa e esfregou os dedos dos pés com força.

– Daqui a dez minutos nós vamos embora, prometo. Ela está bem.

■ ■ ■

Entrando aos tropeços na sala de estar, Deziree jogou o conteúdo de sua bolsa no chão. Dólares, cartões de crédito, batom, uma bala de hortelã que parecia ter sido chupada e recolocada na embalagem, moedas espalhadas pelo chão de madeira. Deziree olhou para a bagunça por um momento e caiu.

Lena foi depressa até ela. A mãe se apoiou e ficou de pé.

– Sorria para mim – disse Lena.

– Eu tô bem.

– Vamos. Nós duas sabemos que você não bebeu tanto assim.

Deziree rangeu os dentes. Lena ergueu as sobrancelhas. Deziree revirou os olhos e deu um grande sorriso falso.

Lena mandou a mãe levantar os braços e repetir a frase:

– Panquecas ficam mais gostosas com bananas.

– Eles disseram que tínhamos de fazer isso toda vez que você caísse.

– Você tá falando igualzinho a ela.

Deziree foi para o quarto. Quando voltou, estava segurando um envelope grande – que quase transbordava de tantos papéis. Ela o deixou cair sobre o estômago de Lena, que estava, agora, largada no sofá, e se sentou ao lado da filha.

– Podemos fazer isso hoje mais tarde?

No entanto, sua mãe já estava na cozinha, abrindo gavetas e vasculhando armários, como se tivesse guardado segredos entre os pratos e copos. Dentro do envelope havia contas. Seguros que pareciam discordar entre si sobre a extensão da cobertura. Faturas dobradas do cemitério e da funerária. Contas de luz e água. Alguns recibos. Deziree voltou segurando mais.

— Alguma dessas contas foi paga?

— Não sei.

Deziree se inclinou sobre a mesa de café e encontrou mais contas entre as revistas. Parecia um truque de mágica absurdo. Lena esfregou os olhos e os restos do rímel mancharam as pontas de seus dedos. Ela se sentou ereta.

— Há mais contas que posso puxar no meu telefone.

Lena sentiu o peso de todo o sono acumulado, o estresse dos meses passados, e agora isso. Ela queria ir para a cama e dormir por três dias. Em vez disso, foi até a cozinha, escolheu uma banana menos verde, serviu um copo de água e pegou a caixinha de remédios da mãe. Os comprimidos só durariam até sábado.

— Sinto muito, Biscuit — começou a mãe dela. Lena entregou os comprimidos à mãe.

— Tome esses aqui.

Os olhos de sua mãe lacrimejavam. Lena suavizou o tom de sua voz e ajustou a postura.

— Eu não estou brava, só cansada.

— Mas...

– Esse dia foi longo demais para termos essa conversa agora.

Ela observou a mãe com cuidado, certificando-se de que engolira os comprimidos, comera pelo menos metade da banana e bebera toda a água. Lena apertou as mãos de Deziree, quando ficaram livres, esperando que o gesto fosse tranquilizador.

– Durma um pouco, conversamos sobre isso à tarde.

Deziree se levantou e foi para o quarto. Lena pegou as contas e as levou para a mesa da cozinha, onde as organizou em categorias: casa, despesas médicas da mamãe, funeral, despesas médicas da vovó. Então, pegou seu caderno e uma caneta na mochila. Virou as páginas até sua lista atual de tarefas: haveria um teste de Astronomia no dia seguinte para o qual não estudara o bastante; um turno de três horas no trabalho que ajudava a pagar a faculdade naquela noite; um almoço cujo assunto seriam as compras e em que ela deveria liderar a conversa inteiramente em espanhol. Cartas de agradecimento por escrever. Organizar, com a Dona Shaunté, a agenda de cuidados médicos domiciliares de Deziree. Ela precisava entender a matemática envolvida no cálculo da gravidade de uma estrela e seu efeito sobre tudo que a cercava em vida. Dar um jeito de trabalhar durante o verão.

Lena bateu na pilha de contas com a caneta, virou a página e começou uma lista inteiramente nova.

2

A carta chegou pelo correio no dia da terceira entrevista de emprego de Lena. Um convite para uma série de pesquisas sobre mente, memória, personalidade e percepção. O Projeto Lakewood. Oferecia a Lena e sua família um plano de saúde, caso fosse selecionada. Alojamento e uma bolsa semanal para candidatos qualificados também estavam inclusos. Fora endereçada especificamente a ela: senhorita Lena Johnson. Havia uma assinatura no fim da carta, mas ela não conseguia ler. Um número de discagem gratuita para agendar uma entrevista. Havia algo – a falta de detalhes, o papel grosso e caro, talvez toda a aura daquilo – que a deixava desconfortável.

Lena mostrou a carta à Tanya.

– Será que é um golpe?

Tanya segurou a carta contra a luz, pediu para ver o envelope em que havia sido mandada.

– Não sei. Não sou... – Ela torceu o nariz. – Qual é a palavra para designar alguém que sabe dizer se algo é falsificado?

— Eu acho que são... — Lena pegou a carta de volta — ... hum, especialistas forenses em documentos.

— Deve ser de verdade. O Stacy não disse que o irmão dele fazia isso?

— Não me lembro. Eu não presto muita atenção quando ele começa a falar sobre o irmão.

— Ele vai à festa hoje à noite. Você pode perguntar sobre isso.

— Ninguém tem um irmão tão bom quanto Stacy diz que o dele é.

Tanya puxou um vestido.

— O que estou vestindo agora, com uma jaqueta de couro, ou esse aqui?

Lena olhou para a carta novamente. *Se você for selecionada para este estudo, será bem remunerada.*

— Você vai poder sair hoje à noite, né?

Lena manteve os olhos na carta. Ela sabia que, se olhasse para a amiga, encontraria nela uma expressão de deixa-eu-cuidar-de-você. Ela se ofereceria para pesquisar sobre o local de trabalho, apontaria para a gaveta onde a vodca estava escondida e começaria a falar sobre fazer máscaras faciais e hidratar o cabelo.

— Sim, nós vamos sair. E sim, o que você está vestindo agora, com uma jaqueta de couro. Você não quer passar a impressão de que está se esforçando demais.

— Você sabe o que eu acho?

— Quase o tempo todo. — Lena dobrou a carta.

— Eu acho que você deveria ligar.

Lena ainda estava usando o terninho que Tanya chamava de "Vossa-Excelência-eu-me-declaro-inocente".

— Você acha que eu deveria usar isso na festa?

— Você precisa de um plano B.

Lena observou enquanto Tanya segurava o vestido vermelho contra o corpo. O quarto delas fedia a velas de pimenta-do-reino e madressilva que gostavam de acender para relaxar e esconder o cheiro do vape com essência de pepino de Tanya. Participar de uma pesquisa não soava pior do que os anúncios do Craigslist que ela acabara de ver – uma posição de secretária para empresa de tevê a cabo notoriamente terrível, oportunidades em um novo serviço de limpeza (inovador), em que era preciso se vestir de empregada francesa e dizer que seu nome era Simone em todas as casas que você limpasse.

— Amanhã de manhã eu ligo.

Cada uma tomou uma dose. Outra. Lena tirou o terninho, pintou os lábios com um batom que não conseguia deixar de chamar Schiaparelli, apesar de ter custado cinco dólares na CVS e de Tanya gritar – pretensiosa – toda vez que fazia isso.

Lena adorava chamar cores por nomes específicos, formais ou inventados. Azul Klein, Cerúleo, Azul-do-escaravelho-de-Cleópatra. Isso fazia com que ela sentisse que estava se tornando uma adulta interessante, por saber coisas assim, para ter prazer com aquilo que seu cérebro expelia e se recusava a deixar partir.

■ ■ ■

Na festa, a música estava alta o bastante para suavizar qualquer pausa nas conversas. As pessoas passavam garrafas de vinho fortificado. Uma garota que Lena não conhecia estava falando sobre como seu vape era o melhor do mercado.

– Experimente, o vapor é mais suave – ela insistia.

Stacy e seu namorado discutiam, em voz baixa, por causa da playlist.

– Seu gosto musical é péssimo! – Lena ouviu Stacy murmurar entredentes.

Tanya estava mandando mensagens para alguém. Lena pensou que, agora, ela poderia estar de pijama, com um cobertor enrolado nos ombros, soprando uma xícara de chá fumegante. Duas garotas da aula de "Como escrever sobre arte" de Lena perguntaram se ela ficaria em Michigan durante as férias de verão. Elas iam viajar para Montana para explorar formações rochosas. Todo mundo estava indo para acampamentos de verão para ensinar a crianças como manipular um arco e flecha e ficar longe de casa. Ou indo para o Senegal, para um intensivo em francês e honrar a memória de escravos na Ilha de Gorée. Ou fazendo estágio para seus tios não-ricos-mas-cuja-situação-é-confortável-e-você-sabe. *Faculdade: todo mundo se equilibra na corda bamba, até que, de repente, chega o verão e as preocupações ficam para depois.*

– Lena, vem conhecer o meu irmão – chamou Stacy.

– Claro, claro.

— Este é o Kelly — apresentou Stacy.

O irmão dele tinha uma estatura mediana e era careca, mas abriu um sorriso muito bonito. Ele vestia um moletom preto com umas manchas em neon. Lena não sabia dizer se era uma roupa cara, de marca, ou apenas o agasalho que talvez tivesse usado enquanto pintava.

Lena apertou a mão de Kelly.

— Seus pais eram preguiçosos, né?

Stacy parecia confuso, mas o sorriso de Kelly se abriu ainda mais.

— Nossa mãe era preguiçosa. Já o nosso pai, se pudesse, talvez preferisse que tivéssemos uns bons nomes másculos e fortes.

Após uma pausa, a conversa começou. Kelly estava cursando Belas Artes em Bay Area. Queria retratar o ambiente como era, como é, como deveria ser. Trípticos. Lena ficou impressionada com o fato de que ele não parecia envergonhado com sua arte. E gostou do tom dele: suave, não exageradamente alto para que os outros pensassem: *Oh, uau, tem um artista aqui*. Agora as pessoas já estavam ficando bêbadas, dançando. Tanya estava experimentando o vape da garota e, pela sua cara, não achou nada de mais.

— Ouvi muito sobre você — disse Kelly. — Você está mais quieta do que eu imaginava, pelas histórias do Stacy.

Ela olhou para os sapatos.

— A vida tem sido... Bem, isso não é conversa pra uma festa.

Ele pegou cigarro e isqueiro, e apontou a porta com a cabeça.

– Bem, talvez seja uma conversa para um cigarro.

A noite estava fria e ventava muito. Havia poucas pessoas do lado de fora, embora fosse sexta-feira. O grave de uma festa bem mais barulhenta, quarteirão abaixo, ecoava. Kelly ofereceu um cigarro, que ela recusou. Seis meses atrás, Lena estaria flertando com ele. Ou voltaria lá para dentro para dançar. Ou pelo menos estaria bebendo.

– Por que você está tão séria hoje? – perguntou Kelly.

– Minha avó morreu há algumas semanas. E... – Ela sentiu sua garganta se fechar por um segundo. – Bem, ela era minha avó, mas também era minha mãe. Tipo... não de um jeito estranho. Ela só teve muita participação na minha criação.

– Tem alguma coisa que eu possa fazer? – Ele parecia tão sincero, como se tivesse o poder de tornar sua vida muito melhor e tudo o que ela precisasse fazer era pedir. A pele das mãos dele brilhava sob a luz dourada da varanda.

– Quer dar uma volta?

Ele fez que sim com a cabeça e ofereceu o braço, que ela entrelaçou ao seu.

– Então, por que você foi criada pela sua vó?

– Pensei que Stacy já tivesse contado tudo sobre mim.

– Ele contou.

Lena ficou feliz por não poder ver o rosto dele.

– Mas eu quero ouvir a sua versão, se não tiver problema.

Ela contou a ele que a primeira lembrança que tinha da mãe era de vê-la tendo uma convulsão na cozinha. Deziree falara algo de um jeito errado antes do ataque, e ela dissera: "Mãe, não é assim que os adultos falam". E então ficou assustada e ligou para o 911 e, depois, para a avó. E, como Deziree tinha caído no gelo naquele mesmo dia, mais cedo, no hospital disseram à avó que a causa da convulsão talvez tivesse sido um trauma na cabeça. Lena estava na sala, ouvindo, fingindo estar concentrada em seu livro de colorir. Ela já sabia que os adultos pensavam que as crianças não se importavam com o que eles faziam e diziam. "Ou talvez", continuou o médico, "não seja isso – talvez se trate de algum tipo de doença. É como se os membros dela estivessem questionando os comandos passados pelo cérebro. Pode haver muitas causas para isso. Ela pode ficar gravemente incapacitada pelo resto da vida. Quais são seus planos?" O médico disse isso como se estivesse perguntando a que horas elas queriam jantar, mas a avó apertou os ombros de Lena com tanta força que doeu, então ela entendeu, de repente, que, de alguma maneira, eles estavam falando sobre a morte. Lena desejou ser alta o bastante para olhar diretamente para o rosto de sua avó e ver o que ela pensava toda vez que os médicos lhe diziam: *Basicamente, não temos a menor ideia do que está acontecendo, mas a vida de vocês provavelmente será diferente agora"*. Mas sua avó manteve seu tom de voz tranquilo. Sempre que estavam sozinhas, ela pegava as mãos de Lena e começava a rezar. "Temos de ter fé em Jesus. Vamos superar isso."

"Pode ser", Lena se lembrava de ter respondido. Embora sua mãe estivesse doente, Lena não revelou que elas nunca iam à igreja, exceto quando estavam com a avó. "Com certeza."

Enquanto falava, Lena ficou satisfeita por seu relato não soar como lamento, por ser mais objetiva: essa sou eu.

Lena e Kelly foram até a lanchonete do outro lado da cidade, que ficava aberta a noite toda, e pediram café com torradas integrais com queijo feta, cebola e tomate. Bacon à parte. Eles estavam conversando sobre tacos, e ela percebeu que gostava dele porque, quando ele disse que era impossível conseguir um bom taco de verdade nesse estado, ela não quis dar um tapa na cara dele, limitando-se a lançar um olhar que dizia: *Você tá ouvindo o que tá dizendo?* Ele sorriu. Eles conversaram sobre a coisa mais linda que já haviam fotografado. No começo de brincadeira, ela respondeu que tinha sido uma pilha de torradas com mel e açúcar salpicado por cima, no café da manhã. Depois, revelando um lado mais sentimental, uma foto de sua família em que todos estavam sorrindo. Kelly disse que era um clichê, mas respondeu:

– Um nascer do Sol sobre o oceano.

Uma música de Davon sobre champanhe e sentir a falta da garota que se sentava bem ao lado dele começou a tocar, e sentiu a falta da garota que estava sentada ao lado dele. Lena balançou a cabeça de leve, seguindo o ritmo da canção.

– Por favor, não me diga que você gosta de Davon – disse Kelly. – Ele é tão…

— Eu gosto dele porque: um, ele é bom em fazer você pensar que é aquela que pode mudá-lo; dois: ele é sarado; três: ele é uma fofoca perfeita. Você pode perguntar a quase qualquer pessoa viva: "Você soube o que Davon fez?". E ou ela vai te contar tudo ou vai dizer: "Não, me diga agora".

Lena estava rindo. Tudo o que ela estava comendo, mesmo a torrada de centeio que não pedira, tinha um gosto bom. Os olhos de Kelly eram escuros, e seus cílios eram tão longos que chegavam a ser toscos. E o mais tosco era que, apesar do fato de ele ter bebido e fumado a noite toda, ela ainda achava que ele cheirava bem. A lanchonete estava se enchendo de garotos punks que vinham das casas noturnas rua abaixo, conversando ruidosamente sobre o show, suados, tocando seus cabelos tingidos e descoloridos e exibindo os – X – feitos com canetas permanentes no torso das mãos. Kelly pagou e eles voltaram para a noite fria. Todos os bares iam fechar na meia hora seguinte, então as calçadas estavam cheias de pessoas bêbadas atrás de comida, caminhando para casa, de mãos dadas. As luzes alaranjadas da rua tornavam tudo mais dramático. As rajadas de neve caíam sobre os cabelos e as bochechas de todos. Os prédios, as lojas e o tribunal pareciam mais altos na semiescuridão.

Lena disse:

— Então, eu soube que você participa de estudos.

— Esse é o meu pesadelo – respondeu Kelly, tentando limpar a neve de sua cabeça. – As lentes de contato.

— É desconfortável? Ou só esquisito?

— Só quando fazem experimentos em que outra pessoa tem de tirar as lentes dos meus olhos por mim. Fora isso, eles pagam muito bem. — Ele soltou uma baforada e uma pequena nuvem se formou e se desfez rapidamente. — Por que você quer saber?

Ela contou a ele sobre a carta que chegara pelo correio.

— Isso não é tão estranho. Significa que alguém provavelmente te indicou, ou talvez você tenha se inscrito em uma lista ou algo assim e acabou esquecendo.

Lena encolheu os ombros. Eles haviam chegado novamente à casa de Stacy. E, lá dentro, a festa continuava.

Kelly parou.

— Gostei de conhecer você — disse.

Em resposta, ela sorriu, inclinou-se e deu um beijo nele, os lábios de Kelly macios contra os dela. Lena já beijara pessoas o bastante para saber que beijos raramente diziam mais do que: *Por favor, goste de mim.* Ou: *Eu gosto de você.* Ou: *Vamos transar.* Mas ela esperava que, de alguma maneira, ele pudesse sentir o: *Obrigada por me ajudar a não me preocupar, a não lamentar, por algumas horas.*

— Eu também gostei de te conhecer — ela respondeu.

■ ■ ■

Lá dentro, todos ainda estavam bebendo vinho fortificado.

— É ótimo — disse Tanya. — Você pode beber um copo e ficar bêbada pelo resto da vida.

Lena assentiu. Alguém perguntou a ela mais uma vez:

— Bem, o que você vai fazer neste verão?

Fazia apenas alguns segundos, mas Kelly fora engolido pela festa.

— Ainda estou resolvendo — respondeu Lena. Ela encostou na parede para se apoiar. O vinho estava escurecendo o interior da boca de todos, apesar de o líquido ser amarelo-claro.

Tanya mostrou a língua para Lena e disse que isso a lembrava de quando era menina e um garoto perguntou a ela por que seus dentes e língua não eram pretos.

— Eles não deveriam ser? — ele insistiu.

— Aconteceu alguma coisa assim com você? — Lena revirou os olhos.

— Provavelmente, mas fico feliz em dizer que, se aconteceu, eu esqueci.

— Estamos morrendo — disse Stacy, olhando-se no grande espelho comprido que ficava ao lado da porta da frente. A voz dele estava carregada de uma animação do tipo preste-atenção-em-mim-agora-mesmo. — Estamos morrendo.

Tanya pigarreou e Stacy automaticamente se desculpou com Lena. Ela fingiu estar confusa sobre a razão pela qual o amigo estava se desculpando até que ele parasse.

— Vamos tirar uma foto — disse Tanya.

Lena fez uma pose e mostrou a língua, esticando-a o máximo que conseguia.

3

Disseram a Lena que, para manter a privacidade, todos os escritórios funcionavam sob a fachada de Great Lakes Shipping Company, uma empresa de caminhões e armazéns. O escritório de admissão mais próximo de Lena localizava-se a pouco mais de um quilômetro do alojamento – quando informaram o endereço, ela já sabia onde ficava. O edifício, em grande parte, era ocupado por lojas de gente rica, como a que vendia brinquedos de madeira e um restaurante taiwanês sofisticado que Lena sempre quisera experimentar, mas nunca fora porque não tinha coragem de pagar 25 dólares por uma entrada.

– A Great Lakes Shipping Company – disse a mulher ao telefone – fica no segundo andar. Suba as escadas e passe pelos bebedouros. Fica em frente à loja de azeite, a Living Liquid. É fácil errar – disse a mulher –, e ela estava certa: Lena não encontrou a entrada na primeira vez, com cortinas cinza por detrás do vidro e o logotipo creme com fundo branco.

Ela caminhou até o final do corredor, virou-se e voltou. A loja de azeite estava bem iluminada. Colunas de dispensadores de cobre, pôsteres da Itália na parede. Um homem estava enchendo uma xícara de isopor, claramente destinada a café, com óleo de infusão de habanero. Lena pensou em entrar para experimentar alguns – havia cestinhas com pão ao lado de cada dispensador –, só para ver se ele ia mesmo beber aquilo.

É melhor chegar cedo, decidiu Lena, enquanto entrava no escritório. Lá dentro, uma mulher branca aguardava – pelo corte de cabelo, ela parecia ter mostrado ao cabeleireiro a imagem de um capacete de motocicleta e dito "quero assim".

– Suas credenciais.

Lena tirou a carteira do bolso do casaco. A mulher usava um terninho azul-marinho, com um pin da bandeira americana na lapela e um crachá preso ao cinto. Ao se encaminhar até ela, Lena esbarrou em uma pequena mesa e derrubou uma pilha de revistas. Lena se abaixou para recolhê-las, mas a mulher ordenou que deixasse como estavam. Pelo seu tom, era como se Lena tivesse passado horas derrubando revistas, recolhendo-as e arrumando, apenas para derrubá-las novamente, e ela não aguentasse mais. Lena entregou as credenciais.

– Parece estar tudo certo. Agora temos alguns formulários para você preencher.

Ela conduziu Lena até o que poderia ser a sala mais cinza do mundo. Tudo nela – cadeiras, mesas, canetas, pisos, papel de parede, o extintor de incêndio – era cinza-elefante. A estranheza da sala e a atitude brusca da mulher deixaram Lena desconfortável. Sua reação, quando se sentia assim, era soltar piadinhas. No entanto, lembrou a si mesma de que agora era a hora de ser agradável e equilibrada. *Não seja esquisita. Não se envergonhe.* A mulher fez um gesto para que Lena se sentasse e deu a ela uma prancheta e uma caneta.

Na primeira página, o básico: endereço, nome completo, local de nascimento, como ela ficara sabendo do estudo, endereço de e-mail, contatos de emergência. *Você já participou de outros estudos clínicos?* "Não", escreveu Lena. A página dois trazia o lembrete de que participar do Projeto Lakewood implicava consentir em uma necessária diminuição de sua privacidade. *Se você concordar com isso, forneça todas as senhas de suas mídias sociais, endereços de e-mail e senha de telefone. Forneça também todas as respostas possíveis para perguntas de segurança padrão, como a marca do seu primeiro carro, o nome do seu animal de estimação na infância, o nome de solteira da sua mãe.*

Lena tossiu.

– Posso tomar um copo de água?

Na quarta página começaram as perguntas sobre sua saúde. *Você tem alguma alergia? Quando foi a última vez que você teve intercurso sexual vaginal? E anal? Quando – informe a data exata, se possível – você vomitou pela última vez? Você tem histórico de saúde familiar de derrames, câncer, diabetes?* Onde deveriam ser escritas informações sobre a família paterna, Lena escreveu: *Dados não disponíveis.* Suas mãos tremiam ao fazê-lo, presumindo que aquilo a tornaria inelegível. *Quanto tempo durou a sua pior intoxicação?*

Ela pigarreou novamente.

– Posso tomar um copo de água?

– Por favor, preencha os formulários.

Lena olhou para o papel branco, deixando as palavras saírem de foco. A atitude da mulher e as perguntas fizeram com que uma voz em sua mente dissesse: *Você já está se sentindo estranha, saia já daqui.* A avó limpara casas, arrancara cabelos e imundícies de banheiras e pias, fizera bicos de garçonete e babá nos fins de semana, aceitara trabalhos estranhos. Trabalhara para pessoas que ela dizia serem a prova viva de que Deus tinha senso de humor. *Sua avó te deu tudo. Agora é com você.* Ela virou a página. No topo, as palavras **SEJA BEM-VINDO** em negrito e sublinhadas. *Os recursos mais preciosos deste país são patriotas como você, aqueles que estão dispostos a se doar para ajudar esta grande nação. Sua contribuição ajudará a acabar com o sofrimento e a infelicidade.*

– Então... – Lena largou a caneta. – Isso aqui é um programa do governo?

– Continue lendo.

– Mas a carta dizia que o processo de admissão era para uma empresa de pesquisa.

A mulher, irritada, arqueou as sobrancelhas.

– Leia tudo, especialmente a página nove.

Após avaliações rigorosas de sua saúde mental, física e emocional, explicava o formulário, ela poderia ser convidada a participar do estudo. Depois que ela assinasse, todas as interações seriam sigilosas.

Lena virou para a página nove. Era uma cláusula de confidencialidade. Nenhuma pergunta sobre os estudos e sua verdadeira natureza seria respondida até que ela a assinasse. Caso violasse o acordo, teria de pagar uma multa de 50 mil dólares.

Deziree enviara uma mensagem para ela no início da manhã dizendo que a eletricidade havia sido cortada, e que ela iria para a casa da Dona Shaunté. Elas tinham pagado a conta de luz com o único cartão de crédito que ainda não havia estourado. Aquilo poderia dar até cadeia. Ela chupou o lábio inferior e sentiu gosto de café ruim e pasta de dentes com sabor menta.

Em seu último dia juntas, em retrospecto, sua avó parecia consciente, de alguma maneira, de que era o fim. Lena sabia que era assim que a memória funcionava: quando pensamos em um dia importante, tudo pode parecer mais intenso. O calor e o brilho que atravessavam as janelas do quarto em que a avó estivera internada. O gosto do café do hospital – como se tivessem mudado para uma marca melhor, cujo sabor quase pudesse ser descrito como café. Do jeito como a avó dissera: "Você já está fazendo um bom trabalho ajudando sua mãe. Estou tão orgulhosa de você". Havia uma mistura de doçura elogiosa e advertência aguçada em sua voz ao dizer aquilo.

Lena assinou. A mulher sorriu, pegou a prancheta e disse:

– Agora podemos começar.

■ ■ ■

Enquanto esperava novas instruções da Great Lakes Shipping Company, Lena continuou se candidatando a outros empregos. Ela quase conseguira um emprego como funcionária temporária nos correios. Mas, de acordo com a mãe, a vaga acabara indo para a filha de alguém.

– Não tem problema – Deziree havia assegurado a ela –, o correio é uma instituição corrupta, cheia de viciados em drogas e senhoras brancas mais velhas que usam óculos de sol mesmo estando em ambientes fechados. – E apenas parte do que ela dissera era brincadeira.

Em sua entrevista para a Burrito Town, Lena usou o terninho Vossa-Excelência-eu-me-declaro-inocente e chegou cinco minutos antes. Ela entregou o currículo ao gerente que a entrevistou. Ele examinou, espremeu os lábios e comentou:

– História da Arte?

– É a minha graduação. – Lena sorriu, esperando que sua voz soasse animada o bastante.

– Então, qual é o seu ponto forte? E seu ponto fraco?

Ela disse que seu ponto fraco provavelmente era ser muito dura consigo mesma. Tanya dizia, quando Lena fazia isso, que se tratava de um caso de "parvulenice".

– E meu ponto forte... – Lena apertou o joelho.

O gerente alisava o bigode loiro enquanto ela falava. Sua pele era de um tom de rosa que o fazia parecer permanentemente embriagado.

— Acho que meu ponto forte é que sou boa em organizar tarefas e fazer as coisas no prazo.

— Honestamente, tudo o que realmente me importa é se a fantasia cabe ou não em você.

— Fantasia?

— Sinto muito, mas não acho que você esteja pronta para ser uma fazedora de burritos — disse ele. — Levante-se.

Lena manteve uma expressão neutra e agradável enquanto se levantava. O gerente também se levantou e deu um passo para trás.

— Você é uma pessoa muito pequena, sabia disso?

— Oh. Eu achava que pessoas de um metro e meio fossem altas.

— Quem quer que tenha te dito isso estava errado. — As sobrancelhas dele estavam erguidas, como se ele não pudesse acreditar que ela conhecia alguém tão idiota, ou que pudesse ser tão simplória a ponto de acreditar nessa pessoa idiota.

Ela assentiu, lembrando a si mesma que não havia sentido em tentar ser engraçada com um velho branco que a considerava uma idiota.

Nas paredes havia grandes pôsteres de burritos ao estilo de diferentes artistas. Uma tela de Andy Warhol, os girassóis de Van Gogh — com burritos em vez de pétalas nas flores —, um burrito de Lichtenstein que chorava uma única lágrima, um burrito com coroa de flores de Frida Kahlo e sobrancelhas que, pensou Lena, gerariam queixas em no máximo um dia após a abertura do restaurante. O lugar tinha um cheiro gostoso, como o de cebola roxa refogada e massa fresca, embora a inauguração do restaurante só fosse acontecer em algumas semanas.

— Não há como você ser o burrito. Mas talvez você consiga ser uma boa senhora Chip de milho azul. Sorria, por favor.

Lena arreganhou os dentes.

— Mais. As pessoas precisam ver seu sorriso de dentro de seus carros. Vamos lá, eu sei que você consegue.

Lena sorriu.

— Sorria como se estivesse olhando para a sua melhor amiga.

Ela se imaginou como um jacaré tramando algo contra seus inimigos. Um sorriso bem amplo, com a boca aberta.

— As pessoas gostam de se sentir convidadas. — Ele gesticulou para a boca dela. — Continue tentando.

Ela esticou os lábios o máximo que pôde, sabendo que sua expressão estava mais para bem-vindos-ao-abatedouro do que gaste-todo-o-seu-dinheiro-com-esses-burritos. Depois de dez segundos, suas bochechas doíam. Lena segurou mais cinco, mais dez, sentiu as bochechas tremerem e parou.

— Seus dentes têm um belo tom de branco — disse o gerente. Ele anotou algo na prancheta e sublinhou. — Só precisaríamos de você três dias por semana, durante os dois primeiros meses após a inauguração.

O gerente passou os dedos pelo bigode, deu tapinhas na própria bochecha, e depois falou como se estivesse oferecendo à Lena um salário de cem mil dólares, com tempo ilimitado de férias:

— E se você se sair bem e provar que é de confiança, podemos falar sobre uma promoção para a linha de produção.

— Qual é o pagamento para ser a Chip?

— Nove dólares e vinte e cinco centavos por hora. E se você chegar à linha de produção, receberá nove e cinquenta.

— Eu topo – disse Lena. Dinheiro era dinheiro.

— Nós vamos te ligar – respondeu o gerente.

■ ■ ■

O Burrito Town ficava a dez minutos da casa de sua mãe. O bairro estava sofrendo uma gentrificação. Prédios comerciais, o antigo supermercado histórico sendo transformado em loja de canoagem e objetos-de-couro-bonitos-e-inúteis, uma cabana de madeira para Airbnb no ponto mais elevado de um arranha-céu. Aparentemente, acampar em plena cidade estava em alta. Enquanto Lena dirigia ao longo de quatro quarteirões, as churrascarias e livrarias – novas e antigas – se transformavam em prédios chamuscados e amontoados. Um grupo de crianças brancas com câmeras de vídeo e microfones invadia uma casa vitoriana que, no passado, fora pintada com a cor de um refrigerante de uva, mas agora estava cheia de manchas marrons e era quase lavanda ao Sol.

Mais à frente, havia um parque onde os jovens com quem ela estudara passavam os dias, a pele já desbotada, os olhos embotados. Desde a formatura, pelo menos três deles haviam tido overdose. Lena sabia que esse era um problema estadual e não só da cidade. Os jovens da escola de ricos de Tanya também estavam começando a morrer. Terrenos estavam se tornando prados, alguns que eram jardins. Lena passou por uma loja de bebidas, uma igreja, apartamentos, a rua com um buraco lendário, que poderia engolir um pneu inteiro, embora pudesse ser qualquer rua, uma vez que estavam em abril.

Era o primeiro dia, naquele ano, em que era possível sair sem casaco, e as pessoas estavam andando devagar. Apesar da entrevista, o calor e a vida de tudo aquilo fizeram com que seu coração se animasse com a alegria da primavera. No quarteirão de sua casa havia brotos nas árvores. Crianças em bicicletas. Todas as "tias" do bairro bebiam café descafeinado, com a Bíblia no colo, enquanto fofocavam. Agora havia uma cadeira vazia na mesa e, de algum modo, era bom ver que elas ainda deixavam espaço para a Dona Toni, como se ela estivesse atrasada, como de costume.

Sua casa era a única do quarteirão sem as janelas abertas e com as cortinas fechadas. Lena parou na calçada para tirar uma foto do grande carvalho no jardim da frente. Ela enviou a foto para Kelly. Eles raramente enviavam mensagens de texto com palavras, mas conversavam por meio de fotos do dia a dia, selfies e imagens estranhas da internet.

A última coisa que ele enviara a ela fora um GIF de um esquilo praticando esqui aquático.

Ao entrar, Lena pisou imediatamente no que ela torcera para que fosse sopa derramada. Acendeu as luzes. Sim, sopa. Macarrão com ovo, cenoura e cebola picada. O vômito estava no corredor entre o quarto de Lena e o banheiro. O cheiro era especialmente horrível, uma mistura de sopa enlatada e enjoo. Ela ignorou e foi até o quarto da mãe.

Deziree estava encolhida na cama, uma máscara de dormir sobre os olhos, uma mão apoiada na testa. Sua mãe estava tremendo um pouco. Lena suspirou, ponderou se deveria ou não a acordar.

Certa vez, um médico afirmara que os problemas de Deziree eram psicológicos. "Algo terrível aconteceu com ela", especulara, "e o corpo dela está lidando com o trauma. Com terapia, Lexapro e algum exercício, ela será uma nova mulher em seis meses." Outro dissera que ela só queria atenção. Procuraram uma especialista, uma mulher cuja consulta fora agendada com oito meses de antecedência. Ela estava disposta a reconhecer que não entendia todos os aspectos da doença de Deziree, mas isso não significava que não havia nada de errado. "Para facilitar a vida, temos de concordar que tal estado não é normal", disse a médica enquanto digitava em seu laptop. "Se você pensa demais em como as coisas devem ser, acaba esquecendo como elas são." "Tá ótimo", dissera a Dona Toni, "mas, mais uma vez, quanto custa esse medicamento que você está prescrevendo para ela?".

— Mãe – Lena sussurrou.

Deziree se mexeu. Ela disse que havia um gambá do tamanho de um cachorro na cozinha, que gemia e chorava sem parar. De alguma maneira, ela entendeu que os sons significavam "me dá uma fatia de queijo". *A voz dela está arrastada, mas parece mais sono*, pensou Lena, *do que uma emergência*. O gambá foi embora após comer o queijo e disse que todas as Johnson eram boas pessoas.

A mãe, encolhida na cama, respirou fundo, moveu-se rapidamente e vomitou de lado.

— Enxaqueca? – Lena falou o mais baixo possível.

Era abril, um dos piores meses de Deziree. A pressão do ar, o pólen se espalhando, dias que oscilavam entre seis graus negativos e quinze graus. Foram gastos pelo menos oitenta mil dólares no diagnóstico de que as enxaquecas de Deziree, que eram tratáveis, eram um gatilho para seus "episódios", que eram "um mistério".

— Sim – disse Deziree.

Ela permitiu que Lena a ajudasse. Lena acompanhou a mãe, primeiro ao banheiro, passando um braço pela cintura quando percebeu que uma das pernas dela estava totalmente mole. No banheiro, ajudou Deziree a fazer xixi, depois pegou a toalha e limpou toda a sujeira do rosto e do pescoço. Felizmente, a máscara de dormir saíra ilesa.

— Um banho?

— Não.

Lena levou a mãe para seu quarto. Todos os lençóis dela estavam no alojamento, e ela pôs o roupão sobre os pés da mãe para mantê-los aquecidos.
– Lena?
– Água?
– Sim. Mas também: eu te amo. Obrigada.

Lena limpou as três bagunças, preocupando-se, ao fazê-lo, se o cheiro de capim-limão e alvejante dos produtos de limpeza pioraria o estado de Deziree. Ela foi até a loja e comprou Gatorade, uma garrafa de água com eletrólitos e alguns salgadinhos. A Dona Shaunté viria amanhã, e elas trocaram mensagens até que ela concordasse em dar uma passada na casa de Deziree à noite para se certificar de que tudo estava bem. Então Lena dirigiu por uma hora de volta à escola. E só quando chegou ao alojamento ela percebeu que havia um pouco de vômito da mãe em suas mangas.

Em vez de ler as cinquenta páginas que precisava estudar para a aula do dia seguinte, Lena limpou o terninho com uma caneta detergente Tide enquanto assistia à tevê. Então, ela pegou o kit de limpeza caríssimo e natural de Tanya e limpou todo o quarto delas, jogando fora quase tudo que havia no frigobar, esfregando o espelho de chão e limpando o assento da cadeira da amiga.

Tanya chegou quando Lena estava quase terminando a faxina.

– Dá para sentir o cheiro da sua faxina lá no final do corredor.

Lena sorriu, mas continuou varrendo.

— Você prefere conversar ou continuar limpando? — A voz de Tanya era gentil.

Lena se virou. Ela sabia que se visse um sorriso simpático, um olhar que se aproximasse de compaixão ou bondade, começaria a chorar.

— Continuar limpando. A conversa, talvez, amanhã.

Tanya assentiu, juntou mais livros, cartões de anotações e saiu.

Horas depois, Lena se deitou em sua cama – os lençóis ainda quentes da máquina –, desesperada para dormir. Mas uma preocupação a cutucou no ombro esquerdo: *Será que você deve vender a casa?* Outra puxou seu cabelo: *Será que dá para a Deziree morar com você no próximo semestre?* Um terceiro membro perguntou sobre a lição de casa: *Você precisa manter sua média em 3,5 para continuar tendo direito à bolsa de estudos, Lena!* Uma pontada em seu estômago perguntou: *O que mais você poderia estar fazendo? Você pode dormir quando tudo estiver resolvido.* Lena se sentou, pegou o telefone e procurou o lugar mais próximo em que pudesse vender seu plasma sanguíneo. Pesquisou o que ela teria de fazer para vender seus óvulos. Todos os sites concordavam em uma coisa: não havia muita demanda por óvulos afro-americanos.

4

No dia anterior à sua última prova, o telefone de Lena tocou. Número não identificado.

— Você está convidada — disse um homem que se apresentou como representante da Great Lakes Shipping Company — para fazer mais testes para uma possível admissão no Projeto Lakewood.

A pré-triagem duraria cinco dias. Quando eles desligaram, Lena largou o telefone. Ela era um mosaico de felicidade, alívio e uma imediata ansiedade aguda de colocar tudo em ordem em menos de dois dias.

Depois de ter pensado em uma boa mentira, ligou para a mãe.

— Mãe, consegui um trabalho temporário na casa de um dos meus professores.

— Plantas?

— Cuidar de casa.

— Quero dizer, se ele tiver boas plantas, tire fotos e mande pra mim.

— Ele não me parece uma pessoa chegada a plantas — disse Lena.

— Eu me viro com a Dona Shaunté e as senhoras do bairro. Quero que se concentre nas suas provas.

A avó de Lena teria feito muitas outras perguntas: nome, endereço, telefone fixo do professor, como aquilo tinha sido arranjado. Ela teria escutado as explicações de Lena, o som de sua voz, procurando uma sugestão de algo desagradável. Deziree sempre confiava entusiasticamente nas habilidades de Lena. "Você tem o cérebro da sua avó e meu senso de humor. Você vai ficar bem", sempre dizia.

Tanya estava deitada no chão, alheia a tudo, com seus fones de ouvido e murmurando em japonês para si mesma. Cartões de memória com kanji escritos neles estavam espalhados ao redor dela. Quando notou que Lena olhava para ela, tirou os fones de ouvido e disse:

— Eu vou me ferrar nesse teste.

— Você vai se dar bem.

— Esses filhos da puta não usaram vocabulário suficiente na discussão. Tudo o que eles dizem que fazem é videogame. E se não forem videogames, eles dizem *boku wa anime o mite. Anime o mite.* Porra.

— Você dormiu?

Tanya balançou a cabeça e se afastou de Lena como se fosse chorar. Lena sabia que se Tanya não estivesse tão estressada, teria notado como ela parecia aliviada. Provavelmente também teria feito um monte de perguntas e iria querer detalhes da história de Lena.

— Vamos jantar — ofereceu Lena. — Eu falo em inglês e você só pode me responder em japonês.

— Bem, mas você tem de falar comigo como se eu fosse uma aluna muito idiota da segunda série, ok?

— Se você se sair bem, talvez eu até te deixe tomar um sorvete.

■ ■ ■

A orientação ficava em uma instalação a 64 quilômetros a oeste da faculdade. No carro, Lena pesquisou o endereço no aplicativo de GPS do telefone, mas tudo o que encontrou foi um endereço residencial a cerca de um quilômetro estrada à frente. O Street View mostrava um pasto que abrigava o que pareciam iaques curvados, com o pelo marrom e desgrenhado, comendo longas folhas de grama. Ela encolheu os ombros. Não havia nada a fazer agora, a não ser acreditar que não haviam informado o endereço errado.

Da rodovia, entrou em uma longa estrada de cascalho. Não havia casas por quilômetros. Cavalos pastando. O que seriam campos de milho em apenas alguns meses. Ela abriu a janela, apesar do frio da manhã, e ouviu. Cascalho batendo no chassi de seu carro, algumas vacas e pássaros trocando cumprimentos. *Por favor, que tudo corra bem hoje*, Lena desejava a cada saudação animal, e levantou o vidro novamente quando o cheiro de estrume empesteou o ar.

O endereço que haviam informado a Lena era um lugar pelo qual ela poderia passar e presumir, facilmente, ser uma escola de localização curiosa. Era um grande prédio de tijolos com três andares, com uma cerca de madeira alta. As áreas próximas à entrada careciam de manutenção. Do outro lado da rua, havia um estacionamento de cascalho, com grandes poças devido à chuva do dia anterior. Todos os cinco carros estacionados eram pretos e havia uma distância meticulosa de cerca de meio metro entre eles. O coração de Lena estava acelerado. Ela disse a si mesma que tinha tomado muito café. Quando puxou a mala, suas rodinhas espirraram um pouco de lama na parte de trás da calça. Lena suspirou, levantou-a e carregou até o outro lado da rua.

Um animal fez um som estridente como o de um violino. Quando Lena abriu a porta da frente, fez questão de sorrir, presumindo que alguém estaria esperando por ela. Mas não havia ninguém, apenas uma pista de pouso e dois avisos. O primeiro pedia que ela deixasse ali a mala, o telefone celular e o casaco. O outro dizia "ORIENTAÇÃO", com uma seta apontando para a esquerda. Seus calçados estavam molhados, o que parecia mais um sinal de que aquilo não ia dar certo. Exceto pela lama de seus sapatos, tudo estava limpíssimo – o piso da entrada parecia recém-encerado, as paredes de um branco brilhante, sem manchas.

Lena mandou uma última mensagem para a mãe, prometendo ligar para ela à noite, e enfiou o telefone no bolso do casaco. Conforme solicitado, deixou tudo ali e caminhou pelo corredor.

Seus sapatos rangiam, cada passo parecia um peido surpresa. Era embaraçoso e engraçado. Lena sempre dizia a si mesma nessas situações: *Você odeia isso agora, mas, em algumas semanas, vai achar hilário quando contar para Tanya ou Deziree.* Ela parou. Não havia ninguém a quem ela pudesse contar sobre isso sem mentir.

Um quadro branco com "SEJA BEM-VINDO(A) À ORIENTAÇÃO!" escrito em letras de fôrma estava ao lado da única porta aberta.

No interior, havia dois homens e uma mulher, todos brancos, sentados em uma mesa comprida. A mulher fez contato visual, sorriu e murmurou:

– Seja bem-vinda.

Lena ergueu os ombros e entrou. Ela examinou a sala e notou uma placa com seu nome completo "LENA ANTONIA JOHNSON" em uma pequena mesa redonda adiante. Ela disse *oi* e pousou a bolsa na mesa. Ninguém respondeu. Não havia lugares para outros participantes. Ao lado da porta havia uma mesa com uma caixa de biscoitos e uma pilha de pequenos pratos de papel. Ela não sabia dizer se eles a estavam ignorando de propósito ou se sua voz tinha saído muito baixa. Ela viu um projetor de vídeo pendurado no teto e uma xícara de café à espera na mesa reservada com seu nome.

– Ah, oi – disse um dos homens. Ele se levantou da mesa e se aproximou. – Eu sou Tim, e estamos muito, muito empolgados em conhecê-la.

A mão dele era grande e úmida, e apertou a dela como se pensasse que os apertos de mão eram uma competição.

— Prazer em conhecê-lo — ela falou, mas saiu mais como uma pergunta.

— Você deve estar morrendo de fome. Coma. Coma. — Tim indicou a mesa.

Ela não sentia fome, mas pegou um pãozinho, de qualquer maneira. Estava de costas para as pessoas à mesa, que mantinham o silêncio. Parecia que todos a observavam. Lena resistiu ao impulso de se virar e confirmar. Ela pegou um potinho de *cream cheese*, um pouco de geleia. Já era o bastante. No caminho de volta para o assento, todos olhavam para os papéis que tinham diante de si. Mas todos os três movimentos foram exagerados: o homem que ainda não havia falado fez um hmmmm profundo, chamando a atenção; a mulher vasculhou o dela como se procurasse um trecho específico; e Tim olhou para seus próprios papéis como se tentasse resolver um quebra-cabeça.

Lena se sentou e deu uma grande mordida no pão. Enquanto mastigava, a mulher se aproximou e a cutucou no ombro.

— Você entregou seu telefone celular?

Lena cobriu a boca.

— Sim.

— Sinto muito, mas ainda preciso fazer isso. Por favor, fique de pé.

A mulher apalpou Lena, dizendo coisas sobre confidencialidade e segurança, mas Lena não conseguia se concentrar nas palavras. Ela estava pensando nos dedos da mulher, nas palmas de suas mãos e por que ela achava que Lena guardava o telefone na bunda, no cabelo e na vagina. Os homens não desviaram o olhar quando Lena fez contato visual com eles. A mulher pressionou o estômago de Lena e entre os seios.

— Você está pronta.

A mulher fez um sinal de positivo aos homens. Aquele que não tinha falado afastou a mão da lapela e a pôs novamente na mesa. Então, pigarreou e se levantou. Ele disse:

— As coisas que você fará aqui vão beneficiar inúmeras outras. Este é um serviço ao seu país, ao mundo. Os Estados Unidos são um símbolo de boa vontade, de inovação e de alegria para o resto do mundo. Quando temos sucesso, todos têm sucesso. Os estudos que fazemos aqui elevam nossos cientistas e funcionários à vanguarda. — O homem sorriu para Lena.

Ela assentiu.

Ele exibiu uma apresentação em PowerPoint com texto em branco sobre um fundo preto. "Erradicação de doenças. Prosperidade econômica. Liderança global. Soluções inovadoras. Você."

— Isso foi ótimo — disse Tim enquanto o homem se sentava.

Lena tomou um gole de café frio. Então a mulher se levantou e começou sua apresentação. O discurso dela era essencialmente o mesmo que o do homem antes dela. Enquanto falava, ela olhava ao redor da sala, sorrindo, às vezes, como se estivesse fazendo contato visual com vários participantes. Era como ir a um desses restaurantes que tinham zona de entretenimento e lugar de brincadeira para crianças. A mulher parecia para Lena um rato animatrônico construído para entreter. Enquanto ouvia, Lena assentia e bebia o café frio.

Agora era a vez de Tim. Como os outros, ele continuou dizendo as mesmas palavras: "inovação", "emoção", "prosperidade" e "soluções". Lena lembrou quando Tanya estava fazendo seu estágio de verão em uma empresa de marketing e ficava dizendo coisas como "polinizadores" e "calor". Tim começava repetidamente as sentenças com a frase: "Você se doa".

"É a cultura de lá", dissera Tanya. "Você usa a linguagem para mostrar que deseja se encaixar." Naquela época, Lena pensou: *Ah, sim, é um lance de marketing*. Era um trabalho cujo objetivo era fazer com que as pessoas falassem sobre algo da mesma maneira positiva. Por que não filtrariam a maneira como falavam uns com os outros? Mas, ouvindo as três pessoas à mesa, Lena pensou que talvez fosse assim que os indivíduos deste país estavam começando a se falar agora. Mesmo quando não estavam on-line, as pessoas falavam como se fossem robôs projetados para receber cliques. Frases repetidas para chamar a atenção de uma pessoa, sem nada substancial em seguida. Piadas que mostravam apenas que víamos a mesma imagem na internet. A avó de Lena costumava dizer que fazia parte da última geração que conseguia ficar até quinze minutos sem falar bobagem.

Tim fez uma pausa e a porta se abriu. Outra mulher branca, vestindo um jaleco branco, entrou no recinto, segurando duas sacolas. Ela as pousou na mesa de Lena, quase derrubando a xícara de café vazia.

– Eu sou a Dra. Maggie. – Ela pôs um termômetro no ouvido de Lena, fazendo-a involuntariamente estremecer. – Seus ouvidos são muito pequenos para um adulto. – O cabelo da Dra. Maggie era exuberante: grosso, encaracolado, castanho, com brilho. Isso a fazia parecer duas vezes mais viva do que qualquer outra pessoa na sala. – Temperatura boa. Braço, por favor.

Lena estendeu o braço esquerdo e arregaçou a manga.

– Você está nervosa ou sua pressão arterial sempre é alta?

Lena assentiu.

– Qual das opções?

– Nervosa.

Dra. Maggie rabiscou algumas coisas em seu bloco de notas, virou-se e fez um sinal de positivo para o grupo à mesa. Tim se levantou de novo. Ele falou sobre como era maravilhoso dar tanto de si mesmo, deixar de lado o medo e se entregar à beleza de servir. O Hino Nacional começou a tocar, a versão de uma banda marcial que Lena não sabia dizer de onde vinha. Todos os outros estavam de pé, o homem e a mulher com a mão no peito. Lena também se levantou e pôs a mão sobre o peito. Ela tentou não se mexer. Quando acabou, os três à mesa saíram da sala, deixando Lena sozinha com a Dra. Maggie.

– Não há problema em se sentir um pouco sobrecarregada – começou a médica, com a voz agora um pouco mais amigável. Ela entregou a Lena uma bolsa cheia de roupas cinza. – Vou levá-la para o seu quarto e você pode vestir o uniforme. Apesar de meio feias, as roupas são confortáveis.

– Mesmo assim, são bem melhores do que o uniforme do trabalho para o qual acabei de fazer entrevista. Se eu for aprovada, vou me vestir como a versão feminina de um chip de milho azul.

– Que honra.

Dra. Maggie conduziu Lena pelo corredor. Todas as portas eram idênticas: velhas, de madeira, com uma maçaneta de latão e uma janela de vidro fosco no topo, pela qual somente alguém com mais de um metro e oitenta de altura poderia espiar. No fim do corredor havia uma grande escada.

– Isso costumava ser uma escola?

– Não. Mas entendo a sua pergunta. Nós vamos subir até o terceiro andar.

O estado do terceiro andar era muito pior do que o primeiro. O chão estava coberto por um tapete marrom que parecia ter sido aplicado às pressas, com solavancos e áreas que não se encaixavam bem às paredes do corredor. As paredes eram do mesmo tom de cinza que as roupas que Lena carregava. Cheiravam a serragem e mofo. Não havia janelas e uma das longas lâmpadas fluorescentes no teto piscava sem parar. A Dra. Maggie puxou uma chave e abriu a terceira porta à direita.

– Bem-vinda ao seu lar. – A médica entregou a chave a Lena, dizendo que alguém chegaria em cerca de vinte minutos para levá-la para a primeira sessão. Dra. Maggie parou na porta. – Nada de explorar a instalação, ok?

A cama era azul-marinho. Havia três janelas finas, cujos comprimento e largura eram mais ou menos os dos braços de Lena. Uma pequena mesa de madeira marrom estava embaixo das janelas. Encantador, simplesmente porque não era cinza nem azul-marinho. Um bloco de notas fino e uma caixinha de som antiga estavam em cima dela. Havia uma pequena cômoda ao pé da cama. Lena abriu as gavetas e descobriu toalhas de banho e de rosto também azul-marinho, roupas cinza extras e um par de chinelos cinza. Lena encontrou alguns CDs que foram gravados por alguém que parecia ter algum senso de humor. O título de um deles era "Isso é o que eu chamo de Mozart!".

Ela acendeu a luz, o que pouco adiantou para diminuir a penumbra do quarto. Lena queria tirar uma foto e enviar para Tanya com a legenda "Já viu uma decoração mais alegre?". Em vez disso, ela vestiu as roupas cinza, que eram mesmo confortáveis. Lena se alongou, tentando sentir cada pedaço de si mesma, de seus tendões, músculos e ossos. Ela queria ouvir seu corpo e ignorar seu cérebro, que ficava pensando nas palavras de Tim: "Você se doa para fazer de seu país um lugar melhor. Você se entrega de corpo e alma para nos manter seguros".

5

A primeira sessão foi com uma loira que se apresentou como Dra. Lisa. Era o tipo de mulher alta e musculosa a quem, apesar de ter quase cinquenta anos, as pessoas provavelmente ainda perguntavam se ela jogava vôlei ou basquete. Elas começaram a sessão entrando no pequeno jardim atrás de seu consultório e andando juntas enquanto o dia esquentava lentamente e o gelo derretia na grama.

– Com que frequência você lê as notícias?

– Não muita. Entre escola, trabalho e família, eu sempre fico pra trás. Embora eu tenha a impressão de que talvez isso seja uma coisa boa, agora.

– Ainda assim, quanto você acha que as notícias que lê influenciam a sua maneira de ver o mundo? – A cada palavra, uma pequena nuvem de ar quente saía da boca da Dra. Lisa.

Lena, sem jeito, sentiu a voz falhar quando disse que não achava que poderia realmente responder à pergunta. Ela olhou para os narcisos de um branco tão intenso em comparação com qualquer coisa dentro do consultório. A luz do Sol fez com que o cabelo da médica parecesse mais branco do que loiro.

— Você acredita em um poder superior?

— Eu quero acreditar.

O vento soprou, balançando os narcisos e percorrendo, com seus dedos esvoaçantes, a grama e os galhos das árvores.

— Qual é a sua opinião sobre a maneira como os Estados Unidos tratam as mulheres?

— Você pode repetir a pergunta?

— O que — disse Lisa muito lentamente — você acha da maneira como os Estados Unidos tratam as mulheres?

— Não acho que essa seja uma pergunta justa.

A Dra. Lisa parou de andar. Pela primeira vez, seus olhos fitavam diretamente o rosto de Lena, não a prancheta que estava carregando ou um pássaro voando.

— Por quê?

— Essa pergunta me obriga a falar por todas as mulheres. Tenho mil por cento de certeza de que há muitas mulheres brancas que acham que os Estados Unidos são ótimos para elas. Mas os Estados Unidos só costumam ser bons para as mulheres, especialmente as negras, quando querem algo delas.

— Como isso é diferente dos homens?

Alguns pássaros brigavam em um galho de árvore, depois voaram para o céu azul.

— Eu acho que os homens podem ser absolutamente inúteis e, mesmo assim, muitas pessoas vão dar um jeito de dizer algo agradável sobre eles. Especialmente homens brancos. Mas uma mulher tem de ser alguma coisa. Se ela não é, sabe, gostosa ou inteligente, ou boa na cozinha, as pessoas não a enxergam. E quando ela é boa demais em alguma coisa, muitos a odeiam.

— Isso não é um pouco cínico? Desmoralizante?

Lena deu de ombros. A ponta de seu nariz estava fria, como se fosse começar a escorrer logo se elas ficassem no ar frio por muito mais tempo.

— Pode ser. Mas, na maioria das vezes, é como as coisas são, então, não penso nisso conscientemente, apenas lido com isso.

— Acho que entendo o que você quer dizer — disse a Dra. Lisa, com a voz lenta e pensativa. Ela rabiscou alguma coisa.

Lena levou as mãos à boca e soprou nelas. Bateu palmas algumas vezes.

— Acho que você está pronta. Vamos entrar.

Quando Lena se acomodou na grande poltrona em frente à mesa da Dra. Lisa, veio a pergunta seguinte:

— Quão confortável você fica quando pessoas de outras raças tentam falar com você sobre racismo?

Lena ergueu as sobrancelhas, sem resposta.

— Essa é uma resposta boa o suficiente. Quanto você se importa com as opiniões de outras pessoas? — indagou a médica.

Lena cruzou os tornozelos. Ela explicou que, se fossem da família, ou Tanya, ela se importava muito. Mas ela não tinha muito tempo para se preocupar com o que as outras pessoas pensavam.

— A maior parte do tempo, já estou cansada demais, e isso sem me preocupar com a opinião dos outros. — Lena tossiu. A água na pequena fonte na mesa da Dra. Lisa borbulhava. O motor tremia. — Perdi minha linha de raciocínio.

Em seguida, trataram de hipóteses.

— Digamos que haja um carro sem freio indo em direção a uma multidão. Se atropelasse a multidão, mataria cinco pessoas. Mas você pode fazê-lo desviar, matando somente o motorista. O que você faria?

Lena pensou por um tempo.

— Acho que, se fosse preciso, eu mataria o motorista.

— Alguém está planejando um ataque contra outras pessoas em sua escola. Você tem a opção de detê-lo, mas isso resultaria na morte desse alguém. Você conseguiria fazer isso?

— Por que você quer saber se eu seria capaz de matar alguém?

— Só quero te conhecer melhor. Agora, e se uma pessoa estivesse na sua sala de estar, à noite, apontando uma arma para você? Ou para a sua mãe? — Os dentes brancos da Dra. Lisa pareciam recém-pintados. — E se um homem estivesse abusando sexualmente de você? Até onde você iria?

Do outro lado da janela havia um pé de cenoura selvagem. Uma abelha zumbia acima dele. *Elas não hibernavam?*, pensou. Lena não tinha ideia se poderia pedir um intervalo.

A Dra. Lisa se recostou na cadeira e ajustou as persianas.

— Você precisa que eu repita a pergunta?

— Obrigada. A luz estava doendo nos meus olhos. — Quando Lena mentia, sua voz sempre saía aguda demais.

— Lena, é importante que você responda a todas as perguntas o mais honestamente que puder.

— Imagino que eu faria de tudo para garantir que as pessoas sobrevivessem. Mas acho que todo mundo quer pensar em si mesmo como um herói em potencial. E acho que estou evitando responder às perguntas porque só a ideia de estar em uma situação em que eu tenha de ferir alguém me dá náuseas. — Lena baixou o olhar para as próprias mãos. Havia uma tirinha de pele seca perto do polegar esquerdo.

— Obrigada. — A médica tomou um gole de água. Outro. Então, pigarreou: — Digamos que, durante esses estudos, você descubra que alienígenas são reais. Mas você deu sua palavra e assinou um contrato de sigilo. O que você acha que poderia levá-la a quebrar essa promessa?

— Não sei. Talvez se os alienígenas fossem matar todos nós. Prefiro estar viva na prisão a ser morta por um alienígena com tentáculos.

A Dra. Lisa sublinhou algo. Lena esfregou o nariz e pôs o cabelo para trás.

– Você confia em pessoas brancas?

Lena tomou um longo gole de água antes de responder à pergunta.

■ ■ ■

No consultório seguinte, os móveis eram exatamente da mesma cor que as paredes. Não havia janelas. O médico era um homem branco, mais baixo do que a médica anterior, com uma voz alta e um corte de cabelo na moda. Ele não se apresentou. Em seu braço, uma tatuagem dava a impressão de que o membro era todo percorrido por uma longa trilha de hera. Lena decidiu que, se ele não se apresentasse, ela começaria a chamá-lo de Hera.

– É mais fácil demonstrar o que estamos fazendo do que tentar explicar a você – disse o médico. Ele apertou um botão em seu laptop, que tocou o que parecia um zumbido de uma máquina de café expresso. – Agora me diga, como você se sente ao ouvir esse som?

– Irritada.

– Algo mais?

– Ansiosa.

– Ótimo. Para todos os próximos, é só escrever.

O chiado da chaleira fazia com que sentisse sede. E, se isso não fosse uma emoção válida, ela imaginava que a deixasse satisfeita. Ou talvez prestes a se sentir satisfeita. O cri--cri-cri dos grilos: felicidade. O coaxar dos sapos: repulsa.

— Agora vai ficar mais estranho. Quero que me diga qual gosto você acha que essas coisas teriam.

Ele tocou música de harpa. Lena escreveu "uma torrada crocante de canela". Um copo se quebrando, Lena pensou que teria gosto de pimenta preta. Ela queria perguntar se era estranho que aquilo fosse mais divertido e menos estressante do que a sessão anterior, mas ele estava concentrado no computador.

— Agora, desenhe o que vê enquanto ouve música. Oh, essa caneta está sem tinta? Tome esta outra. Pode ser que ajude se fechar os olhos.

Um chilrear de pássaro apenas levou a um desenho de outro pássaro. Um tordo feio. Uma música que parecia ter saído de um jogo eletrônico de luta levou a um fantasma e uma espada.

Então, entraram em uma sala muito menor. Era tão pequena que havia apenas alguns centímetros de distância entre cada um dos braços da poltrona grande e a parede. Na poltrona, duas canetas e um caderno de desenho. Lena pensou que devia ter sido um pesadelo colocar aquela poltrona naquele espaço tão pequeno. Havia um alto-falante instalado diretamente acima da cadeira.

— Há outra pessoa na sala ao lado da sua. Vocês dois vão ouvir o mesmo som, alto e claro. Enquanto estiver ouvindo, deixe sua mente mais vazia possível. Limpe-a totalmente. Respire fundo. Não há listas de tarefas. Não há nada com que se preocupar. Mostraremos uma imagem à outra pessoa e pediremos que mentalize tal coisa para você.

– Como se pode mentalizar algo para alguém?

– Você nunca olhou para alguém e soube exatamente o que essa pessoa estava pensando?

– Claro.

– Bem, você vai desenhar ou escrever qualquer imagem que faça pensarem em você.

– Parece um jogo de festa.

Ele franziu a testa.

– Você precisa se concentrar.

– Tá bem.

Ele disse novamente para escrever ou desenhar o que ela visse.

– Serão intervalos de noventa segundos e três minutos, dependendo da complexidade da imagem. Não se preocupe se as imagens que você desenhar ficarem feias. Duvido que Picasso pudesse fazer algo bom tão rápido. Não pense nisso. Fique relaxada. Tente se soltar. – Ele estudou Lena por um longo momento, depois saiu e fechou a porta.

Um barulho baixo e longo, como um apito, começou.

Lena automaticamente desenhou uma árvore ao vento, inclinada para um lado, algumas folhas no chão. A poltrona cheirava um pouco a algum produto de limpeza "sem perfume".

Outro som, longo suficiente para que ela quisesse murmurá-lo, fazia com que pensasse no toque de um celular. O rosto de um homem, barba longa, óculos maiores do que o necessário, simples. Olhos redondos. Era como um retrato falado. O homem, conforme ela o vira, era totalmente incolor.

Tom três: um gongo. Lena escreveu uma frase: "Às vezes, as sementes crescem sob a luz da manhã".

■ ■ ■

– Bem, como está seu dia até agora? – perguntou a Dra. Maggie. Ela riu antes que Lena pudesse responder. – É assim que a maioria das pessoas se sente.

Lena foi pesada, fez um teste de alergia, correu em uma esteira e depois fez um exame oftalmológico em que precisou olhar para asteriscos dourados, laranja e pretos, e teve ar disparado em seus olhos. Em seguida, uma amostra de sangue, urina, suor e fezes.

– Foi mal – disse Lena, entregando as amostras.

– Este é o meu trabalho.

Lena sentiu como se estivesse prestes a desmaiar e bater com as partes macias do rosto no chão.

– Sente-se aqui e coma isso.

A Dra. Maggie ofereceu um biscoito grande, embrulhado em plástico. Era excepcionalmente doce. Havia um sabor residual, como o de remédio, mas a cada mordida Lena se sentia um pouco melhor, então ela não parou de comer, nem mencionou o gosto. A médica parecia estar anotando algo sobre a rapidez com que Lena comia o biscoito. Quando Lena terminou e tomou dois copos de água, elas discutiram dieta, exercício, por quanto tempo e com que frequência Lena menstruava, e quaisquer lesões anteriores ou presentes. Houve longas pausas após cada uma das respostas de Lena, e contato visual prolongado, como se cada palavra que Lena dizia fosse avaliada.

– Ponha este robe.

Quando Lena voltou, deitou-se na cama ginecológica e pousou os pés nos estribos. No teto havia vários pôsteres de um filhote de Golden Retriever e um patinho. Ela pensou se aquela imagem fofa deveria inspirar amizade.

– Você vai sentir que os instrumentos estão gelados – disse a Dra. Maggie.

Outro pôster mostrava um raio atingindo uma árvore, com a palavra "INSPIRAÇÃO!" escrita embaixo da imagem.

Lena queria saber se alguém, em todo o curso da história do mundo, já tivera uma ótima ideia enquanto passava por um exame de Papanicolaou. Se os pôsteres tivessem sido escolhidos por ela, haveria algo como "TORNE-SE UM VAZIO ABSOLUTO". Ou talvez "PACIÊNCIA", embaixo de uma foto de um ovo com um cronômetro.

Então vieram as vacinas. Enquanto a Dra. Maggie espetava agulha após agulha, fazia perguntas à Lena.

– Qual é o seu posicionamento em relação à doação de órgãos? – Uma espetada. – Qual é a sua definição de uma saúde excelente? – Uma espetada mais sofrida. – Como você se sente em relação ao envelhecimento? O que você acha que as pessoas querem dizer quando falam: "Você precisa cuidar bem de si mesma"?

As perguntas eram feitas em tom informal. A médica não anotava nada e continuava injetando vacinas em Lena. Quando finalmente acabou e tudo foi guardado, Lena percebeu que deveria ter perguntado o que exatamente estavam "fortalecendo" e de quais vacinas adicionais eles achavam que ela precisava.

– Vamos nos divertir um pouco – exclamou Dra. Maggie, entregando a Lena trajes de exercício físico.

Mais uma mudança de roupa. Elas, então, entraram em uma sala cheia de aparelhos de ginástica. Os braços de Lena doíam. Ela os sacudiu, tentou se alongar. Dra. Maggie pôs um CD em um *boombox* que parecia exatamente igual ao do quarto de Lena. A música que começou a tocar era algum tipo de Jock Jams desconhecido, uma voz dizendo "Whoo" e "Yeah" misturada com uma batida de baixo bem marcada e aplausos. Lena subiu na esteira mais próxima. Enquanto corria, o cérebro se esvaziava – cada pensamento era afastado pelo prazer de estar em movimento depois de horas passadas em cadeiras e poltronas. Ela correu até que houvesse suor escorrendo pela sua testa e a parte de trás de sua blusa se tornasse cinza-carvão de tão úmida.

– Você deve estar querendo tomar banho, mas acho que devia comer de novo antes – disse a Dra. Maggie.

A médica então desceu com Lena até o primeiro andar. A porta mais próxima da escada levava a um refeitório, em que havia duas mesinhas com duas cadeiras de madeira, cada. Uma tigela de salada esperava por ela, acompanhada por um prato com frango, legumes e arroz. Havia uma grande bancada na parede mais distante da porta, com garrafas de água, refrigerante, uma cafeteira e uma caixa marrom cheia de saquinhos de chá. O chão era de madeira antiga.

Havia o que parecia ser um pequeno ralo no chão, no centro da sala. O frango cheirava bem demais para que Lena investigasse. Ela pegou o maior pedaço de brócolis e pôs na boca. Enquanto mastigava, Lena analisou a salada, separando todas as cebolas vermelhas em um guardanapo.

– Lena?

Ela se sobressaltou. Diante dela estava um homem que parecia quase idêntico ao que tentara desenhar mais cedo. Ele era coreano, porém, e tinha mais cabelo do que ela se lembrava.

– Oi.

Ele pediu a ela que olhasse para o rosto dele. Que o memorizasse. Os olhos dele eram grandes, as íris tão marrom-escuras que faziam suas pupilas parecerem peculiarmente enormes. Tinha lábios finos e uma boca larga. Havia uma pequena marca de nascença marrom no lado esquerdo do pescoço, perto do pomo de Adão.

– Pronto – disse ela.

Ele assentiu e se virou para sair do refeitório. Enquanto o rapaz se encaminhava para a porta, Lena observou que ele tinha uma estatura masculina mediana e que, quando andava, movia o braço direito muito mais do que o esquerdo.

Eles estão testando minha memória, Lena disse a si mesma, então se concentrou novamente em comer. Na salada, havia uma verdura que Lena nunca provara. Tinha um sabor agradavelmente picante, que fazia sua boca salivar mais. Talvez ela fosse alérgica àquilo, mas não conseguia parar de comer. Tudo que acontecera durante o dia deixara Lena em um estado de transe, porque ela tinha pensado demais, e falara tanto de seu corpo que ele não parecia mais ser seu. Estava mais para uma joia sendo avaliada antes de ser posta à venda: aqui está o ouro, aqui estão as pedras preciosas, vamos analisá-los cuidadosamente. Estando sozinha e comendo aquele troço que a deixara extremamente consciente da saliva que aumentava entre seus dentes e o platô da língua, Lena se sentia um pouco mais ela mesma. Esfregou o rosto e deu outra mordida.

6

De manhã, Lena sentiu as tranças que apressadamente fizera no cabelo. Ela perdera uma mecha do cabelo, que acabou se angulando contra o pescoço. Suas panturrilhas doíam da corrida de ontem e sua voz estava rouca de tanto falar. Fechando os olhos, ela ouviu o agradável som do calor sendo bombeado por um duto de ventilação. Uma batida à porta.

— Este é seu aviso de dez minutos. Nós voltaremos para te levar à Sessão 1.

Lena mudou rapidamente de roupa e passou a maior parte do tempo trançando os cabelos, trabalhando o angulado no pescoço da melhor maneira possível com os dedos. Após ser conduzida escada abaixo por uma mulher de vestido azul-marinho — com um ar entediado e que respondia a todas as tentativas de conversa com variações de "ah, sim" —, foi levada ao consultório da Dra. Lisa. Ela foi acomodada em uma cadeira e serviram-lhe um copo de água. A médica brincava com as configurações de sua fonte.

A primeira pergunta:

— Como foi a sua noite? Dormiu bem?

— Como se eu estivesse morta.

Em seguida, um bombardeio constrangedor, como se fosse um primeiro encontro.

— Você prefere cães ou gatos?

— Cães.

— Qual é a sua cor preferida?

— Rosa-neon ou talvez azul-neon. Neons são subestimados.

— Eu posso desligar a fonte, se o som estiver te irritando. Qual é a sua comida favorita?

— Isso é meio piegas, mas acho que é algo que alguém que realmente me ama prepare para mim.

— Qual é a coisa menos atraente que uma pessoa pode fazer?

— Tirar meleca em público. Ou ser alguém que se esforça demais para soar inteligente nas mídias sociais. – Lena relaxou um pouco na cadeira.

— O que você quer fazer da sua vida?

— Algo com arte, espero.

O consultório cheirava a casca de laranja hoje.

— Você acha que poderia dar a sua vida por alguém?

— Dra. Lisa, você vai me matar?

A médica não riu. Lena pigarreou e se sentou ereta, com muito menos entusiasmo.

— Pela minha mãe, com certeza. Talvez por alguém que eu não conhecesse se fosse a situação certa.

— Como assim, a situação certa?

— Como tudo o que você me perguntou ontem.

A outra mulher sorriu. A fonte começou a zumbir novamente, como se o motor estivesse morrendo.

— As perguntas são um pouco repetitivas.

— Por que elas são tão relacionadas a assassinatos?

A médica encolheu os ombros. Ela esticou o braço até a mesa e puxou uma pasta.

— Vamos especificar mais.

— Tá bom.

— Os arquivos da sua escola informam que, na quinta série, você foi suspensa por ter batido no rosto de um menino com o seu livro de Estudos Sociais.

— Sim, isso aconteceu. — Lena se inclinou para a frente, tentando espiar os papéis.

A Dra. Lisa os puxou para mais perto de si.

— Por que você fez isso?

— Foi na época em que a minha mãe estava muito doente e precisava regularmente de cadeira de rodas. Ela teve uma convulsão no supermercado. Algumas crianças da escola viram. Então, começaram a chamá-la daquela palavra que começa com "R". E começaram a me fazer perguntas, como: "Por que você não é R, que nem sua mãe?". Coisas grosseiras tipo essa. — Fazia mais de uma década do ocorrido, mas os punhos de Lena se apertaram.

— Como assim, a palavra que começa com "R"?

— Ah, qual é...

Pela primeira vez, a voz de Lena estava em seu tom de costume, mais baixa. Até então – e Lena só percebera agora, quando parara de fazer isso – falara um pouco mais alto que o normal, um tom destinado a agradar.

Dra. Lisa fez uma pausa.

– Oh. Por que você se refere assim a essa palavra?

– Porque é perversa e dolorosa. – Lena empenhou toda sua força de vontade em não revirar os olhos enquanto falava.

– De volta à sua história...

– Um dia, tivemos aula com um professor substituto. Estávamos assistindo a um filme e aquele garoto se virou e disse: "Meu pai falou que, se tivesse um filho 'R', ele o mataria". E então disse algo pior, de que não consigo me lembrar porque o que ele tinha dito antes já havia me deixado em choque. Eu simplesmente peguei meu livro e acertei na cara dele.

– Por que usou seu livro?

– Eu não sei. Eu fiquei furiosa. – Lena cruzou os braços e olhou para baixo, para os chinelos cinza. – Eu realmente me sinto mal por ter machucado alguém, tenho nojo da minha atitude. Mas é complicado, porque também fico feliz por ter feito isso. A maioria das outras crianças me chamou de psicopata pelo resto do ano, mas pararam de falar sobre minha mãe.

A Dra. Lisa anotou algo em seu bloco de notas. Lena fechou os olhos.

— Enquanto eu estiver aqui, vou poder falar com a minha mãe?
— Não. Estamos mandando mensagens de texto para ela por você.

Lena assentiu.

— Mas vocês me diriam se houvesse uma emergência?
— Provavelmente. Você já teve outras reações violentas?

Essa é uma maneira bem melodramática de definir o que fiz, pensou Lena. Ela endireitou a postura e se sentou ereta, com os ombros para trás.

— Derramei bebida em um garoto que agarrou minha bunda em uma festa.
— Você fingiu que foi sem querer?
— Não. Eu me virei e derramei tudo bem no tênis dele. Mas eu estava bêbada. Tenho certeza de que tentaria discutir se estivesse sóbria.

A médica assentiu.

— O que te deixa com raiva?
— Pessoas que acham que podem fazer o que quiserem. Essa música sobre felicidade. Sempre que alguém é tratado injustamente, por razões alheias ao seu controle: raça, gênero, sexualidade. Você sabe. Às vezes, fico profundamente irritada em ônibus lotados, sem motivo nenhum. Pode estar tudo bem no ônibus, pode não haver ninguém sentado ao meu lado, mas eu fico irritada. Acho que é como um instinto animal. Quando pessoas brancas usam expressões como "neguinho" ou "lista negra". Às vezes, quando ouço

a palavra "câncer". Quando as pessoas fazem uma careta ao saberem que nunca conheci meu pai. — Ela parou de falar e recuperou o fôlego.

— Você provavelmente poderia fazer isso por mais dez minutos, não é?

— Sim. Nem mencionei as coisas que me irritam na internet. Ou em comida.

— Você pode parar por aqui — disse a médica, ainda escrevendo. — Mais uma pergunta. Quando digo a palavra "mãe", em quem você pensa automaticamente?

— Na minha avó.

A Dra. Maggie iniciou a sessão seguinte entregando dois comprimidos a Lena. Na mão dela, eles pareciam brilhantes e pretos como a noite. Sob a luz, eram verde-floresta. Ela engoliu os dois com um copo cheio de água. Eles não tinham gosto de nada.

— Talvez você sinta a boca um pouco azeda daqui a mais ou menos uma hora, depois de tomar isso.

— Parece meio nojento.

— É realmente a melhor palavra para isso.

Lena esfregou a testa. Bocejou. Uma xícara ou duas de café cairiam bem.

— E se sentir dor de cabeça, precisa me dizer imediatamente.

A médica entregou a Lena uma lista para memorizar: caviar dourado, batom morto, estação espacial quebrada, poltrona dupla de chocolate.

— O que significa se eu tiver dor de cabeça?

— Você está com dor de cabeça? — As sobrancelhas da Dra. Maggie se ergueram, a boca entreaberta.

— Não. Estou bem.

O que Lena não havia previsto era quanto ficaria irritada por não saber o que estava acontecendo. Ela queria que aquilo desse certo, queria entrar no que quer que fosse o Projeto Lakewood. Não importava que as perguntas da Dra. Lisa fossem principalmente sobre matar. Eram só perguntas. Lena decidiu que se importaria quando a médica lhe entregasse uma arma e dissesse: "Você tem que atirar em uma de nós". Inesperadamente, Dra. Maggie fez com que Lena se sentisse mais próxima da mãe. Provavelmente, era uma amostra de como era estar no lugar dela, tentando entender o que estava acontecendo com sua saúde. Diante dela, havia uma médica fazendo vários testes sem dizer nada substancial. Demandam sua confiança, mas não te dão um único motivo para acreditar que se importam com você. Para eles, é como um caça-palavras, enquanto para você é tudo.

A Dra. Maggie entregou-lhe um livro.

— Agora, precisamos esperar uma hora antes de fazer qualquer outra coisa.

O livro era sobre uma mulher que viajava sozinha pelo mundo em seu quadragésimo quinto aniversário. Ela queria entender algo novo sobre a vida. A personagem principal acabara de se divorciar, e viajar era algo que ela dizia que as pessoas faziam depois que se divorciavam. Ela fez algo que seu cônjuge teria odiado, uma viagem de trem pelo país. Foi à Grande Muralha da China e pensou em como aquilo era visto do espaço. E como ela nunca seria vista do espaço, o que era triste, mas, de algum modo, afirmava a vida. O livro era chato, mas fez com que Lena quisesse se divorciar. A vida depois parecia ousada e fascinante.

Após uma hora, Lena repetiu as partes da lista de que se lembrava: caviar, morto, estação espacial quebrada, chocolate.

A Dra. Maggie verificou sua pressão arterial, o interior da boca e perguntou se seus olhos ou vagina estavam dolorosamente secos.

– Felizmente, não – respondeu Lena.

– Então podemos prosseguir para a parte 2. – Ela pegou uma agulha grande e injetou um líquido claro no braço de Lena. – Feche a mão cinco vezes, bem rápido.

A médica a observou enquanto ela fazia isso. Lena bocejou. A médica continuou olhando. O braço esquerdo de Lena começou a coçar. Ela o olhou em busca de uma erupção cutânea ou urticária. Então, começou a ficar quente. A queimar. Um incêndio se espalhou do meio do braço esquerdo até os dedos, subindo pelo ombro. A boca de Lena balbuciava um borrão de "Oh meu Deus, socorro, merda, o quê" e sons que, em sua dor, ela torcia para não se lembrar de ter feito.

Ela estava no chão, abraçando os joelhos. A médica tomava notas a caneta se movendo rapidamente. A boca dela estava se mexendo.

Lena suava de dor.

Estava em sua garganta, com as garras para fora, deslocando-se rapidamente para o rosto. *Vou morrer*, ela pensou e, pela primeira vez em sua vida, não estava sendo dramática ao pensar isso.

Um espasmo na lombar. A boca e rosto encharcados de baba e lágrimas. Era o fim. A vagina de Lena doía. Ela ficou aliviada quando sentiu que não havia urinado.

– Agora me diga – começou a Dra. Maggie, os olhos ainda em suas anotações. – De qual daquelas expressões você se lembra?

– O que você disse?

– Eu disse: do que você se lembra?

– Caviar. Sofá. Morto. Quebrado. Caviar dourado.

E então seus pés estavam se movendo. Ela estava no corredor. Se Lena pudesse correr, teria feito isso. Seus dedos pressionavam a parede, deixando impressões suadas. Havia um ar vindo do alto, saindo pelos dutos de ventilação, e um barulho que Lena percebeu ser o som de sua respiração. Uma mulher estava parada no meio do corredor, vestindo roupas de ginástica cinza idênticas às de Lena.

– Mãe? – Lena perguntou.

A pele de sua mãe estava brilhando como se tivesse acabado de receber uma camada de hidratante. Os cabelos em tranças recém-feitas.

– Não estou me sentindo bem.

Lena vomitou. Olhou para cima, balançou a cabeça.

Não era a mãe dela.

A mulher era bem mais alta e pelo menos dez anos mais jovem. Ela deu outra olhada longa em Lena e correu para longe. Foi até uma das portas, entrou e a fechou. Lena foi atrás dela e tentou a porta, mas estava trancada.

– Por favor, estou passando mal – disse Lena.

Se alguém perguntasse, ela não saberia dizer por que era tão importante fazer com que aquela mulher a reconhecesse. Talvez fosse para pensar em qualquer outra coisa que não fosse o que acabara de acontecer. Ou quanto seu corpo ainda doía. Ela bateu de novo à porta. No material instrucional, haviam falado sobre a necessidade de isolamento. Por debaixo da porta, vinham sons do que poderia ser um documentário ou talvez um *podcast*. A voz de um homem falando sobre reciclagem e garrafas plásticas que ficariam na Terra por mais tempo do que qualquer um poderia viver. Ela se encostou na porta e fechou os olhos.

Quando Lena abriu os olhos, estava em sua cama, sendo sacudida até que acordasse. Duas pessoas que ela não reconhecia olhavam para ela. Era difícil ver seus rostos no escuro – apenas os dentes brancos e o brilho dos olhos eram visíveis, a princípio.

– Não tenha medo – disse uma voz de mulher. Era suave e gentil, como se falasse com uma criança que amava.

Lena tossiu, se sentou e esfregou os olhos.

– É hora de trabalhar um pouco – disse uma voz de homem.

Eles levaram Lena para uma sala no segundo andar que parecia uma delegacia saída de um programa de TV. Ela ficou bocejando e piscando enquanto olhava através do que supôs ser um espelho unidirecional – daqueles em que, do outro lado, há um monte de gente te observando. *Eu não estou com medo*, disse Lena a si mesma. *Este é o lugar onde eu quero estar. Eu estou bem.* O homem checava o relógio, como se tivesse um lugar importante para ir. Lena bocejou novamente, sua mandíbula estalando um pouco com a força. Cinco homens de ascendência do leste asiático sugiram diante dela, olhando para a frente. As luzes ficaram fortes.

– Você reconhece algum desses homens?

Lena olhou cuidadosamente para cada um, entendendo que estavam lhe perguntando sobre o homem que ela vira no primeiro dia, aquele que lhe pedira para se lembrar de seu rosto. Dois dos homens tinham pescoço não barbeado, mas nenhum tinha a marca de nascença que ela notara antes.

– Não – disse ela.

Eles agradeceram e a levaram de volta para seu quarto. Na cama, ela tentou descobrir que dia era. Lembrou-se de conversar com um homem sobre como deixar seu cérebro mais barulhento que o normal, como forçá-lo a falar com alguém. E Lena estava confusa.

– Isso soa como uma merda saída de alguma história em quadrinhos – ela começou a dizer, antes de corrigir a palavra *merda* por *coisa*.

Ele riu e disse:

— Não, como quando sua melhor amiga tem algo preso nos dentes e você olha para ela e, de repente, ela entende que tem algo de errado com o rosto dela.

Mas quando foi isso? E quando eles deram aquela injeção nela? E aquilo tinha acontecido uma vez ou duas?

A luz suavizou com o início de outro dia. Lena foi até a mesa e escreveu *Querida Tanya* na página aberta.

Ela virou a página até o começo. *Querida Tanya*, estava escrito na letra dela, *hoje eu comi camarão grelhado. Estava cozido demais, mas camarão é a minha pizza. Eu sempre acho bom.*

Querida Tanya, outro dia de injeção. Eu acordei e minha avó estava aqui, neste quarto. Ela cantarolava consigo mesma e lia uma revista. Disse que um casal de celebridades estava se separando, e que se aqueles brancos fofos não aguentavam, quem mais aguentaria? Ela virou a página, olhou para mim e disse: "Tem certeza de que isso é a coisa certa para você?". E então ela se foi. Eu acordei. Ainda bem que você não vai nunca ler isso, ou teríamos de conversar sobre o assunto por horas. Às vezes, sonhos não são presságios. São apenas seu cérebro costurando as coisas.

Os dedos de Lena tremiam. Ela continuou lendo. Às vezes, a letra dela era como de costume, na vertical, reta, fácil de ler. Mas havia momentos em que ficava claro que ela escrevera ainda com dor, os dedos com cãibra, as palmas da mão tremendo.

Querida Tanya, hoje nós falamos sobre luto. Pensei na voz da minha avó, na risada dela. A maneira como ela dizia a palavra "guaxinim", a ênfase no nim, o jeito como ela dizia "vaso" como se não rimasse com a palavra raso. Como ela era sempre a pessoa para quem eu queria mostrar minhas notas, falar sobre o futuro, quem sabia exatamente o que eu estava pensando. No funeral dela, eu realmente não tive tempo de chorar. Tive de cuidar de tudo e de todo mundo. Eu esperava que falar sobre ela, especialmente com alguém cujas emoções não me importasse, fosse reabrir a ferida novamente, toda a constrangedora e enorme dor, o corpo se curvando, os soluços. Mas minha voz se manteve calma.

Tanya, estou ganhando três mil dólares só essa semana. Provavelmente levaria o verão inteiro para faturar isso como Senhora Chip de Milho Azul.

Ontem à noite, Tanya, eles me acordaram no que parecia ser três da manhã. E eles me fizeram correr até ficar enjoada. Meu coração estava nos ouvidos e juro que ouvi uma explosão, bum! Percebi que era meu coração e havia me ouvido morrendo. Fechei os olhos e, quando os abri, estava bebendo um copo grande de suco de laranja. O sabor era tão bom! Usei uma toalha branca para limpar todo o suor do meu rosto. Foi a toalha mais macia que já usei em toda a minha vida. Um dos dedos do médico estava no meu pulso. Havia uma marca na minha mão. Um novo machucado que parecia o Pac-Man. Depois que contei tudo o que sentia, depois de repetir as frases novamente, falei com a minha mãe por telefone. Eles ficaram me observando enquanto conversávamos. Eu disse a ela que as coisas estavam muito calmas aqui na casa do professor. Ela me disse que realmente gostou da foto da planta que eu mandara para ela. Que ele tinha um ótimo gosto para plantas. Nós duas rimos com o que ela disse.

Deziree me disse que também sonhava com a vovó. Que elas assavam uma torta juntas. Dentro havia maçã e cabos telefônicos antigos. No sonho, minha avó disse que precisaríamos de uma dose extra de sorte este ano. E que, para atrair a sorte, ela precisava pintar de verde pelo menos um ambiente da casa. Eu disse a ela que não fizesse isso. O cheiro de tinta era um gatilho conhecido para ela. E ela tinha acabado de se recuperar de uma enxaqueca que descrevera como um tsunami. "Você parece cansada", ela dizia. E quando desliguei o telefone, os médicos me disseram que eu tinha um talento natural para mentir.

Mais e mais páginas. Às vezes, a letra era um rabisco ilegível. Em outra página havia escrito a palavra *sangue* em grandes letras maiúsculas. E, dois parágrafos abaixo: *Se eu não tomar um sorvete, vou me jogar da janela!*

Como é possível, pensou Lena, *que esteja aqui há apenas uma semana?*

Querida Tanya, fiquei em um quarto escuro por uma hora inteira, com os olhos vendados. Me pediram para anotar todos os sons que ouvia. Quando eles tiraram o tecido dos meus olhos, um homem de cartola e batom cinza estava sentado na cadeira diante de mim. "Fale comigo sobre sexo. Você gosta? Você tem medo?" Uma pessoa entrou com uma daquelas máscaras de unicórnio terríveis e me perguntou sobre correr riscos. Com que frequência eu sentia medo? Eu faria bungee jumping? Quais eram meus medos racionais? Então tudo começou a girar e vi cores nas paredes — lavanda, laranja, vermelho como ponche de frutas. Minha coluna estava faiscando de dor. Tudo que eu queria era me deitar no chão de madeira. Ficar quieta até que tudo passasse.

Lena cobriu os olhos.

O *déjà-vu* se abateu sobre ela como a luz do Sol passando por entre as frestas de uma persiana. Quantas vezes fizera aquilo, olhado para as memórias que ela mesma tinha escrito, e sentira a mesma mistura de confusão, irritação e medo? Ela pensava se aquilo valia a pena, desde que pudesse cuidar da mãe.

Ela esperava que sim.

7

Lena soube que era o último dia quando, no café da manhã, recebeu seu telefone, a bagagem e um cheque de três mil dólares com "Pensando em você durante esse período difícil" rabiscado na linha de identificação. O dinheiro era proveniente de uma conta em nome de R. M. Johnson. Lena tinha certeza de que essa pessoa não existia. E, para dizer a verdade, não importava. Teria levado todo o verão em seu trabalho de meio período ou no Burrito Town para ganhar a mesma quantia.

Levou à boca mais uma colherada de salada de frutas. Mergulhou um pedaço de melão no iogurte de morango.

– Toc-toc. – Era Tim, da orientação. Ele estava vestido como se trabalhasse na seção de eletrônicos da Target local: calça cáqui preguesa, blusa polo vermelha e um telefone celular preso ao cinto marrom.

– Você se lembra de mim?

– Sim, claro. – Lena limpou a boca com as costas da mão, para garantir que não ficasse com iogurte preso aos cantos.

– Então, estamos muito empolgados com seus resultados! Você tem uma memória maravilhosa, uma tolerância incrível – disse ele, sorrindo. Dava para ver que estava muito satisfeito. – Gostaríamos de convidá-la oficialmente para fazer parte da Lakewood.

– Lakewood? – perguntou Lena, como se nunca tivesse ouvido o nome antes, como se não tivesse sido sugerido o tempo todo.

Tim pôs mais café na xícara dela e se serviu também.

– Você trabalharia mais com a Dra. Lisa. Vocês duas parecem ter se conectado. – O sorriso dele aumentou.

Por debaixo da mesa, Lena apertou os joelhos. O tom de voz e as expressões no rosto de Tim a deixaram receosa. Por que ele sentia a necessidade de vender a ideia para ela? Eles com certeza sabiam que Lena estava desesperada por dinheiro. O que quer que quisessem que ela fizesse, provavelmente era muito pior do que as coisas que aconteceram nessa semana.

Lentamente, Lena disse que, embora a Dra. Lisa fosse ótima, era mais importante, para ela, saber o que faria no projeto.

– Essa é uma ótima pergunta.

– Não foi uma pergunta.

– Nós gostamos da sua maneira honesta de se expressar.

E isso era outra mentira. Ela tinha se esforçado para ser menos direta. Não havia sido algo consciente, a maior parte do tempo, mas tentara, até bastante, causar uma boa impressão em todos.

Lakewood era o nome de uma pequena cidade a cerca de duas horas e meia ao norte de onde Lena e Deziree moravam. Tim explicou que eles estavam construindo uma "instalação à paisana" lá.

Seu trabalho, aos olhos de terceiros, parecerá bem comum. Mas, na verdade, vai realizar pesquisas voltadas para estudos a maior parte do tempo. A empresa fornecerá moradia para você e um seguro de vida generoso e bem abrangente que incluirá sua mãe. E nós pagamos muito, muito bem.

Ele entregou um contrato a Lena, já aberto na página em que era especificado seu salário.

– Não é um erro de digitação. E, claro, um plano de saúde com cobertura total para toda a sua família. Nada sairá do seu bolso.

No local onde era especificado o salário havia uma quantia tão grande que Lena ficou constrangida. Logo embaixo constavam os termos de um novo contrato de confidencialidade. Havia ameaça de prisão. Multa de até um milhão de dólares por danos, conforme decisão de um juiz federal. Uma seção detalhando a quantidade de dinheiro que ela – ou seus beneficiários designados – receberia, dependendo do que acontecesse. Se ela morresse, cem mil dólares. Se sofresse danos cerebrais ou problemas neurocognitivos, setenta e cinco mil dólares. Quantias menores por cegueira ou mudanças irreversíveis em sua aparência. Se ela perdesse um pé, quinze mil dólares.

– Como eu poderia perder um pé?

– Ah, nossos advogados precisam pensar em todas as possibilidades, você sabe, caso haja responsabilidades civis. Você tem de estar cem por cento protegido nesse negócio.
– Saquei.

Era o plano de saúde que importava. Sua mãe poderia tratar as enxaquecas com botox novamente, frequentar o fisioterapeuta recomendado. Poderia pagar a medicação e ser hospitalizada sempre que necessário. Uma nova cadeira de rodas ou bengala para quando ela passasse por crises. Não haveria mais negociações de pagamento com a senhorita Shaunté. Lena poderia dar à mãe algo que a avó não havia conseguido: uma vida estável e rotina. Se Tim não estivesse olhando diretamente para Lena, ela teria chorado de alívio. Ainda assim, um grande suspiro de alívio saiu de sua boca.

– Não é? – disse Tim. – Eu sei, a vida pode ser dura, às vezes. Mas isso aqui é uma grande virada.

Ele então começou a falar sobre quão melhor o país seria se todos pudessem ter acesso a um plano de saúde. E não era uma vergonha que os planos de saúde fossem tão gentis com as pessoas on-line, esperando que comprassem a história e se convencessem o bastante para pagar uma bolada? Ele falava e falava, mas, para Lena, era como se ele estivesse fazendo um truque de mágica.

Preste atenção nas coisas que minha boca está dizendo, na prosperidade que prometo; não olhe muito para as minhas mãos, não pergunte de onde vem o dinheiro, não tente descobrir se tudo isso é real.

Lena virou a página e assinou.

■ ■ ■

Na cozinha de casa, a mãe de Lena olhava amostras de tinta que colara nas paredes. Hortelã, dinheiro vivo, folhas da primavera, resíduos tóxicos, folha de palmeira, garrafa.

– Qual delas você acha que vai nos trazer mais sorte? – perguntou Deziree.

– Todas dizem que será o fim de semana mais longo de nossas vidas. Pintar, prender fitas adesivas, limpar.

Deziree se virou, prestes a dizer algo, depois parou. Os olhos dela se arregalaram.

– Você está bem? Parece exausta.

– Acho que vou ficar doente.

– Parece que você viveu um milhão de anos.

– Obrigada, mãe.

A mãe dela fez sopa de galinha. Elas se sentaram lado a lado na cama de Lena, assistindo à tevê. Lena descansou a cabeça no ombro de Deziree. No telefone, alguém que fingira ser Lena dizia "Eu te amo, mãe" todos os dias. Essa pessoa conversara com os amigos de Lena, enviara fotos e GIFs estranhos. Ninguém tinha percebido que não era ela. O cabelo de Deziree cheirava a coco, a pele, a rosas. Em breve, poderia ser assim o tempo todo.

■ ■ ■

No telefone, a Dra. Lisa explicou que, para todos os efeitos, Lena trabalharia para uma empresa de caminhões e armazéns, a Great Lakes Shipping Company. Seria um negócio totalmente novo em Lakewood. O primeiro andar pareceria um espaço comum para expedição de caminhões, com escritórios, cubículos e um armazém. O segundo andar teria salas de conferência e áreas criadas para os estudos. O terceiro andar e o porão não poderiam ser acessados.

– Então tenho de aprender a ser uma operadora de expedições?

– Não. Bem, você aprenderá o suficiente para poder conversar sobre o assunto. E todos os dias te daremos um cartão com tudo o que "aconteceu" durante o expediente, para que possa falar com amigos e familiares.

Deziree passou, bateu à porta e disse:

– Jantar em dez minutos.

Todos os seus colegas de trabalho, aqueles no escritório e no armazém, estariam nos experimentos com ela. Os motoristas de caminhão deixariam e pegariam coisas, mas a maioria deles não seria afiliada. Lena teria de prestar muita atenção em como suas ações seriam interpretadas pelos outros.

– Por que ter motoristas de caminhão reais tão próximos disso?

– Pensamos em tudo, não se preocupe com isso. – A médica pigarreou. – A cidade é pequena e as pessoas gostam de falar. Queríamos que fosse mais simples, mas ninguém vai acreditar que você acabou de se mudar para Lakewood.

— O que devo vestir?

— A cidade é pequena e as pessoas gostam de falar — repetiu a Dra. Lisa. — Então se vista como se estivesse indo à igreja. Como se tentasse impressionar a mãe de alguém. Ugh. Contanto que você não se vista como se fosse para uma boate...

Lena não sabia dizer se a médica estava estressada ou se estava questionando a avaliação anterior sobre sua maturidade ou sua idade — ou talvez tivesse sido forçada a contratá-la. Tinha a impressão de que tudo que pensava em dizer para tranquilizar a Dra. Lisa só faria com que a médica tivesse certeza de que Lena fora uma péssima escolha.

— Entendi.

— Aqui estão suas palavras para amanhã. Manteiga silenciosa. Saca-rolhas Idaho. Regulamentos descuidados. Violeta. A ordem é importante dessa vez.

Lena repetiu as palavras uma, duas vezes.

— Ótimo.

— Eu preciso estar lá amanhã às nove, né?

Houve um silêncio do outro lado da linha. Lakewood tinha um serviço irregular. Lena esperou, mas a ligação caiu. Ela ainda não havia terminado de fazer as malas. Tudo estava em desordem: as roupas no chão, a cama por fazer, a maquiagem espalhada por toda parte.

— Bifes — gritou Deziree.

O jantar parecia incrível – bifes, batata-doce assada, uma salada grande, uma garrafa de champanhe barato aguardando em uma tigela cheia de cubos de gelo.

– Vou pegar os talheres – ofereceu Lena.

Na cozinha, colada na frente da geladeira, havia uma lista de lembretes com o novo endereço de Lena e uma descrição do trabalho que realizaria. Quando a mãe virou de costas, Lena escreveu nas laterais: "Eu te amo. Me ligue quando quiser, não importa a hora. Faça com que todos os cobradores entrem em contato comigo. Eu posso voltar para casa. Eu te amo. Não pinte a casa toda sem falar comigo". Ela desenhou corações ao redor de todas as coisas que pareciam duras, esperando que isso as amolecesse. Na geladeira, Lena prendeu um bilhete para a senhorita Shaunté com todos os itens essenciais e um cheque com uma modesta gratificação.

Quando Lena voltou com os talheres, Deziree deu tapinhas nas mãos e nos braços da filha como se ela fosse passar anos fora. E ficou repetindo a palavra Lakewood. A princípio, como se fosse um ingrediente desconhecido ou inesperado. Caramujos? Você tem certeza? Caramujos? Lakewood.

– Está tudo bem, mãe, está tudo na geladeira.

– Lakewood, Lakewood, Lakewood, Lakewood, Lakewood, Lakewood – disse Deziree, agarrando o próprio rosto, a voz mais alta a cada repetição.

Lena agarrou as mãos dela com firmeza, mas gentilmente.

– Vamos comer.

– Eu estou bem. Eu estou bem.

No meio da refeição, Deziree cuspiu um pedaço de bife. Ele caiu sobre a mesa e quase foi parar no braço de Lena. Deziree se levantou.

– Mãe?

– O espírito ama batatas cruas. – Seus olhos estavam fixados na parede atrás de Lena. Deziree agitava as mãos como se uma nuvem de cupins voasse em torno de sua cabeça.

A geladeira zumbia. Lena não tinha certeza se continuava comendo, esperava que passasse ou se recorria ao que a avó fazia às vezes: descrever exatamente o que estava acontecendo e tentar detalhar o momento. *Só estamos comendo um bom jantar, Deziree. O bife está gostoso. O vinho espumante é bem seco. São sete e trinta e oito da noite. As batatas-doces estão incríveis com o molho de pimenta que você fez. Nossa vida está prestes a mudar, mas nós duas vamos nos sair muito bem.*

Deziree se sentou rapidamente na cadeira.

– Mãe?

– Eu estou bem. É só cansaço.

– Mãe.

– Você pode, por favor, aceitar essa mentira, para que possamos ter um bom jantar? – disse Deziree de modo bem consciente.

Lena assentiu.

Elas comeram em silêncio por alguns momentos. A mão de Deziree tremia um pouco quando ela cortava a carne. Lena se perguntava se seria possível relaxar enquanto sua mãe lutava, viver plenamente e acreditar que sua mãe pediria ajuda quando quisesse ou precisasse. Havia uma diferença entre ajudar alguém que você ama pelo bem dessa pessoa ou pelo bem que isso faz a você. Mas era difícil ser ponderada e atenciosa no momento.

Sua mãe pousou a faca e o garfo no prato.

– Eu entendo que você tem de fazer isso. Mas precisa me prometer que voltará à escola quando tudo estiver acertado.

Lena assentiu.

– Eu juro, não serei uma daquelas pessoas de noventa anos que mostram nas notícias.

Deziree sorriu, mas seus olhos estavam tristes.

– Meu tataraneto Demétrio tirou só um B negativo na prova final. Esse velho saco de ossos – Lena apontou para o peito –, um A positivo!

Se estivesse de bom humor, Deziree teria participado. Perguntaria o nome do neto, faria uma voz de mulher velha. Ou talvez fingisse ser o professor que, no noticiário, fala como é emocionante ver que o aprendizado pode acontecer em qualquer idade. Em vez disso, ela empurrou as batatas-doces pelo prato. Então, pediu licença e disse que provavelmente dormiria direto até a manhã seguinte.

Lena esfregou o fogão e lavou a louça. A caminho de seu quarto, deu uma olhada nas mensagens do telefone. Havia uma foto de Kelly: um gato malhado com a língua de fora, como se tentasse pegar um floco de neve. Ela enviou uma foto da mesa de seu quarto – o recinto era do tamanho de um closet generoso. Havia espaço suficiente para uma cama de solteiro, uma mesa pequena e um guarda-roupa fino que um dos homens da igreja de sua avó tinha feito sob medida para ela. Qualquer indício de bagunça era avassalador no espaço.

Então, ela ligou para Tanya. Falou até cansar sobre como levaria apenas um ano ou dois para deixar tudo em ordem e garantir uma vida segura para as duas. A palavra "segura" surpreendeu Lena ao sair de sua boca. Ela pretendia dizer "estável". Tanya estava obviamente pensando em outra coisa, uma vez que só interagia com variações de "parece legal". E, embora Tanya estivesse em casa, Lena a imaginou sentada na escrivaninha do dormitório, comprando botas on-line ou praticando kanji enquanto a mãe falava com ela ao telefone.

Quando as coisas estavam ruins, a Lena Racional amarrou a Lena Emotiva, levou-a até um labirinto profundo, saiu correndo e foi trabalhar. Foi necessário. A Lena Emotiva iria distorcer, confundir e desacelerar as coisas e querer conversar e chorar. A Lena Racional precisava fazer as coisas, não ver a situação completa, mas se concentrar no caminho mais fácil para o outro lado. "Segura", disse Lena novamente. E isso a fez pensar no quão mal ela se sentiria se Lakewood não tivesse aparecido.

Tanya disse a ela que também faria uma pesquisa neste verão. Os dedos de Lena se apertaram ao redor do telefone, e relaxaram quando Tanya explicou, abaixando a voz, que seria um estudo sobre o orgasmo feminino. Ela receberia cem dólares por sessão e um vibrador caro pela participação.

– Estou dizendo aos meus pais que é um estudo de massagens.

– Olha, meio que é.

Tanya gargalhou. Ela disse a Lena que, depois de aceitar participar, entrou em uma espiral estranha. Cogitou voltar atrás, mas então pensou que talvez não houvesse outro momento em sua vida em que ela seria paga só para – você sabe. Aí leu sobre estudos baseados em pesquisas na internet.

– Você já leu sobre estudos de pesquisa realizados pelo governo? Você sabia que houve um, nos anos sessenta, com pessoas que juravam ter tido encontros alienígenas?

– Nunca li nada sobre o assunto. – Lena tocou em sua mesa, feliz por Tanya não poder ver seu rosto.

De repente, ela entendeu melhor as experiências de pensamento: a estranheza de alguém que você ama ser capaz de articular abruptamente um sentimento secreto. Amizade, família e romance geram uma telepatia que vem da afinidade. Ela tentou pensar em algo para dizer, sentiu o perigo no momento. Quando criança, ela desenhou uma mão enorme, como a que via nas histórias em quadrinhos, em sua mesa. Sua avó tentou se livrar dela com sal e sabão, mas não adiantou. Os dedos eram tão longos que tinham uma aparência sinistra.

— Eu preciso limpar minha mesa — disse Lena.
— O quê?
— Hã?
Tanya suspirou.
— Não acredito que você está desistindo.
Lena tossiu.
— Não é para sempre.
— Você não pode simplesmente fazer, tipo, uma vaquinha on-line?
Lena fingiu que a sugestão era uma piada e riu.
— Tá certo. Desculpa. Mas e quanto a ser paciente? Ou encontrar algo mais perto de sua mãe?
— Por favor, não meta minha mãe nisso. Você sabe que isso é sobre você.
Tanya desligou.
— Grossa — disse Lena ao telefone, mas sabia que o que havia falado servia para ambas.

Lena estendeu a mão, acariciou as pontas dos cabelos, esfregou e coçou levemente o couro cabeludo. Na infância, quando ficava chateada ou não conseguia dormir, sua avó coçava levemente seu couro cabeludo até que tudo passasse. Ajudava um pouco.

Ela voltou para o telefone. Pesquisou "experiências do governo" pela terceira vez desde que recebera a oferta de emprego. Tantos fóruns e páginas da web dedicados à discussão de experimentos secretos que haviam sido revelados ao público. As experiências na Penitenciária de San Quentin, o Estudo da Sífilis Não Tratada de Tuskegee, a Operação Sea-Spray, o Projeto Alcachofra. Como todas essas coisas, que pareciam programas bem-intencionados para os jovens, acabaram sendo tão terríveis? Lena leu novamente sobre rumores de que em diferentes países – todos, coincidentemente, tinham maus relacionamentos com os Estados Unidos – as pessoas eram levadas contra sua vontade e obrigadas a participar de experimentos. Uma praia pulverizada com uma substância que fez com que todas as águas-vivas se preparassem para a reprodução – as crianças que brincavam na areia tiveram sinusites graves. Não havia como ter sido um acidente.

Em outro fórum, havia posts sobre uma divisão do FBI voltada para testes de ESP – percepções extra-sensoriais, ou o sexto sentido, como dizem por aí. Eles incorporam perguntas em coisas comuns. Testes padronizados nas escolas, SATs, testes de direção, pesquisas de satisfação do cliente. Analisam inscrições para faculdades em que candidatos respondem o que pensam do futuro. Se as respostas de alguém atingirem determinado limite em um algoritmo, essa pessoa será investigada. Todas as mídias sociais são consistentemente monitoradas para isso. O governo dos Estados Unidos está monitorando essas pessoas por causa da guerra contra a porra do terror.

Lena riu um pouco dessas últimas palavras, incapaz de reprimir a parte do cérebro que gostava de fazer piadas idiotas: *Como seria a porra do terror? Há médiuns vivendo embaixo da Casa Branca e sendo enviados para zonas militares. Os que não incorporam são mortos.*

Uma mensagem de texto de Tanya pipocou na parte superior da tela: "Me desculpe. Eu sei que você está passando por muita coisa". Lena ignorou.

Ela releu a frase que acabara de ler. *Incorporam?* E, lendo novamente, ah, cooperam. O texto continuava: *Quando morrem, têm seu cérebro estudado. Em breve, nosso DNA será modificado e este será o próximo passo da evolução humana.*

Um pouco daquilo devia ser verdade. Os homens deviam estar mesmo testando coisas psíquicas. *Talvez*, Lena supôs, *tudo pudesse ser verdade. Tenho sorte de ser absolutamente terrível em ler mentes. Ou, agora, eu poderia estar me preparando para morar embaixo da Casa Branca. Passaria o verão entregando ao presidente nomes de pessoas que o odeiam e quando o próximo grande terremoto vai acontecer.*

Ela diminuiu o brilho na tela do telefone. Sempre se sentira intrigada com teorias da conspiração. Como o cérebro de uma pessoa pode encontrar os menores fios para reafirmar uma verdade criativa e falsa sobre o mundo. As favoritas eram sobre celebridades. Uma vencedora de um concurso infantil de beleza, que todos pensavam ter sido assassinada, fora sequestrada, sofrera lavagem cerebral e se transformara em uma estrela pop muito religiosa.

Romances secretos entre atores adolescentes que agora escondiam seus bebês secretos. Algumas dessas coisas não poderiam ser consideradas teorias da conspiração. Havia pessoas nesses fóruns que acreditavam que o que devia ser feito para impedir a mudança climática era aprender a falar respeitosamente com os elementos e explicar a situação.

Lena digitou de volta para Tanya: "Eu queria que você simplesmente me apoiasse". Deletou. Digitou: "Eu gostaria que nem tudo girasse ao seu redor". Deletou.

"Você é a única pessoa no mundo com quem sinto que posso ser completamente honesta. Me desculpe, mas as coisas precisam ser diferentes agora." Deletou.

Enviou: "É tudo uma merda, mas tenho de fazer isso".

Um site diferente. Texto branco sobre fundo preto: *A TV nos mostra as mentiras que queremos que nos distraiam do que é real.*

"Você precisa cuidar de si mesma também", Tanya respondeu.

Lena largou o telefone. Tudo que lera nele a chateara. Resolveu se concentrar em seu quarto.

Tudo o que ela levasse seria como "a fundação" de sua nova vida adulta. O problema não estava em se tornar adulta. Ela olhou para os livros didáticos, os esmaltes, os materiais de arte, as roupas. A questão era descobrir que tipo de adulta ela queria se tornar. Lena enviou uma mensagem com três corações vermelhos para Tanya. Depois, arrumou suas roupas mais estampadas e brilhantes para usar nos fins de semana. Reuniu suas fotos de família favoritas. Uma pintura que Tanya lhe dera no Natal.

Então ela tentou dormir, mas não conseguiu.

■ ■ ■

Lena foi até a sala de estar. Não havia nada para limpar. Tocou na maçaneta da porta do quarto da avó. Afastou o impulso de bater para perguntar se ela ainda estava acordada. Abriu a porta e, após entrar, fechou-a silenciosamente para que Deziree não ouvisse. Deitou-se na cama da avó. O travesseiro ainda cheirava a rosas. Rolando de lado, afundou o nariz nele, permitindo-se fazer isso até que se acostumasse com o cheiro, até que não houvesse nada. Lena puxou a fronha de seda do travesseiro, foi até a penteadeira da avó, pegou o óleo de rosa-mosqueta. Aplicou na fronha e não se importou com a mancha gordurosa formada. Agora ela tinha tudo de que precisava.

8

Às cinco da manhã, não havia ninguém além de Lena na estrada. O ar estava frio, o clima se recusando a admitir que, em seis semanas, seria verão. Lena estava cansada o suficiente para se sentir entorpecida, mas tudo bem. Isso dava espaço para que o cérebro se concentrasse em dirigir de maneira segura e em beber o café extraforte que Deziree fizera para ela. Sem lágrimas, sem antecipação do que estava por vir.

Após a primeira hora de viagem, todas as estradas eram federais. O Sol nasceu quando ela passou por onde começavam as fileiras de campos de milho. As casas ficavam cada vez mais longe umas das outras – os únicos aglomerados surgiam quando Lena atravessava vilarejos. Estes eram nomeados de acordo com a paisagem ou as tribos nativas, que mereciam mais do que serem imortalizadas batizando um local com um semáforo, um bar, um posto de gasolina e algumas casas brancas. Cervos atravessavam a estrada desnivelada e esburacada. Não era de admirar que ela nunca tivesse ouvido falar de Lakewood. Havia mais animais aqui do que pessoas.

Ela fez uma curva, depois outra. A poeira nas estradas, de um marrom opaco, tornou-se vermelha. Casas apareceram novamente. Havia um centro comercial na cidade de Lakewood: um pequeno tribunal, um bar, alguns restaurantes, uma biblioteca surpreendentemente grande, duas lojas diferentes de donuts. Um velho num banco alternando entre o cigarro e as mordidas em um doce. Havia carros nas ruas, pessoas passeando com cachorros. Ver gente era reconfortante. Lena seguiu em frente, percorrendo a rua principal até um supermercado, depois um posto de gasolina. Seguiu a curva que se estreitava em uma longa estrada de cascalho e, mais adiante, em uma entrada de automóveis.

Até que chegou ao seu destino.

O portão preto estava aberto, sem guarda no posto. Ao lado do prédio havia uma grande placa azul e branca, limpa, exceto por uma pequena mancha acinzentada de cocô de pássaro: Great Lakes Shipping Company.

A sala de conferências era pequena e estava cheia de pessoas.

A Dra. Lisa estava de pé, na cabeceira da mesa, com a pele bronzeada, a marca branca do relógio no pulso esquerdo. O homem ao lado de Lena mastigava um bagel de maneira ruidosa e entusiasmada. Ela tinha certeza de que podia ouvir cada gota de saliva sendo produzida na boca dele, a mordida, o ranger de dentes a cada mordida. A mulher à esquerda tinha uma tatuagem das fases da Lua no antebraço. Seus cabelos eram grossos e pretos, sua pele marrom de uma maneira que fez com que Lena presumisse que, aonde quer que essa mulher fosse, uma pessoa branca perguntava: "O que você é?".

– Nessas duas primeiras semanas, nós vamos avaliar vocês novamente – disse a Dra. Lisa. – Vocês também aprenderão, caso já não as tenham, algumas das habilidades das suas funções de fachada aqui, para que possam falar de maneira convincente sobre elas. – Os olhos da Dra. Lisa estavam mais voltados para as pessoas ao redor da mesa, todas vestindo pijamas cirúrgicos cinza. – Haverá vários observadores de olho em vocês enquanto estiverem aqui. Por favor, não tentem ser amigáveis com eles. A equipe é treinada para não se apegar.

Quase todas as pessoas – "os observadores" – eram brancas. Lena percebeu que todos os participantes do estudo eram negros, indianos ou latinos, exceto por uma mulher branca mais velha. Ela manteve o rosto neutro, mas arquivou esse fato para processar mais tarde. A voz da médica soou como se ela estivesse superando um resfriado. Enquanto falava, ela continuava alternando entre chamá--los de "a equipe" e "os observadores". Lena preferia a equipe. Isso a fazia pensar em filmes ruins de dança, em que as amizades só poderiam ser recuperadas quando todos se juntassem para um último *pop & lock*.

Era difícil manter a concentração. Ela estava hiperciente das mãos de todos. Alguém cheirava a produtos de limpeza com essência de toranja. Alguém brincava com uma caneta retrátil.

— Recomendamos enfaticamente que vocês sejam moderados ao beber quando não estiverem aqui. E, em geral, todos devem evitar situações que possam prejudicar seu bom senso. Criem certa distância entre vocês e pessoas com quem se sintam à vontade para confidenciar. Nada de drogas. — Ela fez contato visual direto com Lena.

A Dra. Lisa apresentou as instalações a todos os seis funcionários de lá. Eles voltaram pela sala onde ficavam os cubículos e desceram até o corredor do primeiro andar. Ela abriu as grandes portas duplas. O depósito estava iluminado com luzes fluorescentes que faziam todos parecerem estar se recuperando da gripe. Havia fileiras de prateleiras altas que continham várias caixas de papelão. Cheirava a vinagre, sujeira e gasolina. Dra. Lisa disse que o primeiro andar seria dedicado ao trabalho da Great Lakes Shipping Company e aos estudos de baixo risco, que poderiam ser realizados em suas mesas. Então os levou de volta, pelo corredor, até uma sala que continha cubículos, mesas compridas adjacentes e uma bancada que seria ocupada pela recepcionista. Ela indicou a sala de descanso, a sala de conferências — em que eles já haviam estado — e o pequeno armário de suprimentos.

— Lembrem-se de que, no primeiro andar, vocês podem ir e vir livremente. Vocês só devem ir até o segundo andar quando eu solicitar ou se tiverem sido designados para um estudo. O terceiro andar e o porão são apenas para convidados.

Todos reivindicaram mesas e foram incentivados a decorar seus espaços. Depois receberam pastas. O primeiro papel na pasta de Lena listava suas responsabilidades no trabalho. No segundo, estava escrito "Dia 1: Lena" no topo. Abaixo estava o seguinte: "Você participou da orientação, em que conheceu seus colegas Charlie (gerente da filial), Bethany (recepcionista), Ian (operador de expedição e balconista), Tom (TI) e Mariah (RH). Você soube que participaria de aulas para obter a certificação no Microsoft Excel. Você está muito feliz com isso. Você não gosta do fone de ouvido que precisa usar no trabalho. Ele pinica". A próxima folha trazia um lembrete sobre confidencialidade. Depois disso, informações de contato. Outra folha com o endereço de Lena e uma chave colada.

A Dra. Lisa designou, para cada membro da equipe, um treinador responsável por orientá-los nos detalhes de seu trabalho. A treinadora de Lena era uma mulher branca e baixinha, com sobrancelhas grandes, que se movia três vezes mais que a média das pessoas. Enquanto ouvia as perguntas de Lena sobre registros de chamadas e planilhas, seu rosto assumiu uma expressão que Lena batizou mentalmente de *por-que-nós-pessoas-não-somos-meteoros-ou-poeira-cósmica*.

Então veio o intervalo da manhã. Todos os funcionários da instalação entraram na sala de descanso, onde uma grande caixa de donuts os aguardava. Um cara mais jovem, a única outra pessoa negra que Lena tinha visto desde que chegara a Lakewood, apresentou-se como Charlie, o supervisor. Sua voz soou tão Michigan – ele pronunciou Charlie com um "A" longo e anasalado.

Ele nascera em Lakewood e morara lá a vida inteira. Ele tinha olhos castanhos e Lena sabia que, pelo menos com base na aparência, Tanya o classificaria como um absoluto sim. Quando Charlie esticou a mão para apertar a dela, ele derrubou um copo de canetas. Enquanto pegava as canetas, seu celular caiu do bolso. Tanya não se importaria que ele fosse desajeitado. Ela gostava de homens – desajeitados ou com uma voz um pouco estranha, ou mais baixos que ela – que talvez tivessem de se esforçar um pouco mais.

Quando Charlie estava de pé novamente, e tudo estava onde deveria estar, Lena disse que nunca havia morado em um lugar tão pequeno. Charlie baixou a voz e se inclinou perto o suficiente para que ela pudesse sentir seu hálito de café.

– Nem todo mundo é tão caipira quanto parece.

Ela riu, esperando que a risada não soasse tão dolorosamente aguda e constrangida para ele quanto soara para ela. Lena pegou um donut e olhou ao redor da sala, depois percebeu que Charlie provavelmente dissera alguma variação daquilo para todos na sala, exceto para Bethany.

À tarde, a Dra. Lisa fez o grupo assistir a um vídeo cômico de um homem feito em computação gráfica. Sentados em lados opostos da sala, havia dois homens brancos de calça cáqui e camisa polo observando o grupo assistindo ao vídeo. Quando as luzes foram acesas, todos preencheram pesquisas sobre quão confortáveis se sentiram com a aparência do homem computadorizado. A voz estava sincronizada com o rosto? Eles achavam que suas respostas haviam sido influenciadas por como as outras pessoas na sala pareciam estar se sentindo?

Em seguida, todos voltaram para suas mesas e receberam vídeos semelhantes para assistir enquanto usavam fones de ouvido. Um dos artistas parecia mais um réptil do que uma pessoa. Ele contou piadas sobre viagens aéreas que deveriam ser batidas, mas a ideia de um meio homem, meio camaleão com as mesmas queixas chatas que os demais passageiros sobre os assentos do corredor a fez rir. Ela assistiu a vídeos e preencheu pesquisas pelo resto do dia.

■ ■ ■

O apartamento de Lena estava completamente mobiliado e ficava a menos de dez minutos do trabalho. Havia panelas e frigideiras nos armários, um saco de toalhas com etiquetas no banheiro. Uma máquina de lavar louça totalmente nova. Pisos de madeira na cozinha, na sala de jantar e no quarto. Parecia um lugar onde alguém gostaria de morar. Ela queria postar uma foto nas mídias sociais, mas isso parecia uma má ideia. Em vez de desfazer as malas – porque o apartamento parecia tão limpo, tão novo –, Lena resolveu dirigir pela cidade.

Ela gostava de ver grandes flores silvestres brancas aparecendo nas valas ao longo da estrada. O ar alternava entre o cheiro de esgoto e a doce alegria do milho crescendo sob o Sol. Cemitérios inesperados cercados por campos indicavam a Lena que Lakewood já existia havia centenas de anos. Ela não se sentia pronta para parar em nenhuma das pequenas lanchonetes ou restaurantes. Talvez as pessoas a deixassem em paz, mas ela tinha medo de chamar a atenção – *É uma cidade pequena e as pessoas gostam de conversar*, pensava – ou, pior, sentir-se presa. Toda vez que ela ia a lugares assim, algumas das pessoas brancas a encaravam ou olhavam mais de uma vez para ver se ela realmente estava lá. Seria difícil não chamar a atenção se ela dissesse a alguém: "Sim, as pessoas negras existem mesmo".

Lena passou por um campo em que talos verdes brotavam da terra. Placas de madeira anunciavam o local como o lar dos girassóis *premium* de Michigan. Ela se acostumara ao Michigan formado por cidades, terrenos baldios e casas com tábuas de madeira nas portas e nas janelas. Cidades universitárias fofas, outdoors que lembram você de escovar os dentes por quatro minutos por dia, olhar para o outro lado do rio em direção ao Canadá. Aqui ela se sentia como uma exploradora. Havia estradas onde ela não via ninguém, apenas celeiros vermelhos e campos verdes.

Quando começou a ficar com fome, ela voltou para Lakewood. Enquanto passava por um dos parques do centro, viu, pelo espelho retrovisor, seis adolescentes discutindo – talvez a palavra certa fosse *brigando*. Eles estavam socando, chutando e batendo um no outro, mas através das janelas abertas do carro, Lena não ouvia gritos. Um garoto vestia uma camisa branca e havia uma linha sólida de sangue saindo do nariz até a bainha da camisa.

Enquanto Lena contornava o quarteirão, viu outro carro se aproximar e parar. Três garotas saltaram e correram para os meninos. Uma delas se livrou dos chinelos para que pudesse correr mais rápido. Uma segunda garota usava um vestido com limões estampados. Seus cachos, soltos e cheios de movimento.

Quando a garota do vestido de limão alcançou os meninos, ela pulou no mais próximo e passou os braços em volta do pescoço dele, empurrando-o para a frente com seu impulso. Seus cachos acompanharam o movimento. Ela puxou o cabelo dele e todos os outros meninos fizeram uma pausa. Ele ainda se debatia. Ela batia na cabeça dele como se tocasse um bongô. Mesmo assim, ninguém gritou. O garoto ficou ereto e a garota escorregou das costas dele. Eles começaram a se beijar enquanto todos os outros – e um homem mais velho, sentado em um banco – observavam.

9

Naquela noite, uma tempestade manteve Lena acordada. O granizo encontrava suas janelas, o vento discutia consigo mesmo e ela ouvia o choramingo do cachorro no apartamento vizinho após cada trovão. A chuva, um som que geralmente a fazia dormir profundamente, parecia querer cavar buracos nos tijolos do prédio com as suas garras.

Por volta das seis da manhã, Lena desligou o alarme e percebeu que não tinha cafeteira. Ela tomou o café da manhã, lavou a louça e se vestiu para ir trabalhar. Cada movimento exigia esforço. Ela bocejou duas, três vezes. No estacionamento, havia cinco cadeiras de jardim – com tecido vermelho e branco – e ela quase tropeçou em um galho de árvore. O para-brisa estava quebrado sobre o banco do motorista. O vidro decorava o interior do carro. O galho ofensor estava sobre o volante e o assento do motorista, encharcado.

– Merda – disse Lena. – Merda tripla.

O ar estava prateado. Não havia mais ninguém por perto; nenhuma luz ou televisão ligada nos apartamentos de frente para a garagem. Lena voltou para casa, tirou uma jaqueta de uma das caixas e ligou para o número que a Dra. Lisa lhe dera. A pessoa que atendeu disse que cuidaria do carro dela e a pôs em contato com Charlie, que morava a dois quarteirões dali.

Ele apareceu com dois cafés, que beberam enquanto examinavam o para-brisa quebrado.

— Bom, bem-vinda a Lakewood — disse Charlie.

No caminho para o trabalho, eles pararam em uma pequena casa de tijolos.

— Volto em dois minutos.

Ele removeu galhos caídos da calçada, pôs os sacos de lixo de volta nas lixeiras, que haviam sido derrubadas pelo vento, e empurrou tudo para dentro da garagem. Ao lado da caixa de correio havia um suporte para tomateiro, também tombado, que Charlie endireitou, embora nada crescesse ali ainda. Quando voltou para o carro, havia uma sujeira escura embaixo de suas unhas, mas ele não parecia se importar.

— Me desculpe por isso.

— Essa é sua casa? — Lena se inclinou para a frente em seu assento.

— É da senhora Thompson, minha professora da segunda série. Meus pais disseram que eu era apaixonado por ela quando tinha oito anos. Então, eles acham muito engraçado fazer piadas agora que eu a ajudo. Quando ela está fora, eu cuido do jardim. No inverno, eu removo a neve das passagens. – Ele pôs os óculos de sol e dirigiu com os joelhos. – A piada favorita da minha mãe é "Minha nora e eu podemos dividir um quarto no asilo".

– Parece meio irritante.

– Até que é engraçado às vezes. – Charlie bocejou. – Ela era uma boa professora. E o marido está doente há muito tempo.

Lena gostou do quão gentil sua voz soou enquanto ele falava sobre sua mãe e a professora.

– Posso te fazer uma pergunta estranha?

– Você acabou de fazer.

Lena tomou um gole de seu café. Ela não conhecia o rapaz o suficiente para saber se ele brincava ou se a achava irritante. Charlie estava seguindo pelas estradas secundárias, passando por casas antigas.

Plantas compridas e finas, que pareciam espargos, cresciam ao longo da estrada.

– Desculpe. Faça sua pergunta.

– Por que você acha que eles estão fazendo esses experimentos? O que acha que estão tentando descobrir?

– Acho que não devemos fazer essa pergunta. – Ele tamborilou um pouco no volante.

– É por isso que estou te perguntando.

– Eu não consigo entender. Acho que tem a ver com memória. – Charlie fez um barulho descompromissado.

Ele apontou para uma loja à direita, chamada Family Home – Casa da Família –, e contou a Lena que, quando ele era criança, todos os seus amigos se recusavam a entrar lá. Alegavam que fora construída em cima de cemitério indígena e os fantasmas das pessoas enterradas ali assombravam a loja. Os fantasmas eram especialmente interessados em crianças brancas. Eles queriam punir os descendentes daqueles que os haviam agredido.

— Era uma mistura estranha — ele disse — de racismo e autoconsciência histórica.

Ele continuou falando de um jeito *vamos-mudar-de-assunto* bem óbvio, apontando a Wendy's e uma cadeia de lojas de colchões que ele tentou convencer que era original de Lakewood.

— A família dona da Wendy's vive aqui há sete gerações, aperfeiçoando sua receita de hambúrguer. Um dia, eles serão mundialmente famosos.

— Li on-line que pessoas em outros países estavam desaparecendo e sendo forçadas a participar de estudos como esse.

— Lena. — A voz de Charlie era tranquila e gentil. — Não desperdice essa oportunidade estragando tudo. Você com certeza tem um bom motivo para estar aqui.

— Eu tenho. Preciso de dinheiro para estudar — disse ela, surpreendendo-se com a própria mentira. Ela abriu a bolsa e revirou seu interior, procurando os óculos de sol. Acabou pegando um chiclete de hortelã. — Mais uma vez, obrigada pelo café.

No escritório, os observadores distribuíram os roteiros do Dia 2. Lena leu: "Dia 2: Lena. Você excluiu vários arquivos sem querer. Você estava com muito medo de contar para Charlie (o gerente). Tom (TI) te ajudou a restaurar os arquivos. Você esqueceu o almoço e dividiu uma pizza com ele e Mariah (RH). Seu fone de ouvido ainda pinica".

Depois, receberam as tarefas da manhã. Charlie e Ian foram levados para o andar de cima. Lena e Bethany receberam manuais sobre seus trabalhos. Elas praticaram como atender ligações e leram situações teóricas. O livro de Lena perguntou o que ela faria se um motorista chegasse atrasado, com um carregamento muito grande de picles. Depois de ler o manual, ela assistiu a alguns tutoriais sobre como criar um banco de dados.

No meio do dia, Bethany deu batidinhas no cubículo de Lena.

– Oi, vizinha. Meu nome é Bethany e eu moro ali. – Ela apontou para a mesa da recepcionista.

Trocaram um aperto de mãos e conversaram um pouco sobre como era chato aprender todos esses programas de computador e, uau, que tempestade a da noite passada! Bethany usava muito blush, com os cabelos em um rabo de cavalo tão alto que parecia doloroso.

– Sabe aquele cara ali? – Bethany indicou com a cabeça o indiano barbudo. O cara de TI.

– Tom?

Tom vestia uma camisa polo azul-marinho e calça cáqui. Ele estava sentado em uma mesa comprida, fazendo anotações e usando fones de ouvido. Parecia estar à beira das lágrimas.

— O Ian me contou — Bethany apontou para uma mesa — que o Tom está fazendo um experimento solo para explorar o processo de luto. Ele ouve áudios com a voz da esposa morta.

— Isso é... — Lena não conseguiu escolher entre dizer horrível, terrível ou triste.

— Romântico, né? — Bethany se virou e voltou para sua mesa.

Depois de mais uma hora de tutoriais, um observador se aproximou e disse a Lena que era sua vez de ir para o andar de cima. Lena ficou animada enquanto subia as escadas. Talvez houvesse uma coisa excitante — alguma nova tecnologia incrível, alienígenas, um avanço legal na saúde — à espera. O observador a levou a uma pequena sala, que parecia ser usada para exames médicos. Uma pia, uma bancada, pinturas de vasos de plantas penduradas na parede atrás da mesa de exames. A Dra. Lisa estava sentada em um banquinho baixo, segurando uma prancheta e escrevendo alguma coisa.

Ela aferiu a pressão e a temperatura de Lena.

— Saudável.

— Ótimo — disse Lena.

A médica mandou Lena entregar o celular. Um homem vestindo uma camisa azul-marinho estava parado na porta.

— Ele vai te levar para o seu experimento.

■ ■ ■

Lena se sentou no banco do passageiro do sedã do homem. Cheirava a carro alugado, um perfume borrifado para fazer com que o carro parecesse novo.

O homem bateu na janela.

– Desculpe, você tem de se sentar no banco de trás. – Sua voz estava rouca quando ele pediu a ela que se deitasse. – É política da empresa, ajuda a manter nossa privacidade.

Ele ligou o carro, que era velho e barulhento. As janelas batiam nas estradas de terra. Algo apitava toda vez que o carro fazia uma curva à esquerda.

Lena podia sentir que estavam subindo uma colina.

– Que dia bonito – disse ela.

O observador não reagiu ao que ela disse. Ele era mais velho que os outros; a maioria deles parecia ter entre vinte e trinta anos.

– Você sabe por que a terra aqui é tão vermelha?

Outro buraco na estrada. Ela sentia cada um deles. Solavancos e chacoalhadas. Parecia que eles tinham saído da estrada.

– O ar é tão limpo aqui – ela tentou.

Quando o homem estacionou e ela foi autorizada a se sentar, Lena pôde ver que eles estavam em uma floresta, a luz penetrando os espaços entre folhas verdes. O observador saiu do carro e abriu a porta para ela. Ele começou a andar como se conhecesse o caminho, indicando uma raiz mais alta para que Lena tomasse cuidado.

– Já começou?

O homem se virou. Ele parecia quase a ponto de rir.

– Desculpe, minha garganta. – Sua voz saiu alta e aguda. – Eu pensei que você pudesse me ouvir no carro.

– Oh. Melhoras – disse Lena.

Eles seguiram em frente, passando por cogumelos brancos e folhas mortas. Uma bolha se formava em cada um dos dedões do pé de Lena. O suor escorria pela linha do cabelo e pelas costas.

– Vocês poderiam ter me avisado para usar tênis hoje – disse ela.

O homem deu um risinho, que se transformou em tosse.

A floresta era um sonho. Os pássaros tagarelavam tão alto que pareciam estar dentro de cada tronco de árvore e abaixo do solo. Ao longe, um cervo com a cabeça e o pescoço curvados. Após cerca de dez minutos, ao longo dos quais Lena quase pisou em heras venenosas, encontraram uma pequena cabana.

Bitucas de cigarro e latas de cerveja amassadas espalhadas ao redor fizeram com que Lena se sentisse como se tivessem assustado um monte de adolescentes festejando. Todas as janelas estavam pregadas e fechadas com tábuas. O observador abriu a porta da cabana e acendeu a lanterna do telefone. No chão havia cartuchos de espingarda. Garrafas de plástico vazias. Ela pigarreou. Ele não entendeu a dica.

Havia uma pequena pilha de garrafas de água vazias, todas amassadas no meio. Uma cadeira de praia, que Lena chutou levemente, fazendo-a balançar, confirmando que um golpe enfático a desmoronaria em uma pilha de ferrugem, metal e plástico.

– Então? – Lena perguntou. – O que estamos fazendo aqui?

A grama crescia entre as ripas do piso. Era um lugar onde você veria lacres, sangue, facas, plástico, pá. A voz de uma mulher pedindo ajuda. As tábuas do assoalho rangiam sob os pés de Lena.

– Você vai ficar aqui. Não poderá sair da cabana. – Sua voz era tão rouca que ele parecia ter sido atingido por um raio. – Vou te contar um segredo.

No escuro, Lena revirou os olhos. Nunca em sua vida ela se sentira tão assustada e irritada.

Ele disse a ela que, quando era um menino, tinha uma vizinha – uma mulher tão bonita que ele ficava nervoso só de olhar para ela. Era boa e gentil e gostava de fazer biscoitos para a família dele, porque sua mãe estava sempre ocupada. O marido dela era terrível. Eles podiam ouvir gritos e os sons de uma discussão a qualquer hora da noite. Lena respirou fundo. Não importava como aquela história terminasse, não seria agradável. Uma noite, quando ele não conseguia dormir, olhou pela janela da cozinha. Sua lanterna tremia enquanto falava, iluminando diferentes partes do chão sujo da cabana. As janelas da cozinha dele ficavam de frente para as da vizinha. Às vezes, as mães acenavam uma para a outra enquanto cozinhavam. Você sabe, uma coisa bem amistosa entre vizinhas. Ele viu a esposa e o marido discutindo. O marido deu um tapa nela uma vez, duas vezes. A mão de Lena chegou à boca. Ela achava que, à luz do dia, com as pessoas por perto, essa história poderia significar muito pouco para ela, apenas mais uma prova de como as pessoas podem ser horríveis umas com as outras. Sangue saía do nariz da vizinha.

– Muito sangue – disse ele. – Saía da boca dela também. Então ela abriu a gaveta, puxou uma faca e esfaqueou o marido. Eu era apenas um garotinho de sete anos. Mas pensei: *Que bom, que bom.*

Lena se virou para ele e soltou o ar que estava segurando.

– Não conte isso a ninguém.

– Eu entendo – disse Lena. Ela espirrou. O ar fedia a chuva e mofo. – Ela teve problemas por isso?

– Não me lembro – ele respondeu.

Ela sabia que isso era mentira.

Ele apontou a lanterna para uma caixa.

– Comida, água. Consuma com moderação.

Ela foi até a caixa para examinar os suprimentos. A porta rangeu, abriu e depois se fechou.

– Bem, tchau – disse Lena.

Uma vez que seus olhos se adaptaram à escuridão, ficou mais fácil encontrar as fontes de luz. Um pequeno lasco na porta da cabana, partes do telhado que precisam de reparo. Ela caminhou com os braços abertos. Um ruído de arranhado vinha de cima. Parecia um animal no telhado. Pelo menos não estava lá dentro.

Uma pessoa com uma prancheta estava agachada no canto mais escuro. Estava curvada, mas Lena podia sentir seus olhos nela. As mãos dela se fecharam em punhos. Se a pessoa fosse um homem, ela se sentiria totalmente insegura por estar sozinha em uma pequena cabana com ele.

– Olá?

Ansiosa, deu alguns passos em direção à pessoa. Nenhuma reação. Ela se aproximou ainda mais, até que, mesmo no escuro, pudesse ver o que havia confundido com uma pessoa: era uma segunda cadeira.

– Quase tive uma porra de um ataque cardíaco agora – ela sussurrou. Encostada na parede, deixou que seu coração voltasse a um ritmo normal. Relaxou e esticou os dedos.

Tinha de ser quase hora do jantar agora. Se Deziree se sentisse bem, estaria comendo uma salada, provavelmente na pequena varanda. Se não estivesse, Dona Shaunté e Deziree provavelmente estariam dividindo a comida, falando sobre homens, jardinagem ou ioga. Sua mãe teria todos os remédios de que precisava hoje. Amanhã seria sua primeira sessão de fisioterapia. Se eles estavam tentando assustar Lena, iam mal. Ela poderia morar naquela cabana sozinha, usando um canto como banheiro. Ficaria lá a perder de vista, se isso significasse não ter de fazer os cálculos mentais do que era melhor: pagar a conta da água ou permitir que a mãe sofresse com a doença.

Ela se sentou no chão para descansar os pés. Algo roçou sua mão, mas ela ignorou. Melhor não saber. Lena desejou não ter bebido a última xícara de café. Ela se levantou e caminhou lentamente até a caixa de suprimentos. Forçou a vista e apalpou para discernir o que tinha lá dentro. Espasmódico, peixe enlatado, frutas secas, água, barras de granola, um pequeno kit de primeiros socorros. Ela pegou alguns Band-Aids e tirou os sapatos de trabalho. Um estrondo de trovão. O vento aumentou. A chuva caía no telhado esburacado e pingos molhavam a cabeça de Lena.

A cabana chacoalhou a noite toda. Havia períodos breves de calmaria, enquanto a tempestade dava tréguas curtas. O ar cheirava a mofo e urina; Lena se acostumava com o cheiro, adormecia e depois acordava e ficava irritada com o mau odor novamente. Após acordar outra vez, ela se sentiu inquieta. Tentou sonhar acordada: férias em Tóquio, comendo lámen sentada em um banquinho e comprando um monte de coisas pequenas e legais das quais não precisava. Quando ficou difícil se concentrar nisso, tentou gritar por um tempo. Não por medo, mas porque era divertido não se importar. Houve momentos em que ela teve certeza de que vira coisas – a forma de um morcego voando em círculos, a sombra de um homem –, quando a cabana era iluminada por algum relâmpago mais próximo. Acabou deitando-se no chão e adormecendo.

Despertada pelo frio, ela se espreguiçou. Suas costas não estavam doendo. Fez algumas posições de ioga. O rosto e os dentes pareciam ásperos. Enquanto comia, Lena pensou em sua mãe. Pela primeira vez, em muito tempo, se perguntou que tipo de pessoa seu pai poderia ter sido. Deziree nunca falava sobre ele. Tudo o que Lena sabia eram as diferenças entre ela e sua mãe: Lena gostava de fazer contas; as orelhas dela eram muito pequenas, enquanto as da mãe e as da avó eram grandes; ela nunca se sentira atraída por religião alguma; o segundo dedo do pé esquerdo, horroroso; os cílios grossos; seus cachos mais soltos. Ela não conseguia imaginar o que faria agora se conhecesse o pai. Essa ideia não lhe causava mais emoção nenhuma, apenas curiosidade. A época de sua vida em que ter um pai faria diferença havia passado.

Quando Lena ficou entediada de pensar nele ou em todos os tipos possíveis de pessoas que ele poderia ser, fez tabelas de multiplicação. Mais ioga. Perguntou-se qual era o objetivo daquilo. Tratava-se de um teste para ver quanto tempo de isolamento seria necessário para que ela perdesse a cabeça? Tratava-se de sobrevivência? E como estavam acompanhando? Ela vasculhou os quatro cantos da cabana, mas não conseguiu ver nem sentir nada que não fosse madeira. Um cochilo. Mais multiplicação. Uma pequena refeição – uma barra de granola. Havia vinte e quatro na caixa, mas queria ser moderada – embora seu estômago quisesse que ela fosse imprudente. Ventou bastante à noite, mas ela dormiu durante a maior parte do tempo.

De manhã, havia um tablet ao lado dela e mais garrafas de água na caixa. Lena usou a menor quantidade que pôde na tentativa de lavar o rosto, mas sabia que, o que quer que fizesse, só pioraria. Ela tentou ignorar o tablet o maior tempo possível. Não havia como aquilo ser algo positivo – eles não a deixariam assistir a um filme divertido ou ler os blogs de moda. Lena bebeu um pouco mais de água.

Ela, então, o apanhou. A tela era tão brilhante que Lena fechou os olhos, mas ainda viu manchas brancas brilhantes em sua visão. Havia um questionário para que ela respondesse: "Em uma escala de 1 a 10, sendo 1 negativo e 10 excelente saúde mental, como você se sente? Usando as mesmas diretrizes, como você se sente fisicamente, sendo 10 o melhor condicionamento físico da sua vida? Em uma escala de 1 a 10, com 10 sendo o nível máximo de confiança que uma pessoa pode sentir, como você se sente em relação à Great Lakes Shipping Company?". A tela seguinte perguntou se, por uma recompensa monetária não divulgada, ela revelaria o segredo que lhe fora confiado. Parecia que tudo aquilo era um teste de sua capacidade de ser discreta. A escolha foi fácil: Lena tocou no "Não". A tela ficou preta.

Então um vídeo foi reproduzido. Não havia som e as imagens eram em escala de cinza. Ela se viu sentada em uma mesa comprida. Um homem de costas para a câmera estava falando com ela. Na tela, Lena concordou com algo que ele disse. Então o homem se inclinou e deu um tapa nela. Não pareceu forte. Sua reação na câmera foi mais atordoada do que com raiva ou dor. Ele deu um tapa nela uma segunda vez, uma terceira, novamente, novamente. Mais força a cada tapa. A Lena na tela não reagiu. A filmagem era granulada demais para ver se o nariz ou o olho mais próximo de onde ele batia estavam inchados. Ela notou que seus dedos seguravam a mesa, como se quisesse se firmar. O homem fez uma pausa. Ele disse algo para Lena na tela. Ela disse algo de volta. Houve alguns momentos em que nada aconteceu. Ela continuou a segurar a mesa, mas seus ombros e pescoço relaxaram. Foi um prazer desconfortável ver que, qualquer que fosse o momento em que aquilo havia sido gravado, ela se recusara a chorar. Então o homem se lançou sobre ela. Agarrou-a pela garganta. Lena deixou cair o tablet. A boca dela estava seca. Ela assistiu enquanto ele a sufocava e ela chutava, empurrava e arranhava. O vídeo desapareceu e outro questionário surgiu.

"Você se lembra dos eventos deste vídeo, sim ou não?"

As mãos de Lena tremiam quando ela tocou em "não".

"Você reconhece o homem neste vídeo, sim ou não?"

"Não."

"Este vídeo faz você questionar seu compromisso com Lakewood?"

Quando a avó começou a conversar com ela sobre sexo, Lena esperava que o papo viesse acompanhado por *"não até os trinta, não até o casamento, é pecado"*. Ela esperava a veemência que muitas de suas amigas ouviam de suas mães. Quase sempre, Deziree exerce o papel do bom policial. Ela seria a pessoa que, mais tarde, depois que a avó a assustasse, entraria na conversa e seria razoável. Ela falaria sobre preservativos, segurança, emoções e estar pronta. Mas a avó a surpreendeu. Ela falou sobre se guardar, não para o casamento – embora isso fosse ótimo e realmente o que Jesus preferia –, mas para alguém que respeitasse seu corpo tanto quanto você. Sua avó dissera que era melhor amar seu próprio corpo o máximo possível antes de permitir que outra pessoa tivesse acesso a ele. Que outras pessoas poderiam estragar permanentemente, de maneiras inesperadas, o modo como você se via. Lena ainda conseguia se lembrar exatamente do tom de voz da avó, porque parecia que ela estava contando um segredo. A avó não aplicava a ideia de respeito apenas ao sexo, mas a outras situações: o que ela comia, como se vestia e até algo tão insignificante quanto atravessar a rua.

Lena não conseguia se lembrar das mãos do homem em sua garganta ou do medo que devia ter sentido.

"Este vídeo faz você questionar seu compromisso com Lakewood?"

Lena pressionou "Não".

10

Outro dia se passou. O tablet desapareceu enquanto ela dormia. Lena fazia uma lista mental de todas as coisas que comeria quando aquilo acabasse, repetindo-a toda vez que começava a se sentir desesperada ou selvagem: "Macarrão com queijo, rosquinha de chocolate, uma salada para se sentir responsável, uma pizza com azeitonas verdes, um quilo de uvas vermelhas realmente frescas, uma galinha, outra galinha, uma dose de tequila para todos os dias que vivi neste pesadelo". Ela sonhava com mochas de chocolate branco, embora não gostasse de bebidas doces de café. Bebia mochas, tomava banhos de mochas, mijava mochas – entre os pesadelos em que alguém socava a cara dela. Lena visualizava uma tempestade ou um incêndio ou um bando de castores traiçoeiros procurando madeira, destruindo a cabana e libertando-a. Eles não poderiam puni-la por atos da natureza.

Outra manhã, esta chuvosa. O som da chuva no telhado tornava mais fácil ficar sozinha. Ela andava de um lado para o outro, tentando se concentrar em seus pés, suas mãos, afastando todos os pensamentos, quando a porta da cabana se abriu.

– Você pode sair.

Antes de sair, ela esfregou os olhos, deixando que se ajustassem à luz que entrava. À sua espera, havia um homem que Lena não reconheceu. Ela saiu e escorregou no chão molhado. Ele tentou agarrá-la e bateu no ombro de Lena.

Mais tarde, ela pensaria no que acontecera e perceberia que ele estava tentando impedir que ela caísse. Que ela havia sido mais afetada por estar sozinha, pelo vídeo, do que se dera conta. Mas no momento, a mão dele acionou um instinto de fuga. Lena se virou e correu. Disparou entre as árvores, mergulhou sob os galhos. Ainda havia folhas do outono anterior no chão, flores brancas e longas lâminas de grama aparecendo, todas escorregadias. Ela caiu. Demorou um momento para que percebesse que estava repentinamente no chão, outro meio segundo doloroso até que registrasse que seu pulso direito estava preso a uma raiz. E houvera um estalo? Sua garganta e seu rosto queimavam. Lena pensou *não, eu não vou chorar*, mas os olhos já estavam vazando. Ela se levantou. Seu pulso tomou a forma de um ângulo saído de um pesadelo. Lena deu alguns passos. Cada parte do pulso dela gemia de dor e pedia a ela que parasse de se mover. Ela ficou parada.

O homem se aproximou dela com passos grandes e lentos. Ele era jovem, branco, vestido mais como se estivesse indo a um bar de mergulho – moletom com capuz, botas caras – do que como se fosse parte de Lakewood. Lena se perguntou se ele fazia parte daquilo; talvez ele fosse apenas um morador local que havia cruzado com a cabana enquanto caminhava. Então ela notou a prancheta que ele trazia sob a axila. A testa dela estava molhada. Lena levantou a mão até a testa e sentiu o sangue na ponta dos dedos. Os olhos do homem estavam escuros sob os óculos. Ele repetia: "Calma, devagar, calma".

■ ■ ■

Lena acordou em uma cama de hospital. Dra. Lisa estava ao lado da cama, em uma cadeira de balanço, lendo um livro, um cobertor rosa enrolado nos ombros.

– Bom dia – disse a Dra. Lisa. Ela pousou o livro em uma mesinha ao lado da cadeira. *Assassinato nos trópicos*. Uma idosa com um enorme chapéu de sol e um grande gato preto no colo estava na capa. – Como você se sente?

O pulso de Lena estava envolto por um gesso branco. Ela se sentiu confusa, provavelmente pela mistura de analgésicos e muito tempo dormindo. Poderiam ter se passado três horas ou três dias. Havia um suporte intravenoso preso ao lado de sua cama, alimentando algo que estava sendo injetado pelo braço dela. Sua boca ainda estava coberta de terra e bactérias.

— Se serve de consolo, eu disse que você não estava pronta para este. — A voz da Dra. Lisa era irônica, ela falava como se fossem amigas e pudessem rir de qualquer coisa.

— Você se lembra das palavras que eu te disse? No telefone, antes de você vir para cá?

Lena encolheu os ombros.

A Dra. Lisa tirou uma caneta de uma bolsa aos seus pés, abriu o livro e escreveu algo na última página.

— Eu quebrei meu pulso?

— Uma torção bem feia. Se eu te oferecesse mil dólares, você me contaria o segredo?

Lena tossiu. Forçou-se a falar com leveza, como se estivesse brincando.

— Dez mil.

A médica anotou um pouco mais.

— Como você descreveria a maneira como se sentiu na cabana? Se você estivesse com medo, em uma escala de 1 a 10, sendo dez "pensei que ia morrer lá", que nota daria?

— Você tá de sacanagem com a minha cara?

A parede acima da cabeça da Dra. Lisa era tão branca que quase brilhava. Havia sujeira sob as unhas da mão esquerda de Lena. Quando ela se sentou, o intravenoso pinicou um pouco. Ela relaxou e encostou a cabeça nos travesseiros.

A Dra. Lisa puxou a cadeira de balanço em que estava sentada para mais perto da cama, depois se recostou nela. Ela pegou seu livro, abriu-o por um momento, como se fosse ler uma passagem para Lena para ajudá-la a voltar a dormir. Dobrou um canto da página e fechou o livro.

– É normal estar chateada. Saudável, até. – A voz dela estava baixa.

– Qual foi o propósito daquilo?

Os analgésicos assumiram o controle. Lena divagou sobre desistir, sobre dor e medo, e como tinha sido ser estapeada, e como ela sabia que o osso não estava quebrado. Como não era legal tratar pessoas assim. *Não era. Não era. Eles não podiam fazer aquilo*, pensava. A Dra. Lisa serviu-lhe mais um pouco de água, depois tirou o cobertor do colo e o pôs sobre Lena. Um armário atrás da cadeira estava cheio de cobertores e tinha outro travesseiro. Ela pegou o travesseiro, ajudou Lena a apoiar o pulso, pressionando o gesso. *Isso dói*, pensou Lena. A médica se inclinou, ainda segurando o gesso, e sussurrou no ouvido de Lena:

– Pense na sua mãe antes de falar assim com qualquer um de nós de novo.

11

Quando Lena voltou ao escritório, encontrou uma pasta à sua espera na mesa. Dentro estavam os papéis do dia. "Dia 3: Você ajudou Ian (Inventário e Despacho) a começar o inventário do armazém. Você viu um morcego no canto e chamou o controle de animais. Dia 4: Um grande carregamento de cereais foi entregue. Você começou a fazer um curso on-line para aprofundar seus conhecimentos em planilhas. Você e Bethany (recepcionista) almoçaram juntas. Dia 5: Charlie (gerente) organizou uma festa com pizzas na sexta-feira para o grupo. Você continuou inventariando o armazém. Dia 6: Você machucou o pulso no fim de semana. Mariah (RH) providenciou um cartão e todos assinaram. Você achou isso muito legal. Você continuou seu curso on-line sobre planilhas."

Hoje havia seis observadores diferentes no escritório, todos vestindo camisas polo cinza e calças. Lena tentou adivinhar qual deles havia escrito os dias para ela – talvez o homem alto e magro com óculos de plástico transparente. Ou a morena, que partiu os cabelos exatamente no meio.

Ninguém perguntou a Lena como conseguira o gesso. O já esperado cartão de "Melhoras!" foi entregue a ela por uma sorridente Mariah, que logo recebeu uma convocação para outro experimento. Os analgésicos suavizaram as emoções, então o dia passou sob uma névoa de entorpecimento. Bethany falou seriamente sobre como convenceria aquele escritório a usar apenas produtos ecologicamente corretos de limpeza. Ela insistiu para que Lena olhasse para o novo pôster que colocara perto de sua mesa. Era todo branco, com um bolo de abacaxi de cabeça para baixo. Embaixo dele, lia-se: "Stressed is just desserts spelled backward".[1]

Planilhas. Um experimento em que ela assistiu a outro vídeo de comédia *stand-up*: um sofá queria ir até uma boate, mas estava muito sujo para que as mulheres quisessem se deitar nele. Ficou encarando seu telefone por um tempo. Leu longas conversas de texto com a mãe interpretadas por alguém que fingia ser ela. Mensagens ignoradas de Tanya, Kelly e Stacy. Sentada na sala de descanso e comendo um saco de batatas fritas, sentiu que alguém a observava. Era a Dra. Lisa, ao lado da cafeteira, de braços cruzados.

– Oi – murmurou a médica, sorrindo como se tivesse prazer em ver Lena.

– Oi – retrucou Lena, fingindo estar feliz em vê-la também.

---

[1] *Stressed*, em inglês, significa estressado (a); e *desserts* significa sobremesas (em especial, doces). Logo, entende-se que o pôster brinca com a ideia de que, para afastar o estresse, basta comer um bom doce. [N.T.]

Na hora do almoço, Tanya mandou uma mensagem de texto para Lena novamente para saber quando poderia visitá-la e qual era seu novo endereço de correspondência. Lena ignorou o pedido de endereço, sabendo que, de modo impulsivo, Tanya simplesmente apareceria em seu apartamento, apesar da longa viagem. Ela tirou uma selfie de si mesma com seu gesso, mas algo a impediu de enviá-la para Tanya. Isso significaria uma visita, agitação, preocupação, perguntas sobre como aquilo acontecera.

Quando a avó de Lena morreu, Tanya montou um elaborado pacote de mimos. Uma garrafa de um bom Bourbon, diferentes produtos de beleza, os biscoitos favoritos de Lena. O gesto fora gentil, mas Lena não quis tocar em nada no pacote, exceto nos biscoitos de três dólares. Todo o resto parecia reservado para uma ocasião muito especial.

Por que Tanya não podia comprar os biscoitos e convidar Lena para assistir a um filme idiota? Era sempre demais: tentava pagar pelos jantares de sábado à noite, quando o refeitório do dormitório estava fechado, os ingressos de cinema, trazia bebidas de primeira qualidade para o quarto no dormitório, que alegava terem sido dadas a ela como presentes. Como se as pessoas se aproximassem de Tanya nas ruas e dissessem que uma mulher como ela merecia bebidas de alta qualidade, presenteassem a amiga e desaparecessem.

Lena tentava não se importar muito. Ela nunca reclamara, tentando ao máximo agir como se fosse normal. Nas poucas vezes em que conversaram, Tanya estava extremamente relaxada. Ela era franca em sua admiração por Lena ter um emprego, ir para casa ajudar sua mãe e avó quase todas as semanas e ainda manter sua média alta o suficiente para garantir sua bolsa de estudos.

– Você também merece ser cuidada, às vezes.

Lena não conseguia imaginar até que ponto Tanya iria por uma lesão no pulso, ainda mais com ela morando em um lugar distante e sem amigos.

Em vez disso, Lena mandou a selfie para Stacy, que imediatamente respondeu: "Ai". E, logo depois: "Você está muito bonita hoje".

Foi a primeira vez, em semanas, que ele usou palavras, não uma imagem. Ela sorriu, feliz por ninguém estar olhando para seu rosto e percebendo quão idiota devia parecer agora. Ele provavelmente não tinha nenhuma intenção ao dizer aquilo. Lena sabia que, se ela respondesse imediatamente, daria chance para mais paquera e conversas. Então, deixou o telefone de lado.

– Você está bem? – perguntou Charlie.

Ela se assustou. Era a primeira vez que o via o dia todo. Lena balançou a cabeça. Os olhos dele foram para o pulso dela. Ela desviou o olhar para não ter de encarar a bondade nos olhos dele. Depois, mirou o observador, que esquentava algo que cheirava a curry de frango no micro-ondas.

– Estou no espaço sideral.

– O quê?

– Analgésicos. Estou meio alta. Desculpe, sinto que estou sendo realmente estranha agora.

Perto do fim do expediente, Lena recebeu outra mensagem de Tanya: "Você está com raiva de mim? Por que você não quer que eu te visite?".

Lena começou a digitar.

"Minha vida já está completamente diferente", começou. Lena descreveu a cabana, o exame minucioso, o pulso, Dra. Lisa mencionando Deziree. Quanto tinha de guardar segredos. E ela já havia se machucado. Já tentando afastar da mente a ideia de que havia cometido um grande erro. Mas o que mais ela poderia fazer? *E se Tanya viesse a Lakewood, seria muito difícil*, pensou. "Preciso de um tempo longe da minha antiga vida", digitou Lena. Então ouviu em sua mente o discurso de orientação da Dra. Lisa. Leu mais uma vez a longa mensagem e a apagou.

"Desculpe" foi o que Tanya escreveu na manhã seguinte.

A chave para sobreviver a Lakewood, Lena decidiu, era fazer alguns amigos de verdade com quem pudesse conversar. Ela começou a almoçar com Mariah e Charlie e combinou de ir ver um filme com eles. Aceitou um convite para jantar na casa de Tom com Ian e Bethany depois do trabalho, no dia 11. A parte mais estranha da noite foi quando o filho adolescente de Tom se aproximou de Lena na cozinha.

– Você não é tão mais velha do que eu – disse ele. – Estou no Ensino Médio, podemos ser amigos.

Ela deixou a cabeça cair de lado levemente, passou por ele e abriu a geladeira. Pegou uma lata de refrigerante, fechou a geladeira e voltou para a sala de jantar. Sua solidão não era tão desesperadora a ponto de começar a sair com estudantes do Ensino Médio. Tom deu a cada um deles um saco de abobrinhas, longas e curvas, que cultivara em sua própria horta.

Naquela noite, já sem a dose pesada de analgésicos, Lena não conseguiu dormir. No escuro, toda sombra era um homem que ela não conhecia. Ela flutuava em direção ao sono, apenas para sentir os dedos em volta da garganta, a dor no rosto. Ela acendeu as luzes. Ainda assim, o sono vinha apenas em breves rajadas. Ela continuava despertando agarrada à fronha de seda, virando-se para olhar o abajur de coruja em sua mesa de cabeceira. Quando o comprou, parecia fofo, mas agora seu rosto branco e severo não era nada tranquilizador.

Lena queria mandar uma mensagem para Tanya.

Tanya dormia muito tarde, e ficaria emocionada se Lena ligasse e perguntasse se ela queria assistir a um filme ao mesmo tempo. Tanya lidava com a insônia fazendo coisas – arte, sobremesas – e ficaria feliz em enviar para Lena fotos de qualquer que fosse o projeto em que estivesse trabalhando.

■ ■ ■

Na manhã seguinte, Lena acordou às nove e meia. Pôs uma legging e, quando começou a botar um vestido, prendeu o pulso ruim no buraco do braço. Lágrimas brotaram. Ela teve de puxar o braço com força para tirá-lo. Quando Lena se olhou no espelho, detestou sua aparência, mas não tinha tempo para mudar de roupa.

No caminho para o trabalho, Lena fantasiava sobre todo o mau comportamento a que desejava ceder. Ideias infantis, como pegar a tesoura da mesa da Dra. Lisa sem que ela visse e cortar mechas do cabelo da médica quando ela estivesse de costas. Ou roubar algo pequeno de sua mesa, como uma bela caneta, uma foto ou o grande geode, e depois o jogar na floresta atrás da Great Lakes Shipping Company. Ou poderia contar aos observadores todos os apelidos terríveis que dera a eles: Nariz Torto, Cabelinho, Jeans de Papai, Bunda de Panqueca, Sobrancelhas de Einstein. No escritório, todos estavam reunidos na sala de conferências. Lena entrou na sala e ficou nos fundos. Mariah foi a única que percebeu sua presença. Ela murmurou:

– Você tá bem?

Lena assentiu.

Dra. Lisa dizia:

– A segunda parte deste projeto é verificar se a intimidade aumenta a receptividade a uma ideia.

Ela fez uma pausa, como se estivesse lutando contra o desejo de fazer um movimento com a mão ou algum tipo de piada. Respirou fundo e continuou.

– Há uma teoria de que, às vezes, quando você tem um vínculo muito forte com alguém, não consegue ouvir ou ver, de fato, essa pessoa. A sua impressão de quem ela é e de quem você pensa que ela deveria ser sempre impedirá, uma vez que a intimidade tenha sido estabelecida. Você vê aqueles que não conhece bem mais claramente.

A Dra. Lisa começou a juntar as pessoas.

– Lena e Charlie.

Ela entregou a eles uma folha de papel com perguntas que deveriam fazer um ao outro. Eles foram incentivados a ir para algum lugar e conversar sem que fossem observados.

Charlie e Lena foram, no carro dele, até o prado perto do lago. Conversaram um pouco sobre o carro dela e como os observadores haviam providenciado o reparo do para-brisa. Ele não parava de olhar para o pulso dela.

– Você tem de ver isso aqui em agosto – disse Charlie enquanto estacionava. – É um dos lugares mais bonitos de Lakewood. Tem essas pequenas flores roxas e vermelhas que podemos até comer.

– E qual é o gosto delas?

– De flor.

Eles andaram pela grama alta até poderem ver o Long Lake e a floresta ao seu redor. Embora fosse maio, Lena podia ver algumas flores roxas onde a grama era mais curta. Dois esquilos se perseguiram pelo prado, subiram em uma grande árvore, desceram e continuaram o pega-pega ao redor da lixeira. Pareciam conversar um com o outro:

– Se eu puser minhas patas em você, já era.

Lena e Charlie se sentaram e olharam para o papel. Havia pelo menos cinquenta perguntas, o texto estava escrito com letras pequenas e muito próximas.

— É como um daqueles encontros em que as pessoas entrevistam umas às outras e vão revezando os possíveis parceiros entre as mesas. *Speed dating*, sabe?

Lena passou o dedo pela pergunta.

— Que itens você levaria para uma ilha deserta?

Charlie arrancou um pouco de grama, esfregou-a entre os dedos, deixou-a cair sobre os joelhos.

— Senhorita Lena Johnson, se você pudesse ter um cantor famoso cantando para você, quem escolheria? Por quê?

— Eu odeio a ideia de alguém cantando para mim — disse Lena. — Me dá nervoso só de pensar nisso. É como se alguém pisasse no meu túmulo.

— Não existe uma palavra específica pra essa sensação?

— Provavelmente não.

— Por que o canto te faz pensar em morte?

— Alguém olhando nos meus olhos enquanto canta não me deixa com vontade de morrer. Isso me deixa tão envergonhada que aí prefiro a morte.

Eles fizeram uma pausa. Charlie olhou para longe. Lena leu novamente o papel.

— Essas perguntas são idiotas.

— Talvez sejam idiotas de propósito. Li uma vez que oficiais em treinamento do Exército são idiotas de propósito, para dar aos cadetes um inimigo comum. As pessoas cooperam e produzem mais quando têm algo contra o que lutar.

– Duvido que nos queiram unidos contra eles.

A luz do Sol apareceu entre nuvens brancas no céu. Todos os sentimentos negativos de Lena nos últimos dias se acumularam e a envenenavam por dentro. Talvez se sentisse melhor se desabafasse sobre o ocorrido na cabana, com seu pulso, contasse a alguém sobre o vídeo. Ou sobre sua irritação com a mãe, que era capaz de trocar mensagens por horas com outra pessoa e não perceber que não era Lena. Sua mãe, a única pessoa no mundo que tinha obrigação de notar. Mas Lena não sabia se podia confiar em Charlie. Além disso, provavelmente não estavam sozinhos.

– Como foi crescer aqui?

– Tipo, em geral? Ou... – Charlie gesticulou para si mesmo.

Ao longe, Lena podia ouvir o que parecia uma lancha. Aves. Vento. Ela ainda estava acostumada com seu antigo bairro e a escola, onde era raro não se sentir em meio a uma nuvem de conversas. Sons de pessoas andando de lá pra cá, tevês ao longe.

Charlie respondeu que, às vezes, era estranho. As pessoas sempre perguntavam de onde ele vinha realmente, como se esperassem Detroit, Chicago ou algo do tipo. Não acreditavam que ele pudesse ter nascido em Lakewood. Ou diziam que não era à toa que ele soava *tão branco* ao falar.

— E quem diz isso é, você sabe — ele colocou os dedos entre aspas —, o povo "não racista".

Enquanto Charlie falava, Lena considerou pedir desculpas a ele. Ela não pensou que ele poderia interpretar a pergunta como o que ele, um colega negro, sentia sendo de um lugar predominantemente branco. Ela estava mais interessada em saber como era perceber que sua cidade natal abrigava uma operação secreta do governo. Mas enquanto ele continuava falando sobre como sua família em Chicago não resistia em dizer quão "pouco negro" ele era, quão "miscigenado", como ele era *basicamente branco*, como um tio vivia dizendo que era melhor para ele, a longo prazo, ter essa aparência, Lena podia ouvir o alívio em sua voz. Enquanto Charlie falava, seus olhos miravam o Long Lake. Ele ignorou todas as tentativas dela de contato visual. Talvez fosse a primeira vez que ele se abria sobre aquilo.

— No Ensino Médio — disse Lena —, as pessoas sempre implicavam com o meu jeito de falar. Tinha uma galerinha que me chamava de "Sua Majestade, a Rainha".

A avó de Lena costumava dizer que "a diferença entre nós e eles é que eles tentam o máximo possível nunca pensar em nós, enquanto nós temos de pensar neles o tempo todo". Tanya dizia que o caminho para criar forças é saber quem você é, entender e reconhecer todas as partes de si mesmo. Em dias ruins, Lena pensava que era fácil para Tanya dizer isso, porque os pais dela eram advogados ricos que, tá certo, eram negros. Mas ela voltava da escola para aquela casa enorme, segura de que nunca lhe faltaria nada de bom. Então, saído da boca de Tanya, aquilo soava como algo extraído das redes sociais. Como aqueles "Nós nos importamos com você" espalhados nas lojas de departamentos.

— Tipo a rainha da Inglaterra? – perguntou Charlie.

Deziree dizia que havia pessoas boas e más de todas as raças. E que não devemos confiar em alguém até que prove que merece nossa confiança.

— Sim. No começo, eu achei que eles só estavam elogiando meu jeito de uma maneira estranha. Mas aí percebi que era porque achavam que eu conversava e agia como uma idosa branca.

— E como é o jeito de falar da rainha?

Lena passou a mão pela grama. As nuvens se acumulavam e ficavam mais escuras. A chuva estava chegando.

— Como o do Harry Potter, eu acho. Meio besta.

Ele riu.

— Harry Potter não é besta.

— Ele fala como se misturasse cereal com champanhe, em vez de leite.

Charlie riu mais. Quando parou, finalmente fez contato visual.

— Estou sendo estranho?

Os únicos lugares em Lakewood onde Lena via regularmente pessoas que não eram brancas eram o trabalho e um restaurante chinês na cidade. No supermercado cheio de gente, às vezes era desconfortável olhar em volta e perceber que ninguém se parecia com ela. Como Charlie tinha feito aquilo a vida toda?

– Não.

Então, ela contou a ele que tinha notado como as pessoas eram obcecadas por controle. Como aqueles colegas da escola dela: eles queriam pensar que a maneira deles de serem negros era melhor do que a maneira dela de ser negra. Embora esse comportamento não fosse racista, havia, sim, alguma relação de preconceito.

– Enquanto pensarem em nós como uma coisa só, nunca seremos indivíduos – completou Lena.

Lena deu uma longa olhada em Charlie. Ele parecia relaxado, pensativo.

– Charlie – começou suavemente, certificando-se de que sua voz não transmitisse nervoso –, você não acha muito estranho todos os observadores serem brancos?

Charlie abriu a boca, mas a fechou. Então se virou e olhou em volta. Ela sabia que, o que quer que ele dissesse, não seria verdade. Charlie se sentou direito.

– Você não acha que aquela nuvem ali parece um polvo? – Ele apontou.

Ela olhou na direção da nuvem. Por baixo, havia uma mulher solitária à beira do lago.

– Só se eu forçar bem a vista. Pra mim, parece um daqueles cactos grandes.

Charlie, então, mudou de assunto, depois de uma rápida pausa.

— Uma das coisas mais interessantes sobre Lakewood, que você talvez não saiba, é que é uma das poucas áreas rurais do estado que têm um legado de proprietários negros de terras. — Ele falava no ritmo lento e fácil de um professor, mantendo os olhos na mulher. — Meu pai era descendente de uma dessas famílias. Ele veio só conhecer o lugar, mas aí conheceu minha mãe e acabou construindo uma vida aqui.

O vento estava aumentando, e Lena não gostava de estar ciente nem dele nem de suas diferentes variações. Ela sentia falta dos sons da cidade, o grave vazando do som potente do carro de algum *bro*, sirenes à noite, cachorros latindo um para o outro ao passarem na calçada, rodas no asfalto. Lena arrancou uma longa folha de grama e a girou entre o polegar e o indicador.

— É melhor voltarmos.

■ ■ ■

Quando retornaram ao escritório, foram separados. A Dra. Lisa pediu a todos que descrevessem um objeto e pusessem seu texto em um envelope selado. Eles tiveram dois minutos para descrever um local. Depois, vinte segundos para escrever uma cor qualquer. Com uma voz completamente cética, a Dra. Lisa os orientou a exercitar a dupla consciência.

— Mantenha seu cérebro o mais aberto possível para a outra pessoa. Deixe seus pensamentos encontrarem um lugar mútuo, como sintonizar a mesma estação de rádio. Não pense demais. Quando estiver sintonizado, ouça não só a estática de seus próprios pensamentos, mas também as do seu parceiro de conversa.

Lena continuou se virando para olhar para Charlie, do outro lado da sala, como se isso pudesse ajudá-los a se sincronizarem. O cabelo dele estava cortado curto e enfatizava quão pequenas eram suas orelhas para uma cabeça tão grande. Havia uma mancha de grama no ombro direito de sua camisa branca. Nenhum pensamento veio a ela, nada que parecesse obviamente de outra pessoa. Ela imaginou que a Dra. Lisa mostraria a cada um suas respostas. Todos os outros, incluindo Charlie, teriam lido perfeitamente a mente um do outro.

Talvez o governo estivesse criando uma vasta rede psíquica que eles usariam para monitorar o globo. E estavam fazendo isso usando um questionário que parecia mais adequado para um site como "Encontre um bom cônjuge cristão".

A Dra. Lisa entregou os envelopes de Charlie para Lena e disse que, embora eles não devessem ser abertos, ela poderia segurá-los e responder ao que Charlie havia escrito.

– Anote o que você acha que ele respondeu.

Para o primeiro, ela escreveu "hambúrguer com queijo e bacon, em um bom pão, sem tomate, e com batatas fritas extras no fundo do saco". Lena pressionou os dedos contra o segundo envelope. Olhou novamente para Charlie. Seus ouvidos podiam ser menores que os dela, apesar de ele ser muito maior que ela. Ela rabiscou "este escritório idiota". E rasurou por cima de "idiota" até que fosse impossível ler o que estava escrito. No último, Lena escreveu coral (um rosa mais alaranjado, não avermelhado).

Quando o exercício foi concluído e a Dra. Lisa leu as respostas de todos, Lena esperava que ela fizesse um grande anúncio de que alguns deles alcançaram a sincronização perfeita. Mas, em vez disso, juntou as pranchetas, os envelopes, o laptop e pôs tudo na bolsa. Checava o celular o tempo todo, como se tivesse um lugar importante aonde ir. Quando tirou o pulôver, revelou uma camiseta com uma estampa de pôneis cor-de-rosa e amarelos galopando. Amarrou o cabelo para trás e desejou uma boa-noite a todos. Ela parecia uma mãe legal. Lena imaginou-a sentada do outro lado da mesa de jantar, perguntando à sua família, exatamente no mesmo tom que empregava enquanto formulava hipóteses: "Numa escala de 1 a 10, sendo 10 o melhor dia de todos e 1 o pior, como foi o seu dia?".

12

Naquela noite, novamente sozinha em seu apartamento, Lena começou uma nova lista, intitulada "Você é uma adulta". Ela queria aprender a cozinhar, cuidar melhor do carro para economizar dinheiro, entender a papelada do seguro que falava sobre os cuidados da mãe.

Na manhã do dia seguinte, o décimo quarto, mostrou a lista a Charlie enquanto estavam na sala de descanso. Ele examinou os itens e marcou todos aqueles que poderia ajudá-la a aprender. Eles trabalharam nisso, em vez de focar no plano de desempenho de seis meses que haviam recebido em suas pastas. Naquela noite, ele foi ao apartamento dela e mostrou-lhe como trocar os pneus do carro. Ela jamais conseguiria realizar aquela tarefa no momento, por causa do gesso, mas anotou todas as etapas.

Enquanto trabalhava nos pneus, Charlie contou a ela que algumas pessoas que ele conhecia na cidade eram muito racistas – como se ela fosse perguntar o nome e o sobrenome delas antes que dissessem ou fizessem algo horrível. Ele achava que a melhor coisa a fazer quando estava perto de gente assim era sorrir, adotar seu comportamento mais educado e nunca fazer contato visual direto. Lena já sabia de tudo isso, mas não quis interromper Charlie, que, gentil ao jeito dele, tentava aconselhá-la. Havia sujeira sob as unhas dele e suor na testa, depois da troca do pneu.

Ela não disse a ele que já estava acostumada a esse tipo de coisa em sua vida também, desde criança. Ou que, apenas por ser mulher, usava fones de ouvido quando estava sozinha em locais públicos. Que quase toda vez que saía para caminhar ou correr, passavam por ela veículos com adesivos da bandeira dos Confederados no porta-malas ou no vidro da frente. Ela se forçava a sorrir, como se sua música favorita estivesse tocando, e nada que pudessem fazer ou gritar a deixava infeliz. Ou como ela mantinha a música alta o suficiente para que, quando as pessoas tentassem gritar insultos ou coisas sexuais pela janela do carro, tudo se mantivesse distante. Charlie limpou as mãos em um pano. Dava para ver que ele não estava sendo condescendente – ele queria se sentir em família.

Na manhã seguinte, Bethany entrou no escritório segurando o queixo e massageando as bochechas. O rosto dela estava inchado. Não disse nada, o que não era um comportamento típico dela. Bethany adorava conversar. Ela nunca tinha entrado e ido diretamente para a mesa; ela gostava de agir como a prefeita do escritório. Ia para lá e para cá cumprimentando a todos como se não tivessem se visto havia menos de um dia. Charlie e Lena trocaram olhares. Murmuraram um com o outro se deviam, ou podiam, perguntar se ela estava bem. Em vez de ligar o computador, Bethany ficou sentada em sua mesa, olhando para seu pôster, como se houvesse algo profundo e maravilhoso que pudesse extrair do lema ou da ilustração do bolo.

"Dia 15: Charlie (o gerente) disse que você fará cursos de liderança on-line ministrados por empresas. Alguém tem roubado o iogurte de Bethany (a recepcionista) e ela está farta disso. A água continua estranha e todo mundo está irritado porque Bethany se esqueceu de pedir um refrigerador de água." Lena mostrou a Charlie o papel e sussurrou:

— Talvez ela esteja realmente dedicada à ideia de estar farta de alguém comer seu iogurte.

— Pode ser — respondeu Charlie. — Ela provavelmente está se divorciando. O rosto dela está mais para minha-vida-romântica-está-um-caos do que o de alguém-comeu-a-porra-do-meu-iogurte.

Os dois se voltaram para Mariah como se ela fosse realmente alguém dos Recursos Humanos e pudesse dizer algo. Ela estava assistindo a um vídeo de gatos derrubando coisas nas mesas e murmurando para si mesma: "Essa foi boa".

Lena voltou para sua mesa e tentou se convencer a perguntar a Bethany o que havia de errado. Bethany visivelmente chorava agora. Ela abriu a boca, a língua preta como se tivesse engolido tinta da impressora. Arrancou um dente inteiro, todo ensanguentado, com o que parecia uma veia ainda presa. Naquele momento, Lena saiu de seu corpo e sentiu suas emoções distantes. Enxergava tudo em alta definição.

O queixo de Bethany encharcado de sangue, as manchas se alargando no colarinho da blusa rosa que ela vestia. O vermelho-escuro na ponta dos dedos. O dente esbranquiçado. A língua negra de Bethany, a veia no centro cinza-grafite. Então Lena voltou ao corpo, certa de que ia desmaiar. Ela focou no teclado, a mancha cinza na letra "I". Tomou um gole de água. O pescoço e as orelhas estavam suados.

Charlie estava atrás dela, e pôs as mãos sobre os olhos. Um dos observadores, o que Lena apelidara Cabelinho, anotou alguma coisa, mas não disse nada.

Lena procurou na bolsa, pegou um frasco de analgésicos que lhe foram prescritos para o pulso e seu minúsculo kit de primeiros socorros. Ela os pôs na mesa de Bethany sem olhar diretamente para o queixo e a boca ensanguentados.

– Bethany, talvez você deva ir para casa.

Bethany abriu a boca e outro dente caiu. Era pontudo, provavelmente um canino.

Ian voltou segurando um saco de batatas chips da máquina de venda automática. Os olhos dele viajaram da boca ensanguentada de Bethany para o dente no chão, e depois até o dente que ela ainda segurava na mão. Ele se sentou na cadeira mais próxima. As batatas caíram espalhadas pelo chão.

A voz de Charlie era firme.

– Por favor, vá para o hospital, Bethany.

Todos os observadores olhavam para Bethany ou para seus blocos de notas, enquanto escreviam tudo o que estava acontecendo. Exibiam expressões concentradas. Um murmurou:

– Interessante.

O som de suas canetas arranhando o papel se intensificou quando Bethany gemeu de dor.

– Bons dados – comentou um deles, apontando para a folha de outro.

– Eu estou bem – disse Bethany com a voz abafada.

Lena se perguntou como Bethany conseguia falar. A dor devia ser insuportável.

Tom pôs a cabeça entre os joelhos e respirou fundo. Lena deu uma olhada na tela, fingindo que estava trabalhando. O nojo pressionava seus lábios contra os ouvidos, a boca e o pescoço dela. O cheiro pungente de sangue e mau hálito pairava no ar. O rosto de Lena estava quente. Ela se recusou a ceder, vomitar ou desmaiar. Cobriu a boca e o nariz com a mão, sentindo o cheiro do higienizante.

Bethany segurava sete dentes na mão e os sacudia. Ela se levantou, foi até a mesa de Lena e tocou em seu ombro. As pontas dos dedos estavam molhadas, e Lena fechou os olhos por um momento. Bethany tocou um dente da frente com um dedo. Puxou. E ele saiu. Lena sentiu de novo o odor de sangue e café velho. Bethany segurou o dente perto do rosto de Lena.

– Eu nunca pensei que os dentes fossem quentes. Eles parecem tão frios na minha boca.

Lena se virou e vomitou na lixeira perto de sua mesa.

Ela não se incomodou em limpar o queixo.

– Isso é um maldito pesadelo.

Outro observador entrou na área de trabalho e caminhou pelo corredor entre os cubículos. Ele era pálido de uma maneira que as pessoas provavelmente não resistiam a comentar. Seus cabelos eram tão brancos que ele parecia ter acabado de tirar um chapéu de inverno. Era o mesmo observador da manhã após a cabana. Os pelos nos braços de Lena se eriçaram. Sua boca se abriu, mas ela a fechou rapidamente. Talvez o trabalho dele fosse lidar com os sujeitos do estudo sempre que estavam prestes a sofrer um colapso. Enquanto levava Lena para ser atendida, ele falava com ela o tempo todo para que não pensasse na dor. Agora Lena não conseguia se lembrar do que ele dissera, apenas do som de sua voz: calmo, baixo e suave. Ele passou por ela, parecendo não a notar, e pegou Bethany pelo braço.

– Vamos ver o que podemos fazer para que você se sinta um pouco melhor.

A Dra. Lisa liberou a todos pelo resto do dia. Ian comemorou um pouco.

– Oba, fim de semana prolongado – falou para si mesmo, sem perceber como os demais ficaram desconfortáveis.

Quando abriram as portas para o estacionamento, a Dra. Lisa tocou no ombro de Lena e sussurrou:

– Puta merda, essa foi a coisa mais nojenta que eu já vi.

Antes que Lena pudesse descobrir como responder, a Dra. Lisa já estava em seu carro, fechando a porta.

13

Lena dirigiu até o Larson & Sons, o supermercado cujo dono era da própria cidade. Ela passava pelo que chamava de um-caso-de-domingo-à-noite, em que a ansiedade com a semana de trabalho pela frente era demais para que pudesse aproveitar seu tempo livre. E se eles a fizessem passar por algo que acarretasse a perda de todos os dentes? E se a mandassem de volta para a cabana? Fez faxina no apartamento, mas eram apenas seis e meia da tarde quando terminou. Trocou mensagens com Tanya por um tempinho. Seu bate-papo por vídeo com Deziree, que acontecia sempre às oito, durou apenas dez minutos. A mãe recebera um convite inesperado para jantar com algumas das senhoras do quarteirão. Tinha de voltar para a casa da Dona Cassandra a tempo da sobremesa e do carteado.

Para se distrair de tudo, Lena andou pela loja, pegando coisas como pasta de biscoito e analisando-a por um longo tempo. Era manteiga com sabor de biscoito? Biscoitos que de algum modo foram transformados em pasta?

Pelo canto do olho, viu um homem vestindo uma camiseta branca, uma jaqueta jeans folgada e um boné de beisebol azul para trás. Ele não fingia olhar as sopas, no final do corredor. O rosto e o corpo estavam virados para ela. Ele a avaliava, observava cuidadosamente suas mãos. Não tinha barba, mas um bigode loiro, e olhos que talvez fossem azuis. Seu rosto estava vermelho, de tanto ter sido esfregado, ou talvez de ter bebido antes de ir ao mercado.

Lena se virou e saiu do corredor. Ela pegou uma cesta e foi para o corredor das hortaliças. Tomates, azeitonas a granel, salsa fresca. O sistema de umidificação se acendeu e ela resistiu ao impulso de colocar a mão embaixo para pegar algumas gotas. Quando ela se virou, o homem ao lado dos morangos, com os braços cruzados. Mais uma vez, ele não fingiu não estar olhando para ela.

No dia seguinte começaria sua terceira semana em Lakewood, e Lena já estava se acostumando a ser observada. Mas aqui, se ele quisesse, poderia facilmente a atacar, e ela estava ciente disso. Ninguém sabia onde ela estava. Parara o carro no estacionamento dos fundos do supermercado, sob a luz tremeluzente, provavelmente fora do alcance das câmeras de segurança. Toda vez que assistia ao noticiário, havia alguma história sobre uma pessoa negra assassinada em um local público por um homem branco revoltado ou assustado ou drogado. Ela pegou o telefone para ligar para alguém, mas o pôs de volta no bolso. Era melhor ficar alerta. Além disso, o que diria? "Estou com um pressentimento esquisito"? E: "Obs.: estou em um espaço bem iluminado, com pessoas por perto"?

Ela pegou coxas de frango, leite, cereais, iogurte. Ele a seguiu. Lena foi para o corredor dedicado a absorventes, compressas e fraldas geriátricas. Das fraldas, ele a olhava enquanto ela lia, em uma embalagem de absorventes internos, qual produto era ideal para seu fluxo. Na fila do caixa, ela fingiu interesse pelas revistas – pessoas famosas terminando o relacionamento, alguém que havia traído alguém, como emagrecer comendo sopa por três semanas. A atendente no caixa era uma adolescente de aparência mista, uma mistura de negro com branco.

Quando estava na frente da fila, Lena respirou fundo. Ela queria descrever o homem para a garota, perguntar se ele ainda a observava. Em vez disso, ela disse:

– Gostei do seu cabelo.

– Obrigada! – A adolescente parou e sorriu como se ninguém jamais tivesse dito isso.

Enquanto Lena ensacava suas compras, ela examinou a área. Ele se fora. Ao caminhar para o carro no escuro, Lena visualizou o que teria de fazer se ele a atacasse ou se estivesse escondido no banco traseiro de seu carro. Se a atacasse, ela bateria nele com suas sacolas de compras, correria para dentro da loja e ligaria para a polícia. Se estivesse no banco de trás, ela tiraria uma foto dele e voltaria para a loja.

O carro estava vazio. Ela pôs as compras no banco de trás e dirigiu para casa de maneira lenta e indireta, cheia de voltas desnecessárias. Se ele estivesse seguindo seu carro, queria despistá-lo.

■ ■ ■

Segunda de manhã. "Dia 16. Você fez com que a impressora parasse de funcionar e passou a maior parte da manhã tentando descobrir como consertá-la, até desistir pouco antes do almoço e avisar Tom (TI). A aula sobre planilhas continua."

Ninguém deu tarefas a Lena, então ela passou a manhã lendo sobre design de apartamentos na internet, enviando links para projetos de bricolagem que poderiam preencher seus fins de semana. Ela olhou em volta e percebeu que ninguém havia recebido atribuições. Apenas dois observadores estavam por perto. A Dra. Lisa não tinha aparecido. Bethany também não. As manchas de sangue e os dentes sumiram.

Por volta das onze e meia, Lena seguiu Charlie até a sala de descanso para ver se ele sabia o que estava acontecendo.

Ele mastigou sua maçã.

– Só porque sou o gerente, não significa que sei o que acontece por aqui.

Um dos observadores, Bunda de Panqueca, entrou. Tinha manchas de café e o que parecia tinta roxa em sua blusa cinza. Ele foi até a pia e começou a esfregar as manchas.

– Meu final de semana – disse Charlie, cuspindo alguns pedaços de maçã enquanto falava – foi super-relaxante. E o seu?

— Eu ainda estou cansada.

Lena abriu a geladeira, pegando um dos iogurtes de cereja de Bethany e arrancando a folha vermelha. A mistura de vermelho-escuro e creme a lembrava demais do dente, da veia. Ela ficou parada, fixada em uma cereja, sentindo-se cada vez mais enjoada, enquanto o observador esfregava o sabonete em sua blusa.

— Então, você é a ladra de iogurte — disse Bunda de Panqueca, enquanto se enxugava com toalhas de papel. — Vou ter de colocar isso no seu arquivo.

Lena fingiu que era uma piada engraçada.

■ ■ ■

"Dia 17: Você passou o dia assistindo a vídeos sobre segurança no local de trabalho. Charlie e Mariah estavam fora do escritório. Lena passou a manhã lendo sobre programas de TV e blogs que falavam como os profissionais se tornavam realmente bons no blackjack."

Ela tentou ignorar a mesa de Bethany.

A certa altura, o telefone da recepção tocou. Lena fingiu não ouvir. Ele continuou tocando. Ela se virou. Ian e Tom diziam um para o outro:

— Você atende.

Depois de mais um toque, Lena se levantou, aproximou-se e atendeu o telefone.

— Alô? Great Lakes Shipping Company.

Ela podia ouvir o som mais distante de uma voz do outro lado, o ruído de movimento e de vento, como se alguém tentasse falar pelo viva-voz enquanto dirigia. No teclado de Bethany, havia uma gota de sangue seco na tecla "G".

– Eu não consigo ouvir você – disse Lena. – Você pode ligar de novo, quando o sinal estiver melhor?

A voz falou novamente. Houve um som semelhante ao de alguém dizendo "Lena", ou "me deixa". Alguns baques. Então o silêncio total. Lena desligou. Foi ao armário de suprimentos pegar um produto de limpeza e algumas toalhas de papel. Alguém tocou em seu ombro e ela se virou.

– A Dra. Lisa quer ver você – disse Sobrancelhas de Einstein.

Lena subiu as escadas, segurando o corrimão, e parou por um momento antes de entrar no segundo andar. Passou a mão pelo cabelo, certificando-se de que todos os cachos estavam como deveriam. Respirou fundo e obrigou seu rosto a adotar uma expressão neutra. A porta da Dra. Lisa estava aberta, e ela acrescentava passas em uma tigela de aveia, a julgar pelo cheiro, quando Lena entrou.

Enquanto mexia a aveia, a médica perguntou:

– Quantos dentes Bethany perdeu?

– Nove, eu acho.

– Tem certeza?

– Como eu poderia esquecer? – Lena coçou a mão. – Foi a coisa mais nojenta que já vi.

A médica entregou a ela uma pesquisa: "Em uma escala de 0 a 10, como você avaliaria seu nível de repugnância quando o sujeito B perdeu os dentes? Em uma escala de 0 a 10, como você avaliaria seu nível de medo ao presenciar o ocorrido? Em uma escala de 1 a 10, quanto o ocorrido fez com que você quisesse abandonar os estudos? Se isso acontecesse com você, deixaria Lakewood, sim ou não? Você perdeu a confiança nesses estudos, sim ou não?". Lena ficou feliz por eles terem feito isso no papel – era mais fácil mentir. Claro, ela não tinha pensado em sair. De jeito nenhum ela desconfiava deles!

– Como está Bethany? – perguntou Lena depois de devolver a pesquisa.

A Dra. Lisa comeu uma colher de farinha de aveia.

– Você devia voltar lá pra baixo.

■ ■ ■

A caminho de casa, Lena ligou para Deziree. A mãe estava de ótimo humor. Ela falou sobre quão bem se sentia: ia à ioga duas vezes por semana, sem enxaquecas, e também já não faltava ao trabalho havia quinze dias.

– Eu até ganhei peso – disse Deziree.

– Isso é ótimo.

Quando sua mãe estava muito doente, era difícil fazer com que comesse e se hidratasse. Às vezes, ela ficava tão magra que as pessoas que não a reconheciam a paravam e diziam que rezariam pela saúde dela.

– Lena, eu fui a um shopping!

A música, os cheiros de perfume, de fast-food e de limpeza, o ar seco, as crianças fazendo pirraça – eram todos gatilhos de enxaqueca. Ir a um shopping, para a mãe, já fora algo tão improvável quanto ir à Lua. A voz de Deziree soava leve, feliz. De vez em quando, ela precisava da bengala, mas não recorrera à cadeira de rodas em nenhum dia desde que começara o tratamento.

– E talvez eu já esteja me gabando demais, mas estou conseguindo me concentrar melhor agora.

Um sentimento ruim que habitava Lena vez ou outra a deixou com raiva ao ouvir aquilo. Durante toda a sua vida, Lena desejara uma mãe saudável, como a de todas as amigas. Alguém que não precisasse que ela cuidasse das coisas, ficasse extremamente quieta às vezes ou para se sentir confortável ao oferecer jantares, que arrumasse um emprego o mais rápido possível para ajudar a pagar as contas, que fizesse a limpeza. E agora, quando ela não precisava mais de uma mãe, quando não estava mais lá para aproveitar, Deziree era a pessoa com quem ela sonhara havia tanto tempo. E a única maneira de manter isso era com Lena a horas de distância, arriscando-se dia após dia. A emoção foi tão arrebatadora que Lena teve de parar em um posto de gasolina.

– Lena, eu... – Sua mãe engoliu em seco. – Obrigada. O seguro de saúde é...

Todos os sentimentos feios evaporaram, substituídos pelo constrangimento de sequer tê-los sentido e por uma pequena e desconfortável alegria por poder dar à mãe algo de que ela precisava.

— Mãe, eu te amo. Eu faria qualquer coisa por você. Você sabe disso, né?

— Me traga um pouco dessa água Disarono — gritou uma mulher. — Minha água está com gosto estranho.

Um jovem abastecia o carro com um cigarro apagado entre os lábios. O cachorro dele observava. Sua expressão ansiosa, a maneira como abanava o rabo, tudo parecia encorajar o dono a acendê-lo. O cachorro queria mais era ver o posto de gasolina pegar fogo, assistir à carnificina. Lena entendeu que talvez estivesse projetando seus pensamentos no animal, e o cachorro estivesse apenas agindo como... um cachorro.

— Mãe? Você está aí?

Depois de mais alguns momentos de silêncio, Lena desligou. Ela se recostou no banco do motorista e inclinou a cabeça para cima. O tecido no teto do carro estava inchado e desfiado pelo tempo e pela umidade.

Na manhã seguinte, Charlie deu uma carona para Lena até o trabalho. Seus olhos estavam vidrados. Quando ela entrou no carro, automaticamente se ofereceu para dirigir.

— Não, eu estou bem — disse ele.

— Onde você estava ontem? — Lena perguntou.

Ele ligou o rádio.

— Você fez alguma coisa legal?

Ele aumentou um pouco mais o rádio. A música country falava sobre amor correspondido, sonhar os sonhos um do outro, um céu azul, cachorros fofos, nossa pequena fazenda. Ela perguntou mais uma vez. Ele aumentou ainda mais o rádio. Ela abriu a janela. O dia estava quente e o ar, agradável. Se eles dirigissem assim por mais uma ou duas horas, Lena poderia até gostar de música country.

Quando chegaram ao escritório, Charlie saiu rapidamente do carro e caminhou cinco passos à frente dela. Na parte de trás dos braços dele havia cinco contusões, círculos perfeitos com alguns centímetros de distância um do outro.

■ ■ ■

"Dia 18: Alguém deixou o micro-ondas imundo, mas você não diz nada. Você sai e come seu almoço frio. Você aceita algumas entregas e ajuda Ian com o inventário."

Às dez da manhã, Lena enviou a Charlie um e-mail dizendo apenas "me desculpe". Ela não queria, de fato, pedir desculpas, e ter de ceder nisso a irritava, mas não aguentava mais todo aquele silêncio. Cinco minutos depois, Charlie se aproximou e se ofereceu para comprar um lanche para ela na máquina de petiscos.

No corredor, ele apontou para o desenho de uma lâmpada fumando um cigarro no gesso dela.

— Quem fez isso? É estranho.

— Estranho mesmo é que tenham posto um gesso em mim.

— Não sei o que é mais estranho.

Se eles não tivessem acabado de fazer as pazes, Lena reviraria os olhos. Charlie sacudiu as moedas na palma da mão.

— Eu odeio essa lâmpada.

— Para sua informação, vou transformar esse desenho numa tatuagem. Nas minhas costas inteiras. Enorme. Ultracolorida.

— Tá.

Charlie fechou os olhos, como se as luzes do teto o incomodassem. Ele esfregou a testa.

— Dor de cabeça?

— Um pouco.

Seus olhos estavam no gesso dela novamente. Lena desenhara um cacho de uvas antropomórficas comendo uvas menores e não antropomórficas.

— Você tem futuro no *The New Yorker* — dissera Ian ao ver Lena desenhando. — Basta legendar como "Trabalho duro".

Alguns de seus colegas de trabalho assinaram ou escreveram os habituais desejos de melhoras. Ela perguntou a alguns dos observadores se eles queriam assinar. Um deles riu e disse:

— Oh, Lena.

— Charlie?

Ele se virou para a máquina de petiscos e comprou biscoitos sem perguntar à Lena o que ela queria.

— Está tudo bem?

Charlie entregou pretzels a ela e encolheu os ombros. Seus olhos estavam vermelhos.

– Eu estava visitando meus avós.

– O quê? – Lena olhou em volta. Com certeza, havia um observador que ela não notara.

– Meus avós já são velhinhos e sentem minha falta. Você sabe como é. – Ele se inclinou para a frente e sussurrou: – Pare de tentar me meter em encrenca.

– Não estou.... Só achei que...

– Ah, Lena, nem vem...

Ela esfregou a testa. Não conseguia pensar no que dizer para atenuar a situação.

– Eu não sei onde estava – disse Charlie. – Eu estava na casa dos meus avós, mas sei que também estava em outro lugar, ao mesmo tempo.

– Não estou entendendo o que está acontecendo aqui – disse Lena.

Ian e Dra. Lisa passaram pelo corredor.

– Minha rainha favorita é aquela que às vezes se veste que nem uma gata sensual de Halloween, mas com uma pegada meio anime – dizia Dra. Lisa.

– Eu não sabia que você era tão extravagante – comentou Ian.

Eles riram.

Charlie inclinou a cabeça para Lena, indicando que voltaria para sua mesa.

14

"Dia 25+: Pediram a você que fizesse horas extras em um sábado para coordenar uma remessa atrasada."

Lena pingou colírios que queimavam os olhos e cheiravam a álcool e plástico velho. Cabelinho ativou um cronômetro e disse a Lena que ficasse de olhos fechados por cinco minutos. Quando o alarme tocou, Lena abriu os olhos, que ficaram muito sensíveis à luz. O observador estendeu um espelho, sorrindo. Os olhos de Lena estavam azuis.

– Estou com um ar sobrenatural.

– Bem, escreva isso – disse Cabelinho, passando a folha para ela.

Em uma escala de 0 a 10, sendo 0 a ausência de dor e 10 uma dor excruciante, como você classificaria a dor em seus olhos? Você está sentindo alguma queimação ou espetada? O que você acha da sua aparência? Seja específica. Em uma escala de 1 a 10, sendo 10 mais atraente, como você classificaria sua aparência em um dia normal? Agora, olhando-se no espelho e considerando a mesma escala de 1 a 10, como você avalia sua aparência? Depois de olhar no espelho por mais cinco minutos, como você avaliaria sua aparência?

— Meus olhos vão ficar assim para sempre? — perguntou Lena enquanto dava uma nota 6 ao seu nível de conforto com a situação.

— Escreva isso na folha também.

Conforme se olhava por mais tempo, Lena passava a gostar do contraste do azul tão brilhante contra sua pele marrom. Ela parecia alguém que estaria em uma revista, talvez, usando um vestido grande, altíssima, calçando sapatos incríveis nos pés. Depois que ela devolveu o formulário, Cabelinho a levou a um bar na cidade, a uns quarenta minutos de distância do escritório.

Ela estava sentada sozinha no bar, bebendo um Dark & Stormy, e as pessoas não resistiam ao impulso de falar com ela. Um homem negro que parecia um pouco mais velho que Deziree começou a chamá-la de senhorita Crepúsculo. Ele disse a ela que, quando jovem, antes de se casar, era artista e gostava de pintar meninas como ela. "Você, senhorita Crepúsculo". Ele balançou a cabeça. Após notar os olhos de Lena, uma coreana bêbada disse alto o bastante para que todos pudessem ouvir:

— Toni Morrison teria vergonha de você.

Dois homens brancos de idade próxima à dela insistiam em oferecer bebidas e perguntar quando as amigas dela chegariam. A fraternidade deles estava dando uma festa. Vira-copo, Pong de cerveja, doses e mais doses de bebidas.

Diziam aquilo como se não houvesse um milhão de festas acontecendo naquela mesma noite, com as mesmas brincadeiras. Alguém a presenteou com uma bebida, que ela fingiu beber. Lena estava de jeans e camiseta, com tênis sujos. Mas algumas pessoas, ao verem o rosto dela, agiam como se ela estivesse de saltos e um vestido apertado ao estilo olá-quero-
-ser-notada. Cabelinho, sentado em um canto mais distante do bar, estava bebendo uma cerveja e enchendo um caderno de anotações. Havia outras mulheres negras no bar, mas estavam claramente ignorando Lena, algo com que ela não estava acostumada. No entanto, honestamente, ela também não estava acostumada a receber tanta atenção.

Ela pediu outra bebida. O bar estava configurado de modo que as luzes azuis e douradas da piscina brilhassem em todas as garrafas da prateleira superior. Um Grey Goose foi iluminado de tal maneira que parecia que Deus estava prestes a falar com Lena através da garrafa, transmitindo-
-lhe alguns mandamentos para viver naquela era moderna. Ela olhava para a prateleira de bebidas enquanto contemplava quão maleável seu corpo estava. Um corpo é como o espaço sideral: quanto mais você pensa sobre ele, menor se sente, mais se desapega das questões da vida. Constantemente o corpo de Lena fazia coisas de que seu cérebro não estava ativamente ciente: descamar a pele, liberar óvulos, acordar com dores inexplicáveis e contusões. O ato de piscar. Ela inclinou a cabeça na direção de Cabelinho. Ali estava alguém a quem ela dera, sem entender completamente

com o que estava concordando, o poder de tornar seu corpo mais irreconhecível. O que ela faria se seus olhos ficassem azuis pelo resto da vida?

Lena terminou a bebida em um grande gole e depois foi ao banheiro. Enquanto lavava as mãos, percebeu que uma das mulheres negras estava na pia ao lado dela.

– Adorei os seus sapatos – disse Lena.

As sandálias da mulher eram de um vermelho-vivo, adornadas com um laço enorme que parecia ser feito de couro.

– Obrigada. – A voz da mulher soou firme. Ela permaneceu focada em seus dedos, na pia. Enquanto Lena secava as mãos, a mulher virou-se para ela. – Você não precisa parecer branca para ficar bonita. Devia tirar essas lentes de contato.

Antes que Lena pudesse dizer qualquer coisa, a mulher secou as mãos na calça jeans e saiu. Foi um daqueles momentos em que Lena sabia que pensaria várias vezes, a fim de determinar qual seria a resposta certa a dar. Reagir com um insulto? Dar um jeito de dizer que aquilo não fora escolha sua, sem violar o contrato de confidencialidade? Algo pessoal e tocante, que levaria a outra mulher a se desculpar por tê-la julgado e dizer que não tinha a menor ideia de que ela estava passando por aquilo?

– Você terá de trabalhar duas vezes mais do que as suas amigas brancas para ter as mesmas oportunidades na vida – a avó dissera a ela, aos dezesseis anos, sem considerar que talvez um dia ela quisesse ser uma artista.

Ela estava em um Clube de Artes da escola e o conselheiro dissera a Lena que era possível que tivesse futuro naquele meio.

— Você deve se tornar uma advogada ou médica, é a coisa inteligente a se fazer — continuou a avó. — Quando estiver mais velha e cheia de dinheiro, morando em uma boa casa, pode voltar à arte.

— Mãe, não é bem assim — disse Deziree.

Elas estavam na sala de estar. O dever de casa de Lena estava espalhado sobre a mesa de centro. Deziree estava deitada no sofá, uma toalha quente sobre os olhos. Dona Toni estava em sua cadeira, folheando o jornal.

— E como é, então?

Deziree se sentou e a toalha caiu em seu colo.

— Trabalhar duro não é garantia de bosta nenhuma. Há pessoas ralando muito, em todos os tipos de empregos, apenas para ganhar um salário mínimo.

Dona Toni ergueu as sobrancelhas, como fazia toda vez que Deziree usava um palavreado inadequado. Lena sabia que, antes que a mãe adoecesse, havia uma restrição rigorosa a falar-coisa-feia-na-casa-da-Dona-Toni.

— Você sabe que não é isso que eu quero dizer.

— E se Lena trabalhar duas vezes mais e entrar para uma das melhores escolas de Direito, ela pode, ainda assim, não ser contratada por nenhum bom escritório de advocacia, só por ser negra. Ou ela pode ser contratada por algum lugar. Mas ela não pode fazer o próprio trabalho da maneira que quiser, porque tudo que as pessoas verão é o próprio racismo, não a verdadeira Lena.

— Então, pelo que você diz, a menina não deveria nem se dar o trabalho de tentar.

Dona Toni balançou a cabeça. Deziree cruzou os braços. Se alguma delas estivesse prestando atenção em Lena, teria achado graça. Lena olhava de uma para a outra, com a cabeça inclinada. Elas raramente discordavam sobre a maneira certa de criar Lena. Ela fazia o dever de casa, tomava conta das crianças dos vizinhos, ia à igreja, era voluntária no serviço comunitário promovido pela igreja. Só começou a namorar depois dos dezesseis anos, frequentava a faculdade, estava aprendendo um segundo idioma, falava um inglês adequado, era cortês com os mais velhos. Lena fizera relaxamento capilar pela primeira vez aos dezoito anos, porque seus cabelos eram perfeitos como eram e porque um médico a advertira seriamente quanto ao que a exposição aos produtos químicos poderia causar à saúde.

Deziree estava claramente se irritando, mas tentava não demonstrar.

— Só estou dizendo que ela também pode seguir uma paixão. Se Lena gostasse da ideia de ser médica, eu daria a maior força. Você sempre se sentirá melhor se pelo menos gostar do que está fazendo. Lena, você quer ser médica?

As duas se voltaram para ela, que olhou para a lição de casa.

— Eu não gosto de sangue.

Lena não entendeu por que elas riram.

Ao sair do banheiro, ela voltou para o bar e pegou o telefone. Pediu outra bebida e tirou uma selfie, que enviou para Kelly.

■ ■ ■

Ao voltar para Lakewood, Lena recebeu outra pesquisa: Em uma escala de 0 a 10, sendo 10 uma dor que requer atenção dos médicos, como você classificaria a dor em seus olhos? Você se sente mais ou menos atraente? Descreva como você se sente em relação ao seu corpo. Seja específica. Você acha que as pessoas a consideram mais ou menos atraente com olhos azuis? Se pudesse, você mudaria a cor dos seus olhos permanentemente? Você acha que alguns de seus amigos pagariam para mudar a cor dos olhos deles? E, se sim, qual é a raça dos amigos em que você pensou? Você se sentiu mais ou menos afro-americana com a cor dos seus olhos alterada?

— Meus olhos voltarão a ser castanhos amanhã, né? — perguntou Lena enquanto respondia ao questionário.

— Não se preocupe. Se eles ainda estiverem azuis, você receberá um bônus.

— Eu prefiro que minha aparência continue como era.

Cabelinho bufou.

— Sim, você prefere isso a um bônus de vinte mil dólares. Aham. Por vinte mil, eu mesmo deixaria me operarem e viraria um negro.

O semblante de Lena oscilou entre que-diabos, oh-não-isso-não-pode-ser-possível e estou-tão-emocionalmente-exausta-que-prefiro-nem-entrar-nessa-discussão-com-você.

– Certo.

Ao voltar para casa, Lena se sentiu muito mais observadora do que o normal. Olhou para a louça na pia, o cereal incrustado na tigela vermelha. Fitou seu reflexo, olhando de relance, vez ou outra, os olhos azuis. Tentou analisá-los objetivamente, mas quanto mais olhava, mais distante de si mesma se sentia. Deu uma checada em sua conta bancária. Pela primeira vez, tinha até um dinheiro guardado na poupança, e eram quase dez mil dólares. Todas as suas contas e as da mãe estavam no débito automático.

De manhã, seus olhos estavam castanhos novamente e lacrimejando muito. Ela pôs óculos de sol e deu uma volta pelo bairro. Pessoas passeavam com seus cachorros, algumas estacionavam os carros próximos à igreja, outras caminhavam com uma caixa de rosquinhas para o domingo. Adolescentes com seus vapes em bancos, lendo livros com títulos como *Demons and Rebellions* [Demônios e Rebeliões]. Todas as pessoas para quem ela olhava pareciam se esforçar para não rir de uma piada interna que apenas Lena não sabia.

■ ■ ■

"Dia 26: Você pede a Charlie (o gerente) um novo fone de ouvido. Ele diz que vai pensar sobre isso. Você participa de um seminário on-line sobre diversidade ministrado por Mariah (RH)."

No fim do dia, Tanya mandou uma mensagem para Lena dizendo que ia sair com um cara que conhecera em uma cafeteria. Lena respondeu com pontos de exclamação e todos os melhores emojis de festas. Ela esperou que Tanya lhe dissesse mais: o nome do cara, para onde eles iriam, o que ela vestiria ou compraria para vestir. A bolha com três pontos apareceu, durou um pouco e desapareceu.

■ ■ ■

"Dias 27-30: Você está participando do evento 'Crie sua trajetória de cinco anos com a Great Lakes Shipping Company', no qual conheceu algumas pessoas que têm o mesmo cargo que você, em outras áreas."

A Dra. Lisa caminhou pelo escritório carregando uma caixa de papelão. Ela entregou a Lena um saco plástico transparente que continha pacotes de pastilhas de cores diferentes: rosa-chiclete, creme, azul-celeste. Eles eram pesados. Lena cutucou uma pastilha pela embalagem: era mais grudento do que aparentava. Cada pacote havia sido rotulado com uma refeição: café da manhã, almoço, jantar. Uma folha explicava que ela poderia tomar no máximo cinco cápsulas por refeição durante o estudo. Ela não tinha permissão para comer nenhum outro alimento sem que a Dra. Lisa autorizasse.

Durante o intervalo, Lena ligou para saber como Deziree estava. A mãe preparava uma vitamina que uma mulher em sua aula de ioga dissera que ajudaria a tonificar os músculos.

– Gosto mais do som da palavra açafrão do que de seu sabor – disse Deziree. – Mas é relaxante. Eu me sinto mais tranquila depois de tomar.

Lena mudou o telefone para a outra orelha.

– Você ainda está tomando seu remédio, né?

Um liquidificador zumbiu. Uma longa pausa.

– Às vezes, você esquece que eu é que sou sua mãe.

Lena contou mentalmente até dez, pigarreou e disse:

– Eu te ligo mais tarde. Tenho de voltar ao trabalho.

Depois daquela conversa, Lena decidiu que merecia um chocolate e foi até as máquinas de petiscos. Contudo, todas estavam vazias. Nariz Torto deu um tapinha no ombro dela.

– Lembre-se, nenhuma comida além das pastilhas.

Lena assentiu. Ele escreveu: "Em apenas duas horas, o sujeito LJ já estava em busca de comida".

Em sua mesa, ela olhou para os pacotes de pastilhas novamente. Elas provavelmente a deixariam fora de si, ou fariam com que perdesse todos os pelos do corpo, ou os dentes. Talvez tornassem sua pele roxa. Ou deixassem sua vagina com cheiro de gasolina pelo resto da vida. Ela poderia passar os próximos quatro dias sem comer? Lena pegou uma das pastilhas creme de almoço e a segurou entre os dedos. Tinha cheiro de talco de bebê. Então a jogou no lixo com alguns guardanapos por cima para que ninguém notasse.

Ao meio-dia, a Dra. Lisa propôs que todos almoçassem juntos. Todos pegaram um pacote de pastilhas creme e foram para a sala de descanso. O estômago de Mariah reclamou. Lena odiava ouvir o estômago de outras pessoas. Isso fazia com que pensasse nos intestinos e no ácido estomacal e na palavra duodeno, em diarreias e em vômitos inesperados nas calçadas da cidade.

Sentados à longa mesa do almoço, todos olhavam para suas pastilhas. Pela maneira como estavam calados e fitando-os, ficou claro quanto as coisas haviam mudado, quanto haviam visto e experimentado. Na primeira semana, Lena teria engolido uma pastilha sem problema nenhum, não era grande coisa.

– Vamos contar até cinco e engolir – disse Charlie.
– Cinco.

Mariah deu de ombros. Todos enfiaram as mãos nos pacotes e pegaram uma pastilha. Contaram juntos. Lena estremeceu quando pôs na boca: tinha gosto de torrada queimada.

– Espinafre sujo? – comentou Charlie, engolindo outra.
– Couve? – sugeriu Ian.

Nariz Torto emitiu um ruído interessado.

Lena rolou as três pastilhas restantes na mão.

– O que você vai fazer se isso te deixar que nem a Bethany?

– Acho que vou arranjar umas dentaduras. – Charlie abriu a boca. – Por enquanto tudo bem?

Lena assentiu. Sua língua estava coberta por uma fina camada levemente esbranquiçada, mas não havia sangue. Todos os seus dentes estavam presentes. Um grande preenchimento prateado em um dos molares traseiros dele.

– Quanto dinheiro você acha que deram à Bethany como bônus por aquilo? – perguntou Mariah. Ela havia engolido apenas meia pastilha e ainda segurava a outra metade entre o polegar e o indicador.

– Aposto que foram uns dois mil dólares por cada dente – disse Ian.

– Deve ter sido mais – disse Lena. – Os dentes são muito importantes.

– Eu chuto que tenham sido uns cinquenta mil – disse Tom. Ele já havia engolido três das cinco pastilhas. – Alguém mais está sentindo gosto de tomate?

– Por tanto dinheiro, eu ficaria feliz em perder os dentes – disse Ian. – Eu quis dizer total, não por dente.

Quando os demais começaram a falar sobre por quanto valeria a pena perder os dentes e o que eles fariam com o dinheiro – quitar empréstimos e contas de cartão de crédito, comprar casas para as mães –, Lena pôs outra pastilha na boca, rolando-a na língua. Este tinha gosto de sujeira. Se Nariz Torto não estivesse sentado lá, Lena teria dito: "Acho que manter os dentes pelo maior tempo possível é mais valioso do que dinheiro".

Naquela noite, ela escreveu à Tanya uma carta em que contava sobre as pastilhas. As do jantar tinham gosto de azeite e de pimenta. Mas agora ela estava com tanta fome que não conseguia dormir. Lena escreveu sobre como era mudar a cor dos olhos. Pôs a carta em um envelope e a endereçou, como se pudesse enviá-la. Depois a guardou em sua cama, entre o colchão e o box.

■ ■ ■

Na manhã seguinte, a Dra. Lisa chamou Lena em seu escritório. Em um quadro branco, estava escrito 8:00–18:00. Abaixo de cada hora havia cinco bilhetes adesivos rosa com anotações. Lena estava muito distante para conseguir ler. Um gráfico de linhas com seis cores diferentes estava preso com ímãs. A Dra. Lisa entregou a Lena uma pesquisa sobre as pastilhas, perguntas sobre quão satisfeita ela se sentira uma, duas, três horas após as ter comido. Sobre o gosto delas. Estava com desejo de comer alguma coisa?

A Dra. Lisa começou a falar sobre a irmã, como estava havia anos sob cuidados. Seus pais morreram inesperadamente, em uma diferença de três meses um do outro. Ela parou de falar e esfregou a testa. A luz do Sol entrando pela janela mostrava que tinha sardas nas bochechas, que podiam ser vistas por baixo do corretivo que ela usava. Pela postura cabisbaixa da médica, era como se sua vida pessoal pesasse sobre seus ombros, projetando-os para a frente.

Lena ergueu os olhos do papel. Sua inclinação natural e imediata seria falar sobre a própria mãe, o último mês da doença da avó. Criar uma conexão. Ali estava alguém que – se não estivesse mentindo – parecia entender como era ter sempre de pensar em outra pessoa. No final do corredor, aparentemente alguém exibia um filme com crianças, a julgar pelo som de risadas e gritos. Lena se inclinou para trás e fechou a porta. Ela pensou em como era ter os dedos da Dra. Lisa em seu pulso. No modo como falara sobre sua mãe, interessada não na pessoa que Lena era, mas nos dados que podia coletar. Em como fora da simpatia à frustração, daí à raiva e novamente à simpatia. Ela forçou o rosto a adotar uma expressão neutra antes que a médica levantasse a vista.

– Desculpe, estou sendo inapropriada – Dra. Lisa pigarreou.

Ela se sentou ereta na cadeira e voltou a ser a pessoa que Lena conhecia.

■ ■ ■

Depois do trabalho, Lena se sentou sozinha em um banco para ler um livro. Estava com tanta fome que teve de sair de casa. No lixo, havia uma maçã que ela jogara fora, borra de café e algumas toalhas de papel sujas por cima, mas ainda assim seria muito fácil limpá-la e comê-la. O pescoço e os ombros dela estavam rígidos e doloridos, e ela não sabia dizer se era das cadeiras do escritório ou de tanto reprimir emoções, afastando todos os dias a vontade de voltar para casa.

Um homem atravessou o parque e se sentou ao lado dela.

— Eu vi a coisa mais incrível na floresta perto de Long Lake — disse ele, excitado e falando alto. — Eu vi o Pé Grande.

Lena manteve os olhos em seu livro enquanto ele falava.

— Não um pé humano grande qualquer... — ele falava muito rápido. — Isso seria nojento, mas meio legal também. Mas tô falando do Pé Grande. O pelo dele estava tão limpinho. Puta merda, tão limpinho.

Lena levantou os olhos do livro e pediu para ver uma foto. O homem sorriu, exibindo dentes retos, brancos como os de estrelas de cinema. Eram um enorme contraste perto de suas bochechas manchadas de sujeira. Havia folhas presas em seus cabelos grossos e ondulados. Ele meteu a mão nos bolsos e deu um tapinha no peito. Levantou-se, enfiou a mão nos bolsos traseiros.

— Não — ele disse. — Fique aqui, ok? Eu volto já. — Olhou em volta e começou a correr.

— A gente se fala mais tarde — gritou Lena.

Ela pegou o telefone e mandou uma mensagem para Tanya: "As pessoas daqui são loucas".

Ao final do experimento, Lena estava com tanta fome que só conseguia pensar nisso. As pastilhas tinham um sabor bem genérico de grãos, sem nenhum açúcar, e pareciam saciar a fome por, no máximo, trinta minutos. Então seu estômago começava a reclamar novamente. Ela já tinha perdido sete quilos e sentiu que a maior parte do peso havia saído de seu rosto.

– Qual é o objetivo disso? – ela perguntou a Charlie, quando faltavam apenas mais quatro horas.

– Para ficarmos lindos de biquíni.

Lena pegou um bloco de bilhetes adesivos amarelos na mesa.

– Estou com tanta fome que isso me parece delicioso.

Charlie riu. Lena pegou um, enfiou na boca. Foi um prazer mastigá-lo, apenas sentir algo diferente de água e pastilhas.

– Se você engolir isso – disse Bunda de Panqueca –, terá de começar de novo.

– Era só brincadeira – disse Lena, as palavras difíceis de entender com a nota adesiva na boca. Ela se inclinou e cuspiu. Aquilo tinha sido a coisa mais saborosa em sua boca havia dias.

■ ■ ■

"Dia 31: Você conhece Judy (a recepcionista). Você aceita entregas ao longo do dia. Charlie (o gerente) continua pensando no seu pedido de um fone de ouvido. Alguém ainda está deixando o micro-ondas imundo."

A Dra. Lisa levou a nova recepcionista até cada pessoa e a apresentou como Judy. Ela era quase idêntica a Bethany: mais velha, branca, um pouco mais magra e mais alta, com cabelos loiros que Lena sabia que eram tingidos por causa da uniformidade da cor.

Ela trouxe um prato de bolinhos de gengibre cristalizados.

– Eles ajudam na digestão – dizia, aos oferecê-los.

Às onze da manhã, Judy se levantou da mesa da recepção. Pulou, esticou-se, girou o pescoço, emitiu sons como se estivesse fazendo exercícios, e não alongando o corpo.

Às duas e quinze, ela fez a mesma coisa. Então, ela foi até a mesa de Lena.

– Eu percebi que seu rosto está um pouco seco.
– O quê?
– Seu rosto – Judy apontou. – Você precisa incluir mais laranjas na sua dieta. Ah, e só beba água com gás, pelos minerais. Essa é fácil, porque a água daqui tem um gosto estranho.

Lena disse que tinha de cuidar de algo. Ela foi ao banheiro feminino, sentou-se em uma cabine e leu no telefone por vinte minutos.

■ ■ ■

"Dia 32: Judy (a recepcionista) cria o programa Get Fit! para o escritório. Aquele com mais conquistas no fim do mês ganha um prêmio especial da empresa. Você suspeita que Tom seja a pessoa que deixa o micro-ondas sujo. Um motorista de caminhão flerta com você no telefone."

Às onze da manhã, Judy fez de novo seus alongamentos, soltando um gemido que Lena descreveu em sua cabeça como oh-não-minha-virilha. Quando terminou, Judy abriu a gaveta da mesa e de lá tirou o que parecia uma toranja. Ela a descascou e o cheiro se espalhou pelo recinto. Ela caminhou até a mesa de Lena, parou atrás dela e puxou papo.

– Então, você e Charlie estão saindo, né? Não? Que surpresa! Os jovens precisam de amor, ou eles simplesmente murcham! Você não acha que Tom precisa perder sete quilos, se não quiser ter problemas para dormir? Ele deve ser um roncador e tanto, está na cara.

Ela fez uma pausa para dar uma grande mordida na toranja, rasgando-a com os dentes e fazendo um ruído alto e úmido que fez com que Lena estremecesse.

Dessa vez, Lena foi se esconder no armário de suprimentos, onde se sentou no chão e se limitou a fitar as pilhas de papel e os materiais de limpeza.

■ ■ ■

"Dia 34: Judy enviou a todos um e-mail sugerindo que dessem uma festa de Natal em julho – embora ainda faltassem seis semanas para o dia que ela tinha em mente. Quando Charlie respondeu que parecia divertido, o bombardeio começou. Mensagem após mensagem com ideias para o jantar de Natal, decorações baratas, jogos, roupas, músicas, listas de convidados, quem deveria ser o Papai Noel, porque, sem ofensa, o Papai Noel devia ser autêntico. Para que todos pudessem participar, talvez devessem contratar um ator, se os superiores autorizassem a presença de um estranho nas instalações."

Após a terceira mensagem sem nenhuma resposta, Judy vagou pelo escritório comendo uma toranja e fazendo perguntas às pessoas sobre boas maneiras no tocante a e-mails.

– Queria que alguém me desse uma pílula que me fizesse esquecer a expressão "Natal em julho" – Charlie sussurrou para Lena enquanto subiam as escadas para a sala de conferências. Eles estavam participando de outra atividade de sincronização.

– Ela me fez odiar o Natal – disse Lena. – Espero que ela tenha o mesmo fim que a Bethany.

– Nossa, pegou pesado.

– É, eu sei. Passei do ponto.

■ ■ ■

"Dia 36: Lena voltou do fim de semana pronta para se envolver com o Natal em julho. Talvez eles pudessem produzir suas próprias decorações? Isso até que seria divertido de fazer." Uma mulher loira que Lena não conhecia estava prendendo um novo pôster sobre o de Bethany, "Stressed is just desserts spelled backward".[2] O novo pôster trazia

---

2 Um trocadilho dizendo que a palavra *stressed* [estressado] é apenas *desserts* [sobremesas] de trás para frente. [N.E.]

a imagem de um bolo de chocolate dividido em cinco fatias, com uma cereja no topo, em um fundo rosa-claro. No meio, em letras grandes e cursivas vermelhas, havia a mesma frase: "Stressed is just desserts spelled backward".

Essa mulher parecia uma combinação de Judy e Bethany. Olhos verdes pequenos e próximos. Cabelo loiro em um corte *long bob*.

– Oi, meu nome é Judy – disse a mulher. – E você deve ser Lena. Sou sua nova vizinha.

– Oi. Você sabia que a nossa última recepcionista também se chamava Judy? Que coincidência.

– Não, a última recepcionista se chamava Bethany. Pelo menos foi o que me disseram na entrevista.

Lena parou, sem entender. Quando a outra mulher não riu nem disse que estava brincando, Lena se virou para o pôster e disse:

– Gostei. É fofo.

A voz da nova Judy era mais alta. Ela esclareceu, com a seriedade de uma guia de museu de arte, que o pôster inspirava uma reflexão sobre perseverança e encontrar a alegria. A explicação foi ficando cada vez mais condescendente, mas Lena continuou assentindo. Ela se imaginou rasgando as duas versões do pôster e interrompendo essa palestra estranha sobre a importância de entender o estresse como um estado de espírito administrável. Depois, pegaria os pedaços e os queimaria no estacionamento, enquanto diria

aos berros, à Judy, que aquilo, sim, era estresse de verdade. Em vez disso, Lena sorriu e disse:
– Bem, tenho trabalho a fazer. – E, com isso, foi para sua mesa.

■ ■ ■

"Dia 37. Lena acordou às três da manhã com uma mensagem de Tanya: 'Você está com raiva de mim? Me desculpe se fui uma idiota em algum momento'."
Ela continuou escrevendo, de uma maneira desmedida e com erros ortográficos. Estava obviamente bêbada ao enviar as mensagens.

■ ■ ■

"Dia 39. Lena respondeu: 'O trabalho está puxado, me desculpe'."

■ ■ ■

"Dia 40. Lena deu um passeio sozinha na floresta atrás da Great Lakes Shipping Company. Todos estavam em uma sessão de ioga no escritório liderada por Judy. Lena se recusara a participar. Os bosques eram silenciosos, pacíficos e ninguém dizia a ela que seu equilíbrio era péssimo para alguém tão jovem."

Sentadinho no meio do caminho, como se fosse um gato domesticado, havia um guaxinim. Ele era muito limpo e tinha uma cauda grossa e cheia. O guaxinim abriu a boca.

— Isso está me matando — ele disse. Sua voz parecia familiar, mas Lena não conseguiu reconhecê-la. — Isso está me matando — falou o animal, de novo.

— Que patético — respondeu Lena. Ela se virou e continuou andando.

15

– Ontem à noite, sonhei que um médico me operava, e eu não estava anestesiada. Eu via tudo. Ele tirava um monte de damascos do meu abdômen e da minha garganta. Quando terminou, a cicatriz no meu estômago parecia uma pulseira de diamantes. Ele disse que eu tinha de voltar toda vez que sentisse dor lá ou se fizesse xixi mais de seis vezes por dia. Esses seriam sinais de que havia damascos crescendo dentro de mim novamente. O médico me mostrou um dos damascos. Era perfeito. Então, ele deu uma mordida no damasco, e aquilo doeu muito em mim. Eu disse que aquilo fazia parte do meu corpo, mas ele não se importou. Deu outra mordida e a polpa escorreu pelo queixo dele.

– O que você acha que isso significa? – perguntou a Dra. Lisa, enquanto tomava notas.

– Eu realmente não sei. – Lena olhou para o teto. – Talvez eu esteja insegura com o meu corpo. Ou talvez esteja com medo de ficar doente que nem a minha avó. Não é preciso ser um gênio para ligar um sonho em que há coisas crescendo no meu corpo a... – Ela fez uma pausa. – Câncer. – Lena ainda odiava a palavra.

A mão da Dra. Lisa estava pousada na mesa entre elas.

– Sinto que você está começando a realmente se abrir nessas sessões.

– Obrigada? – Lena se impediu de levantar as sobrancelhas diante da implicação de que antes ela havia sido desonesta.

A Dra. Lisa serviu um copo de água para Lena e o pôs ao lado de sua mão.

– Vamos falar um pouco sobre hipóteses. Digamos que haja um terremoto ou tornado. O que aconteceria se um bairro não fosse atingido? Os moradores pensariam que foi um milagre? Tentariam descobrir a causa ou simplesmente desfrutariam sua sorte?

– Acho que não posso falar por um bairro inteiro. – Lena esperou que a médica a instigasse a falar sobre o que ela faria. Ou mostrasse mais imagens.

– Diga-me o que você vê. Outro experimento mental. Quando digo "víbora", você diz... – A luz fraca no escritório tornava as pupilas e as íris da Dra. Lisa indistinguíveis.

– E se uma amiga te dissesse que todos os carteiros do bairro dela são espiões? Que vinham lendo a correspondência dela, inclusive os catálogos. Que ela tem certeza de que eles estão acompanhando toda a vida dela. Você acreditaria nela?

Lena coçou a lateral do rosto.

— Só está acontecendo com ela? Ela tem uma teoria que explique por que ela é tão especial?

— Só com ela.

— Ela tem provas?

— Apenas a palavra dela.

— Eu... — Lena suspirou, balançou a cabeça. — Neste cenário, eu já estive no bairro dela? Porque se eu sentisse um clima estranho, quando estivesse lá, provavelmente acreditaria nela. Mas se eu nunca tivesse estado lá, pensaria em maneiras gentis, mas francas, de falar com ela sobre sua saúde mental e como eu queria que ela ficasse bem.

A unha do dedo anelar da Dra. Lisa era incomumente longa, como se tivesse se esquecido de cortá-la por mais de um mês. Ela não pareceu impressionada com a resposta de Lena.

— Vamos voltar. Se um bairro sofresse um desastre, talvez uma enchente, talvez algo que dificultasse muito a vida deles, não importa, quantas pessoas você acha que encontrariam uma nova fé? E não apenas em Jesus, mas em seu governo.

— Duvido que eu reagisse desse jeito. Mas acho que muitas pessoas recorrem a Deus quando as coisas estão realmente ruins.

A pele sob o gesso de Lena coçava, mas ela se manteve imóvel.

— Como você acha que as pessoas reagiriam se descobrissem que o governo estava adiando, de propósito, a ajuda?

— Por que eles fariam isso? O trabalho deles é cuidar do povo.

— É?

— Sim. — Lena balançou a cabeça. Os dedos dos pés dela estavam frios por causa do ar condicionado. — Você está falando de devastação total.

— Como você acha que reagiriam? — A Dra. Lisa pegou sua caneta retrátil e apertou o botão dela algumas vezes.

Lena se sentou em cima do seu pé. Um tornozelo dobrado sob o bumbum, os braços cruzados, de modo que cada mão estivesse apoiada no ombro oposto. Seus lábios estavam tão secos que pareciam murchos. Dra. Lisa escreveu algo.

— Acho que as pessoas perderiam a fé — respondeu Lena finalmente. — Elas ficariam indignadas. Bem, dependendo das pessoas afetadas.

— Vamos continuar.

Lena se reposicionou, sentando-se direito. Braços ao lado do corpo, pés no chão.

— Como você acha que as pessoas reagiriam se uma pequena parcela da população tivesse acesso a algo que prolongasse sua vida útil? Tipo, algo que os mantivesse jovens por mais tempo. Daqui a vinte anos, os 70 poderiam ser os novos 35 para os ricos. As pessoas da sua idade poderiam ganhar dinheiro vendendo sangue regularmente para ajudar às pessoas mais velhas a retardarem o envelhecimento.

— Prefiro vender meu sangue a uma velhinha rica a fazer muitas das coisas que fazemos aqui.

— Vender seu sangue é muito diferente do que você está fazendo aqui?

Os óculos de leitura da Dra. Lisa deslizaram pela ponta do nariz. A caneta dela estava sobre a mesa.

Um alarme tocou no telefone da Dra. Lisa, como daqueles cronômetros de cozinha disparando. Parecia com o que a avó de Lena costumava ter, em forma de limão. Ele vivia caindo no espaço entre a geladeira e o forno.

— Não, na verdade não.

Lena pigarreou.

— Não seria melhor do que você está fazendo? Você poderia apenas se sentar em uma cadeira, provavelmente assistir à TV enquanto tiravam seu sangue. E eles provavelmente te dariam biscoitos açucarados. Suco.

Dra. Lisa riu e endireitou os óculos.

— Eu acho que seria meio chato para mim — respondeu Lena.

Dra. Lisa inclinou a cabeça.

— O que você acha que estamos fazendo aqui?

— Não sei — disse Lena. — Às vezes parece que estão nos torturando.

Ela riu, mas a médica não cedeu.

— O que você realmente acha? — perguntou Dra. Lisa, tocando o antebraço de Lena.

Lena se afastou.

— Desculpe, estou um pouco nervosa. — Lena tentou relaxar o corpo e o rosto.

A Dra. Lisa recuou sua mão. As sobrancelhas e o canto esquerdo da boca dela estavam erguidos. Então, fez contato visual com Lena.

– Foi uma boa sessão.

Quando Lena saiu da sala, o corredor do segundo andar estava vazio. Geralmente, havia pelo menos um observador escrevendo em uma prancheta. Ou alguém esperava para entrar em uma sessão com a Dra. Lisa. Era como estar em uma loja e descobrir que, de algum modo, ela havia fechado com você lá dentro.

Aquele corredor levava a oito recintos, e Lena só estivera em três deles: a sala de conferências, no andar de cima, o consultório da Dra. Lisa e a pequena sala de onde diferentes equipamentos médicos entravam e saíam. Ela caminhou em direção à escada, mas parou. A porta da médica estava fechada. Lena olhou em volta e não viu nenhuma câmera de vídeo. Seria tão fácil – e arriscado – entrar nas salas em que ela não estivera, dar uma espiada lá dentro.

Era tão fácil que Lena considerou se a situação em si era um experimento. Você fará o que pedimos quando achar que não estamos olhando? Em uma escala de 1 a 10, quão leal você é? Em uma escala de 1 a 10, quão curiosa você está em relação ao propósito de tudo isso? Quão leal você é agora que sabe mais sobre nós?

– Foda-se – murmurou Lena enquanto caminhava em uma direção que nunca seguira. – Estou procurando um banheiro... é uma emergência... me desculpe... – Ensaiou consigo mesma uma, duas vezes, pronta para repetir caso encontrasse alguém.

A primeira porta estava fechada. Ela esperou por um momento. Lá dentro, alguém digitava com força, ouvia-se a voz abafada de uma pessoa. Passou direto pela porta seguinte e virou à direita no corredor. Ouviu o som de crianças conversando e brincando. Uma porta estava aberta e irradiava luz natural. Nela, havia uma foto de um grupo de crianças de cerca de dez anos. Embaixo, imagens de três letras diferentes vestidas como pessoas: M usando uma cartola, A com tranças e segurando um guarda-chuva, e uma Letra que Lena não reconheceu, uma espécie de combinação de um Z com um E.

Algumas das crianças estavam falando inglês. Outras, um idioma que Lena não reconhecia. Ela deu uma espiada. Na parede havia mais imagens: uma foto de uma maçã com a palavra "maçã" embaixo, em inglês, e, depois, presumivelmente no idioma em que estavam falando. Um amontoado de letras e símbolos. Outras imagens de um cachorro, um violino, uma fatia de bolo.

Havia oito pequenas mesas e uma maior, para um adulto. Algumas cadeiras de tamanho normal estavam dispostas ao redor da sala. Lena viu o recipiente cheio de Legos, grande o bastante para que uma criança ficasse completamente coberta por eles.

Um garoto estava sozinho em um canto, segurando uma bola de futebol e sussurrando:

– Eu te odeio, pai. Eu te odeio pai.

Duas garotas seguravam bonecas. Tanto as bonecas quanto as meninas usavam crachás: Madison F. e Madison T. As meninas estavam sussurrando para as bonecas. A garota da esquerda, que tinha olhos semelhantes a pedras marrons polidas, avistou Lena. Ela acenou e fez com que a boneca fizesse o mesmo.

16

Charlie fez 26 anos e deu uma festa para comemorar. A casa dele era pequena – mesmo antes que a festa começasse oficialmente já estava cheia com os amigos que vieram ajudar a empurrar os móveis até a parede e a preparar os comes e bebes. Lena estava acostumada a festas de faculdade: se começassem às 22h, você chegava às 23h30, quando todos já tinham bebido o bastante para se divertir. Aqui a festa começou às 20h30 e as pessoas apareceram pontualmente. Uma pequena multidão já se formara ao redor de Charlie. Contavam piadas e perguntavam a ele o que pretendia fazer durante este novo ano de vida.

Uma mulher de cabelo encaracolado abriu caminho para dizer:

– Não é de se estranhar que você seja assim. Câncer. – Então, ela arrotou e se afastou.

Charlie pareceu aborrecido por um instante, então deu de ombros.

Todos voltaram a falar rapidamente para desfazer o climão. Lena olhava de uma boca falante para a outra. Ela não conseguia acreditar que as pessoas conseguiam mesmo fingir que algo tão estranho não tinha acabado de acontecer. Então pegou seu telefone para mandar uma mensagem para Tanya, que com certeza concordaria que a reação de todos era mesmo tão estranha quanto o que a garota dissera. Um dos prazeres de ir a festas com Tanya era que ambas adoravam observar as pessoas. Depois, eram capazes de passar horas e horas falando sobre a maneira como uma garota dançava usando o cachecol para complementar a coreografia, o cara que estava se esforçando além da conta para parecer intelectual, o casal que obviamente estava brigando, mas achava que convencia a todos de que estavam apaixonados. Lena ouviu ao longe a mulher ruiva comentando:

— Bem, podia ser pior. Ele podia ser de Virgem. Não há nada pior do que um homem de Virgem.

Lena pôs o telefone no bolso. Ela não queria passar o restante da noite pensando se Tanya tinha respondido ou não.

A campainha tocou. Eram os pais de Charlie, que passaram por lá para dar um beijo e trazer um bolo da confeitaria. Escrito em azul, sobre a cobertura, lia-se "Parabéns do Dinosaur Lord!!!". Um Velociraptor de brinquedo, usando uma armadura, estava desenhado ao lado da mensagem.

— Alguém trocou o seu bolo com o de outra pessoa — disse o pai de Charlie, olhando para o filho, o bolo, a esposa e as pessoas reunidas ali para comemorar. Ele pôs a mão no rosto de Charlie e depois no ombro do filho: – Tenho tanto orgulho de você.

Lena ficou meio emocionada com o afeto demonstrado pelo pai de Charlie e foi pegar outra bebida.

– Céus, tomara que Charlie envelheça tão bem quanto o pai – dizia uma mulher.

– Os negros não têm rugas – disse outra mulher branca, com um olhar satisfeito no rosto.

Lena conversou um pouco com o senhor e a senhora Graham. Eles foram muito educados e disseram:

– Quanto mais tempo você passa aqui, mais fácil fica.

Quando Lena se afastou para pegar uma cerveja, ela ouviu alguns amigos de Charlie conversando sobre como seus pais eram formais. Diziam que, para Josie e Andre, eles jamais sairiam do Ensino Médio. Da maneira como comentavam, davam uma conotação ruim, mas Lena achava legal. Uma mulher entregou uma dose de algo a Lena. Tinha gosto de café aguado e álcool de cereais.

– Batizamos de Charlie – gritou a mulher no ouvido de Lena.

– Que grosseria – disse Lena, mas a mulher não a ouviu.

Mariah agarrou o braço de Lena e disse que a alma de uma pessoa está completamente formada ao completar 24 anos. Ela estava bebendo uma xícara de chá de uma caneca.

— Não é que alguém não possa mudar. — Ela soprou o vapor. — Mas todas as margens para mudança estão totalmente formadas.

Lena não tinha ideia do que aquilo significava.

— Legal.

— Sua alma ainda pode crescer muito. Que inveja.

Mariah mostrou a Lena o longo pedaço de cedro que daria a Charlie como presente de aniversário. Um bilhete trazia instruções de meditação e atenção plena. Um lembrete de que, dependendo do que ele quisesse para o próximo ano, teria de escolher entre um ritual de queima na lua cheia ou na lua nova.

— É um belo pedaço de madeira — disse Lena, tentando manter o desapontamento fora de sua voz. Ela devia vinte dólares a Charlie agora, uma vez que apostara com ele que Mariah lhe daria algo para queimar: sálvia, ou um pedaço de madeira, ou uma boneca inquietante. Lena dissera que seriam cristais ou algum tipo de joia que incorporasse pedras de poder.

Ian e seu namorado, Mark, pareciam arrependidos de terem vindo, ou talvez estivessem fingindo não estar brigando. Os dois estavam afastados em um canto, sussurrando um para o outro. Ian segurava um pequeno prato de pepinos em conserva e cubos de queijo. Parecia se recusar a compartilhá-los, trocando o prato de mão sempre que seu namorado pegava um. Atrás deles, Bunda de Panqueca bebia uma cerveja.

Lena deixou a bebida de lado, decidindo que, com um observador presente, era melhor se manter atenta. O bolo-mármore, de chocolate e massa branca, foi servido. Os pais de Charlie tiraram fotos do filho com o bolo e depois recomendaram a todos que fizessem escolhas inteligentes àquela noite. Quando eles se foram, Charlie fechou a porta, pegou dois copos de dose cheios e os bebeu de uma só vez.

– Agora sim começou o meu aniversário.

Ele pediu a Lena que se aproximasse. Uma música de Chuck Berry estava tocando e dois jovens brancos começaram a dançar break. Seus movimentos estavam tão fora de sincronia com o ritmo e o clima da música que os dois mais pareciam estar à beira de um ataque do que pessoas gostando e reagindo à música.

– Lena, sua velha, me ouve. – O hálito de Charlie cheirava a bebida barata e ponche de frutas. – O Dinosaur Lord é um defensor do tempo-espaço. Durante o dia, é um homem comum. À noite, ele se transforma num Velociraptor implacável.

– Você está doidão?

– Lena, pare de estragar meu aniversário.

Uma mão tocou o ombro de Charlie e ele se virou.

– Não pareça tão nervosa – disse a Dra. Lisa a Lena.

Charlie riu. Ele parecia genuinamente feliz em ver a médica lá. Lena olhou em volta e percebeu que não era só Bunda de Panqueca quem estava lá. Sobrancelhas de Einstein entregava uma cerveja a Mariah. Cabelinho comia queijo e, aparentemente, flertava com a ruiva. Nariz Torto mandava mensagens para alguém. E o homem do bosque, aquele que levara Bethany, bebia algo em um copo de plástico e encarava a mesa de doces com um semblante sério. A Dra. Lisa estava elogiando a casa de Charlie, o papel de parede da sala, perguntando se os pisos de madeira eram originais.

– Finalmente alguém que eu conheço – disse Judy. Então, resolveu aconselhar Lena a se vestir como alguém de sua idade. – Você só é jovem uma vez.

Lena não entendeu como uma blusa e calça jeans poderiam não ser apropriadas para a idade dela.

– Não faça essa cara. – Judy apontou para o peito de Lena. – Só quero que desfrute ao máximo a sua vida. Em breve, você se olhará no espelho... – Judy fez uma careta que fez parecer que estava sendo eletrocutada, e depois fechou as mãos na garganta como se fosse sufocada. – É assim que você vai se sentir toda vez que vir as rugas e as linhas de expressão. Aproveite a sua juventude!

Lena se afastou, pegou outra cerveja e foi para o jardim. A festa estava tão barulhenta que ela teve de ir mais longe, até a calçada, antes de ligar para a mãe para sua "verificação" noturna. Deziree estava empolgada porque a Dona Shaunté estava namorando um novo homem. Ele parecia bom o bastante, mas a Dona Shaunté não tinha certeza, porque ele não abria as portas para ela. Lena disse que os tempos estavam mudando; algumas mulheres achavam assustador e condescendente quando os homens faziam isso.

Uma nova música começou a tocar na festa e alguém sentiu a necessidade de demonstrar, aos gritos, sua felicidade.

– Agora as pessoas se irritam com qualquer merdinha, porque têm preguiça de se envolver com o que realmente importa – disse Deziree.

– Pode ser – disse Lena, no seu melhor tom de não-quero-discutir-isso-agora.

– Então, eu vou sair em um encontro duplo com a Dona Shaunté e o namorado novo dela.

– O quê?

– Você me ouviu.

– Como você está se sentindo?

– Quer que eu fale com você como se fosse sua mãe ou sua amiga?

Lena fez uma pausa. Se Deziree tinha namorado alguém desde a infância de Lena, ela não tomara conhecimento.

– Como você quiser e precisar falar.

– Estou com medo – disse Deziree. – Mas... não sei... parte de mim já aceitava que talvez eu não tivesse espaço para algo assim na minha vida. Acho que estou empolgada também. Provavelmente será uma droga, mas, ainda assim...

– Estou com saudade de você.

– Está tudo bem por aí?

– Eu queria viver mais perto de você. – Lena olhou para as estrelas. Embora a festa fosse na cidade, as estrelas estavam bem visíveis.

— Hoje de manhã eu percebi que ontem passei o dia inteiro sem pensar nela – disse Deziree.

— Isso é bom ou ruim?

— As duas coisas.

Quando a mãe desligou, Lena suspirou. A saudade de casa a encorajou a entrar no carro e dirigir para o seu apartamento. Ela terminou a bebida. Puxou o telefone e usou a câmera para tentar arrumar o cabelo e a maquiagem. E se a mãe dela se apaixonasse? E se ela se casasse? Lena desejou que sua avó estivesse por perto para isso; ela era a única pessoa em quem se podia confiar para saber se um cara era bom da maneira certa.

De volta à festa, Charlie estava fumando um charuto.

— Desde quando você fuma?

— Foi um presente.

— Você abriu o meu? – Lena pegou sua caixa da pilha.

Charlie apertou o charuto entre os dentes enquanto desembrulhava o presente, tomando cuidado para não rasgar o papel. Era uma caneca em que se lia "o melhor chefe do mundo".

— Agora você vai me dar um novo fone de ouvido?

Charlie riu e levantou a caneca no ar. Um de seus amigos a pegou e quase deixou cair, mas recuperou o equilíbrio e serviu tequila barata nela.

— Um brinde de aniversário para o chefe aniversariante!

— Gostaria de agradecer a todos por serem os melhores funcionários do mundo – disse Charlie. Ele deu uma tragada no charuto, que fedia como uma daquelas poltronas reclináveis caras.

Do outro lado da festa, um de seus amigos sorriu para Lena e murmurou:

– Quer dançar?

Charlie se virou e disse algo para Lena, mas ela não ouviu porque estava ocupada demais respondendo que sim.

■ ■ ■

Suada e fedendo a cerveja barata, Lena foi aos tropeços até o jardim. A música, os risos e as conversas estavam distantes o bastante para fazê-la se sentir bem, não atordoada. Ela gostava de poder ir e voltar entre a barulheira e o menos barulhento, observar o céu e tocar a grama refrescante.

– Oi – disse um homem.

Lena sorriu automaticamente, depois se virou e viu quem era, o que a deixou imediatamente sóbria.

O homem da floresta apontou para o pulso dela.

– Eu só queria dizer que... quero dizer que... sinto muito... se eu disse a coisa errada ou se te assustei.

Lena deixou a cerveja cair. Embora tenha se recuperado rapidamente, a calça jeans ficou manchada.

– E me desculpe de novo.

– Tudo bem. Não derramei por medo, foi mais por ter bebido demais.

Ele arrastou os pés, olhou de volta para a festa. Tomou um gole longo de sua bebida.

– Qual o seu nome?

Ele hesitou.

– Pode me chamar de Smith. – Pela maneira como ele disse Smith, parecia ter acabado de inventar aquele nome.

– Você quer assinar meu gesso?

Ele puxou uma caneta do bolso. Segurou seu braço firme. Ele cheirava a chá preto. Sob outras circunstâncias, Lena até acharia que ele estava flertando com ela. Smith desenhou sete estrelas, uma lua crescente e um balão de diálogo saindo dela, onde escreveu "Fique bem logo?".

– Por que o ponto de interrogação?

– Porque estou bebendo.

Houve uma pausa. Ele ainda estava meio perto demais. Lena tomou um gole de cerveja e fez sua voz parecer mais bêbada do que estava.

– O que aconteceu com Bethany foi maluco.

Ele deu um passo atrás, o semblante sombrio.

– Não sei de quem ou do que você está falando – respondeu, sem olhar para ela, puxando o rótulo da garrafa de cerveja.

– A mulher branca, mais velha, que perdeu um monte de dentes. Loira. Não queria sair do escritório até que você a levou embora. Um pesadelo, tudo aqui. Bethany.

Smith terminou a bebida e pousou a garrafa no chão. Então pegou um cigarro, acendeu e foi embora.

17

"Dia 46. Charlie (o gerente) concordou em comprar para você um novo fone de ouvido Bluetooth. Você está animada para começar o treinamento de liderança corporativa. É revelado que Ian (inventário) é a pessoa que deixa o micro-ondas nojento. Você encontra outro morcego no armazém."

Na sala de conferências, a Dra. Lisa leu para todos os participantes uma declaração sobre os possíveis riscos e consequências do medicamento experimental que eles começariam a tomar no dia 47. Memória de curto prazo danificada permanentemente. Períodos de confusão, incluindo momentos em que pode ser difícil diferenciar entre o que aconteceu, o que está acontecendo e o que foi ou é sonho. Dores de cabeça, incluindo enxaquecas. Depressão. Paranoia. Ansiedade. Ouvir vozes. Maior sensibilidade às cores.

– O que significa esse último? – perguntou Lena.

– As cores brilhantes podem ser dolorosas para os olhos. E alguns dos sujeitos de estudo parecem apresentar maior capacidade de diferenciar as cores.

A Dra. Lisa fez uma pausa e depois continuou. Esta era a quinta versão do medicamento e as chances de problemas permanentes de saúde nunca haviam sido tão baixas. Ela tentou ser engraçada e falou sobre fazer Sudoku, integrar mais peixes às dietas das pessoas, mas isso se transformou em uma espécie de divagação. Alguns dos sintomas eram semelhantes aos de Deziree: a cada nova crise, não levantar da cama de tanta dor, ter uma enxaqueca após a outra, se perder nos corredores do supermercado, acreditar, por dois dias, que Lena era uma criança que era muito parecida com a sua filha, mas não era ela. Eles nunca haviam feito aquilo: ler todos os possíveis efeitos colaterais. Pronto, tome isso. Faça aquilo. E agora, como está se sentindo?

– Eu já me encaixo em toda essa descrição – disse Judy.

Lena manteve os olhos na mesa enquanto todos riam. Quando a avó foi diagnosticada, uma das primeiras coisas que ela fez foi levar Lena a um advogado, preparando tudo para que a neta pudesse tomar decisões médicas por ela e por Deziree. Elas conversaram – embora Lena quisesse fazer qualquer outra coisa – sobre todas as coisas que Lena talvez tivesse de fazer, o que as duas queriam que fosse feito. Sua avó não queria ficar em coma por mais de três dias, e Lena deveria respeitá-la e não autorizar tomar medidas extraordinárias para que sua vida fosse prolongada. Era difícil afirmar mesmo sendo jovem ou vivendo uma vida sem dores regulares, mas ela preferia morrer em dois anos a prolongar a vida por mais cinco de maneira sofrida.

Então, Lena se perguntou quem cuidaria dela e de Deziree, se todas aquelas coisas descritas pela Dra. Lisa acontecessem.

Depois do trabalho, Lena foi à biblioteca. Ela procurou por modelos de procuração que dessem plenos direitos a Tanya para tomar decisões por ela se o pior acontecesse. Após imprimir os formulários, ela os preencheu. Depois ficou andando pela biblioteca. Assistiu a uma exibição de *Jornada nas Estrelas*. Leu algumas edições do *The Lakewood Gazette*. Uma família local criara um labirinto de milho para receber turistas. Um corpo não identificado havia sido achado na floresta. Um homem mais velho reuniu suas coisas em uma das estações de computador e saiu sem se deslogar. Lena sentou-se rapidamente em seu lugar e procurou "pastilhas que têm gosto de comida". Os resultados só a levaram a um blog em que alguém tentava produzir puxa-puxas usando óleos alimentares. Aparentemente, era difícil encontrar óleos com sabor de carne assada. A pesquisa sobre "alteração da cor dos olhos" mostrou lentes de contato de diversas cores. Pesquisar na internet em um computador provavelmente não monitorado era desistir de resistir e coçar uma picada de mosquito.

Então ela digitou "como violar um contrato de confidencialidade e não pagar a multa". Pelas respostas, entendeu que era complicado e que as circunstâncias teriam de ser extraordinárias para que não tivesse de pagar a multa.

O professor favorito de Lena no último semestre havia falado com frequência sobre seu escultor predileto. Numa crise de ciúme, o parceiro do escultor quebrara uma garrafa na cabeça de outro homem por flertar com ele. O parceiro monitorava o telefone do escultor, examinava sua correspondência e vasculhava os bolsos do casaco, procurando por indícios de outros homens. Por que o escultor continuava com ele? Porque às vezes as pessoas confundem atenção com amor. Assim, o escultor criou esconderijos secretos em todas as suas obras. Ele deixava bilhetes nas peças não vendidas, autorizava a galeria a deixar seus amantes tocarem e pressionarem gentilmente os pés ou estômagos de suas esculturas. O escultor doou uma estátua a um parque do outro lado de sua cidade. Ele caminhava até lá e deixava presentes e cartas de amor na perna oca.

Lena se lembrou daquilo porque era romântico e emocionante, e porque era uma das poucas vezes em que a faculdade parecera o que deveria ser: inspiracional. As pessoas raramente iam de legging para a aula. Ninguém ficava no telefone. O professor claramente gostava de passar parte do dia conversando sobre arte e as diferentes maneiras de escrever e pensar sobre isso. Agora Lena se perguntava como poderia esconder algo à vista de todos. Como poderia compartilhar a verdade, transmiti-la como uma gripe.

Um garoto estranho em seu dormitório comentara com Lena que havia um fórum inteiro dedicado a descobrir se existia uma organização secreta de mercenários e assassinos operando livremente nos Estados Unidos. Então, ela pesquisou no computador da biblioteca, murmurando um pedido de desculpas em voz baixa ao velho, que provavelmente entraria em uma lista de observação do governo por causa disso. As pessoas no fórum acreditavam que a organização distribuía todos os seus comandos para matar em um site, por meio de palavras-chave ou expressões. "Cupcake rosa" significava "envenenar a comida do alvo". "Espeto" significava "fazer parecer que foi um assalto". Algumas pessoas disseram que tudo isso era apenas parte de um minijogo de realidade aumentada, projetado para animar a terceira parte da série de videogames *Killing Is My Business*.

Então – e seus dedos digitaram duas vezes antes que a busca se formasse – Lena digitou as palavras "governo dos Estados Unidos experimentos com humanos".

Um artigo recente – com "Estados Unidos" riscado na busca – trazia a revelação de que sob o palácio de um ditador falecido haviam sido achados restos cremados de pelo menos 25 pessoas. Aparentemente, ele e sua equipe vinham adicionando cinzas em smoothies de couve. Lena encontrou uma longa discussão sobre os potenciais nutrientes nas cinzas. Havia alegações de que aumentavam a longevidade, reduziam a dor nas articulações e ajudavam a amenizar a queda de cabelo nos homens.

Várias nações, incluindo os Estados Unidos, estavam sendo investigadas por utilizar estratégias de aprimoramento humano em seus soldados e atletas. Um novo tipo de anfetamina que fazia com que as pessoas desenvolvessem comportamentos de risco, mas as tornava mais fortes e rápidas.

Esteroides novos e não rastreáveis. Um programa de nanotecnologia projetado para conter o envelhecimento. Alongamento de membros.

O governo dos Estados Unidos refutava essas alegações, respondendo que não se envolviam em experimentações não autorizadas em seres humanos desde o final dos anos 1960. E que, como reação a todas essas alegações preocupantes, os Institutos Nacionais de Saúde estavam realizando uma inspeção obrigatória de todos os programas e experimentos do governo que utilizavam sujeitos humanos de teste, para garantir que eles estivessem se comportando de maneira ética, seguindo o procedimento adequado e o código de direitos humanos das Nações Unidas. Muitas organizações de direitos humanos refutaram essa alegação, citando casos que acontecem em diferentes sistemas penitenciários como exemplos.

Lena pegou o telefone. Ela pesquisou, em seu navegador: "Como funcionam os estudos com pessoas?". O telefone dela não conseguiu se conectar a nenhuma página. Então, ela procurou um vídeo fofo de cachorro e de repente seu telefone funcionou novamente. Todos os vídeos fofos de cachorros do mundo estavam ao seu alcance.

No computador da biblioteca, ela digitou "Como funcionam os estudos com pessoas?". Houve muitos resultados – sobre consentimento informado, as maneiras apropriadas de coletar dados, como nenhum dado poderia ser obtido à força ou sob coação. Ela tentou mais uma vez em seu telefone, verificando se havia muitas guias do navegador abertas, mas, toda vez, o que aparecia era uma tela branca comum.

Lena limpou o histórico de pesquisas no computador da biblioteca e depois o do telefone. Então, foi para casa. Já morava em Lakewood havia quase dois meses e a maioria de suas coisas ainda estava nas caixas. A única imagem nas paredes era a foto em que estava com a mãe e a avó, na formatura do Ensino Médio. Na geladeira havia um pequeno calendário. Sua única grande indulgência fora uma poltrona de madeira marrom como açúcar queimado, com estofado de veludo azul-lagoa. Era tão linda que Lena raramente se sentava nela. Todas as coisas maiores que sobravam, como o colchão, era deles. O ambiente que mais parecia ser dela era o banheiro, por causa da cortina de chuveiro florida e do tapete listrado que ela escolhera. A maquiagem e os produtos de higiene ficavam no armário de remédios.

– Eu poderia ir embora daqui em menos de uma hora – disse ela.

Lena fez as contas novamente em sua cabeça. Se conseguisse ficar mais quatro meses, ela pagaria todas as dívidas e teria dinheiro suficiente reservado para o caso de sua mãe ficar doente de novo. Ainda teria uma pequena poupança que a sustentaria até que arrumasse outro emprego. Se conseguisse ficar por um ano, Lena poderia confortavelmente voltar à faculdade e pagar o último ano, se necessário, cuidar de Deziree e ainda teria dinheiro de sobra na poupança. Poderia pagar o melhor plano de saúde para ambas durante o ano seguinte. Lena pôs a procuração preenchida em um envelope, que guardou na primeira gaveta da mesa de cabeceira. Então ligou para a mãe e perguntou sobre o dia dela.

18

— Memorize as seguintes palavras e frases: deslizamento rosa, froideur, afundando. Os olhos dizem ao cérebro o que devorar.

A Dra. Lisa pigarreou.

— Sete, papel de embrulho, excursão. No sótão, você pode cheirar as sementes. Faça o que for necessário para se lembrar dessas palavras e frases. Escreva-as, recite-as. Pediremos que você as repita ao longo do dia. — A médica repetiu as palavras várias vezes.

Lena as anotou no verso do formulário do dia 47. Em sua vida falsa, estava participando de um seminário de segurança em um armazém. Na longa mesa da sala de conferências havia recipientes transparentes cheios de pequenas pílulas cinza. Dosagem baixa. Risco mínimo. Mas se você sentir dor de cabeça, confusão ou desorientação, terá de nos contar o mais rápido possível. Você será observada ao longo do dia.

— Não brinca — Lena murmurou para Charlie. Ele sorriu.

Os olhos da Dra. Lisa estavam em sua folha de papel, mas ela erguia a vista, vez ou outra, para uma mulher com grossas sobrancelhas negras que a faziam parecer irritada, para Bunda de Panqueca, para Smith. O papel nas mãos dela tremulava um pouco; ela estava tremendo. Havia uma tensão no ar que não era direcionada aos participantes do estudo.

Era como estar sentado em um restaurante perto de um casal que obviamente brigara no carro, mas se recusava a terminar naquela data em particular.

Lena tocou o lado da mão de Charlie. Ele se virou para ela, que murmurou:

— O que está acontecendo?

Ele balançou a cabeça levemente. Bocejou algo de volta que parecia sanduíche de sorvete.

— Você tem alguma pergunta? — perguntou a Dra. Lisa.

— Como você será capaz de dizer a diferença entre o que sou agora e o que serei sob os efeitos da pílula? — Judy riu de sua própria piada.

A Dra. Lisa sorriu levemente e perguntou:

— Alguma pergunta real?

— Deslizamento rosa, froideur, afundando — Mariah sussurrou.

— Posso fazer uma pergunta? — Lena levantou a mão.

— Você acabou de fazer — murmurou Charlie.

— Se eu decidisse optar por não participar deste estudo no meio do caminho, o que aconteceria?

— Você não pode optar por não participar.

Lena manteve uma expressão neutra e assentiu.

– Eu tenho outra pergunta.

A Dra. Lisa ergueu as sobrancelhas.

– Diga.

– O que é froideur?

– Uma palavra. Não é importante.

– Ela pode ser usada para descrever um desentendimento entre pessoas.

Lena se virou. Os olhos de Smith se mantinham na prancheta dele.

– É como frieza. Ou ser reservado. Eu acho.

– Certo. Tanto faz. – A Dra. Lisa coçou o pescoço. – É hora de começar.

Lena pegou a pílula, pôs na boca e a deixou debaixo da língua. Tinha gosto de coisas com que os dentistas costumavam entorpecer a boca ao preencher uma cavidade.

– Sete, papel de embrulho, exercício.

– Excursão – Tom corrigiu. – Espere, não. Exercício.

– Excursão? – Ian esfregou a cabeça.

A pílula estava começando a se dissolver na boca de Lena. Ela pegou sua garrafa de água e foi para a sala de descanso. Lena abriu a torneira da pia e pôs a boca embaixo dela. Deixou a água escorrer pela bochecha e abriu a boca. A água, como a maioria das águas de Lakewood, tinha um sabor forte. A pílula parcialmente dissolvida em sua boca caiu na pia. A força da água levou-a para o ralo.

Quando ela voltou com uma garrafa de água cheia, Lena disse a Judy:

— Minha boca parece estar usando uma capa de chuva.

— Minha língua está com gosto de metal. — Judy pegou a garrafa das mãos de Lena. Apertou um pouco em sua boca. A água escorreu pelo queixo, na blusa.

Ian vasculhava as gavetas da mesa várias vezes, como se procurasse alguma coisa. Charlie trocava de telas entre uma planilha e o que parecia ser sua pesquisa para o Fantasy Football. Mariah entoava a frase "No sótão, você pode cheirar as sementes" repetidamente em um tom constante enquanto assistia a um vídeo de alguém meditando.

Lena se sentou. Ela pegou todas as canetas do copo em sua mesa. Organizou-as em um quadrado, uma casa, um "L".

A mulher que Lena chamou de Sobrancelhas em Fúria deu um tapinha no ombro dela.

— A Dra. Lisa quer te ver.

As duas subiram as escadas. As sandálias de Lena faziam barulho e pediam atenção a cada passo. A Dra. Lisa estava ajustando o aparelho de ar condicionado.

— Não consigo fazer com que o ar frio não venha direto para o meu rosto.

— Desvie para a esquerda — disse Sobrancelhas em Fúria.

— Não, para a direita — disse Lena.

Havia pilhas de cadernos e pastas espalhados pela mesa da médica. Uma foto da Dra. Lisa com crianças tinha saído de uma delas. Um garotinho segurava uma bola de futebol. Ele estava sorrindo e sem um dente da frente. Ele parecia muito mais feliz aqui, não como se estivesse prestes a apertar a bola e começar a sussurrar "Eu te odeio, pai".

Dra. Lisa se sentou.

— Eu era professora no Jardim de Infância. — Ela tocou os cabelos como se estivesse checando se havia algo fora do lugar.

Lena fez contato visual.

— O que você mais gostava de lá?

— Então, eu te dei algumas coisas para memorizar.

— Afundando, froideur, deslizamento rosa. Uma das minhas melhores amigas vai ser professora. O que fez você escolher o Jardim de Infância, em vez do Ensino Médio?

Dr. Lisa marcou um quadradinho. Escreveu uma observação.

— E o outro conjunto?

— Dor de cabeça. Papel de presente. Pântano.

— Você está com dor de cabeça?

— Não.

Dra. Lisa entregou um formulário a Lena. Em uma escala de 0 a 10, com 0 sendo total apatia e 10 um foco profundo, quanto esforço você dedicou a memorizar as palavras? Lena escreveu 5. Ela espiou a Dra. Lisa. A outra mulher estava olhando para longe, mastigando a ponta da caneta. Qual palavra você achou mais fácil de memorizar? O que você comeu no café da manhã? Você estava com dor na boca? Quão fácil foi se concentrar? A médica olhava para Sobrancelhas em Fúria. O que você comeu no café da manhã?

– Você está bem? – perguntou Lena enquanto escrevia a palavra "torrada". Ela riscou e escreveu cereal.

– O quê?

– Deixa pra lá. – Lena escreveu no formulário "é claro que eu tomei banho".

– Às vezes me pergunto se tudo isso é uma caixa dentro de uma caixa – disse a Dra. Lisa.

– Como aquelas Matrioskas.

A médica tinha uma marca de nascença no olho esquerdo. Um asteroide escuro orbitando a íris clara. Ela estava olhando para o teto. Lena seguiu o olhar dela.

– Eu também me sinto assim – disse Lena. – Mais ainda nos últimos tempos. Acho que é por isso que tem sido tão difícil. – Ela colocou a caneta sobre a mesa.

– Sabe, você realmente me lembra muito a minha melhor amiga da faculdade. Ela era forte como você. Difícil de se conectar. Mas se ela te amasse mesmo, realmente te amasse, ela escalaria uma montanha para você.

Lena sorriu.

– Nos últimos tempos… – Dra. Lisa parou de falar. Ela olhou para Sobrancelhas em Fúria, para o teto, para a porta.

Uma batida à porta. Smith enfiou a cabeça.

– Está tudo bem por aqui?

Os olhos da médica lacrimejaram.

– Examine as frases. E me avise imediatamente se tiver dor de cabeça.

Smith permaneceu parado à porta, com a mão perto do interruptor de luz.

– Estamos bem – disse a Dra. Lisa. Ela pegou uma caixa de comprimidos e explicou que aquela era uma dose um pouco mais alta. Todos receberiam doses diferentes das que haviam tomado de manhã. Ela mandou Lena dizer "Deslizamento rosa, froideur. Os olhos dizem ao cérebro o que devorar. No sótão, você pode sentir o cheiro das sementes". A médica entregou a Lena um pequeno copo de papel com duas pílulas.

– Nesta rodada, os comprimidos são mastigáveis – disse ela.

Lena cobriu o copo pequeno com a mão e tentou descobrir como deslizar só um para a palma, embora achasse que não conseguiria se safar daquela.

– Você não pode sair até que a vejamos tomar os remédios.

Ela pôs o primeiro comprimido nos lábios. Cheirava a vitaminas. Quando mastigou, tinha um gosto terrível, como se alguém tivesse pulverizado um produto de limpeza com perfume de limão diretamente em sua boca. As duas pílulas deixaram uma camada na língua de Lena. Os olhos de Smith e da médica estavam na boca dela. Lena mastigou com a boca aberta, torcendo para que parecesse nojento.

– Isso tem gosto de xampu na minha boca.

Lena foi levada para o andar de baixo. Ela se sentou em sua mesa, leu um e-mail de Judy sobre como manter o micro-ondas limpo. Tentou pensar nas palavras de que deveria se lembrar. A única de que se recordava era froideur. Havia uma sensação viscosa irradiando do cérebro para os seios nasais e para o esôfago. Lena se engasgou. Tomou um copo de água e se virou para Judy.

– Por que você enviou esse e-mail?
– Você me perguntou isso há três minutos.
– Não tenta me confundir.
– Eu não estou – disse Judy. Ela torceu o rosto como se estivesse sentindo o cheiro de algo nojento.
– Quando eu fui ver a Dra. Lisa?
– Isso foi há mais de uma hora.
– Não, não foi. – Lena piscou. Ela tocou os cabelos e foi como se mais uma hora tivesse passado enquanto seus dedos sentiam os fios e traçavam as formas de "S" e "Z" de seus cachos.

Judy estava falando, mas Lena não conseguia entender as palavras que ela dizia. Como seria o couro cabeludo debaixo de todo o cabelo? E se ela cortasse tudo? Tufos escuros e grossos em um piso branco brilhante. Pareceriam sangue?

Judy se virou para o próprio computador.

Lena digitou um e-mail, navegou on-line, olhou para as guias. Ela havia aberto sete vezes o mesmo artigo sobre um parque de diversões abandonado que fora tomado por gatos selvagens. Respondeu duas vezes ao e-mail de Judy sobre o micro-ondas com um GIF de uma torre de champanhe. Dra. Lisa disse que eram caixas dentro de caixas. E se aquilo significasse que ela também estava participando de um experimento? Mas o que isso significaria para todos? Então clicou no link de um artigo interessante sobre um parque de diversões.

– Você sabia que Charlie estava comendo meu iogurte? – Judy segurou um recipiente vazio diante do rosto de Lena.

– Não, sou eu que estou comendo seu iogurte.

– Você não gosta de limão. – Judy deu um sorriso, que se desfez. – Lena, querida. Talvez a sua dose esteja muito alta.

– É como se eles tivessem me dado um gás. Eu quero apoiar minha cabeça em tudo. – Lena riu, uma risada alta e boba, que não conseguia mais conter.

Ela se levantou e se sentou. Tentou ficar de pé novamente, mas suas pernas cederam, e suas costas bateram no assento da cadeira. Ela tentou se levantar, mas as pernas ficaram frouxas e tinham espasmos. Ela se arrastou de bruços. As pessoas estavam gritando. Lena tentou dizer que elas precisavam pedir a ela que sorrisse, dissesse algo complicado, escrevesse alguma coisa. As pessoas não caíram. Sua boca se recusou a fazer o que seu cérebro comandara. Ela falava apenas em gorgolejos e gemidos.

Charlie pegou as mãos dela.

– Você está bem?

Lena se sentia como se alguém empurrasse sua cabeça. Ela deu um tapa no local, mas não tinha ninguém ali. Sentiu lágrimas saindo dos olhos, nariz, boca e ouvidos. Quis levar as mãos até o rosto para secá-lo, mas Charlie as segurou e as manteve imóveis.

A Dra. Lisa se inclinou sobre ela. Alguns dos observadores tentavam fazer com que os outros participantes do experimento recuassem; outros anotavam febrilmente.

– Papel de embrulho – foi o que saiu da boca de Lena, que tentava dizer "Eu preciso de ajuda".

19

A Dra. Lisa e Smith mostraram uma foto a Lena. Algumas outras pessoas vestindo jalecos assistiam. Lena olhou para a foto: quatro pernas, um assento, um encosto. O nome estava na ponta da língua.

– É algo em que você se senta – estimulou Smith.

– Froideur – tentou Lena. A palavra parecia importante.

A Dra. Lisa pediu a ela que andasse pela sala. Lena agitou os braços em grandes círculos.

– Máquina de lavar roupas, cara.

– Não é essa a resposta – disse Smith.

Ele pediu a Lena que lhe contasse algo sobre sua infância. Ela contou uma história sobre uma de suas melhores amigas de infância, Saturday. Ela e mais duas crianças do bairro aprenderam a linguagem dos sinais porque gostavam de Saturday e porque podiam dizer o que quisessem. Mas os pais da vizinhança fizeram tanto alarde por Lena e seus amigos serem "boas crianças" que toda a situação se tornou estranha e os deixou constrangidos em usar a linguagem dos sinais. Afetou a amizade entre eles e fez com que

Saturday pensasse que haviam feito aquilo só para se sentir bem consigo mesmos, não para serem amigos dela. Quando a mãe dela descobriu, ela disse: "Se vocês estão fazendo algo bom, e estão gostando, não deixem que outras pessoas estraguem as coisas para vocês. Tentem se lembrar disso a vida toda, se puderem".

Lena levou anos para entender todos os seus sentimentos em relação a como as coisas se desenrolaram.

Enquanto Lena falava sinceramente, a Dra. Lisa e Smith lutavam para manter suas expressões neutras, mas ficavam trocando olhares. Lena ouviu sua própria voz dizendo "queijo" e sabia que ela queria dizer outra coisa, mas não conseguia encontrar a palavra. Eles pareciam entender a história pelo menos um pouco, talvez porque Smith assentia enquanto ela falava. Sua boca disse:

– Batom.

Ela fez um barulho frustrado, tentou encontrar a palavra certa novamente. As mãos dela tremiam. Todos na sala estavam sorrindo, mas ela entendeu que era porque eles estavam tentando tranquilizá-la. Lena cobriu os olhos para não ver mais as pessoas, porque a estavam deixando mais assustada. O homem de jaleco disse que Lena precisava relaxar e lhe deu uma injeção.

Lena acordou. Seu corpo exalava um cheiro azedo, o fedor saindo de sua boca como se algo dentro dela estivesse à beira da morte. Os olhos dela se ajustaram à pouca luz. Uma observadora estava sentada na cadeira ao lado dela.

— Você está acordada?

A observadora falava baixo e de modo paciente. Ela explicou que levaria Lena para uma caminhada pelas instalações, uma vez que os médicos achavam melhor que ela continuasse andando e se mexendo. Então, ajudou Lena a sair da cama.

O braço de Lena passou pelo da outra da mulher. Ela manteve o rosto relaxado. Embora estivesse sonolenta, sentia-se mais ela mesma. Antes, tentar pensar em si mesma era como tentar ler uma página que havia sido rabiscada com um marcador permanente preto.

Elas saíram para o corredor. As paredes e o piso de ladrilho eram do mesmo branco. O brilho incomodou os olhos de Lena. No final do corredor, havia duas grandes portas abertas. Dentro de uma sala, duas grandes gaiolas. Em uma delas, um rato do tamanho de um gato segurava um morango com as patas. Quando elas se aproximaram, Lena pôde ouvi-lo saboreando o morango, lambendo os grandes beiços de prazer. Ela tinha certeza de que estava sonhando ou alucinando.

— Roscoe adora morangos — disse a observadora. — Quero dizer, sujeito R.

Elas entraram na sala. Lena foi até as gaiolas para observar o rato grande comendo. Manteve-se parada. Repetia consigo mesma que tudo aquilo estava acontecendo. Lena não tinha ideia da razão pela qual aquela mulher a levara até lá. Seu impulso era encontrar uma maneira de desaparecer, continuar explorando, encontrar algo para roubar, dar um jeito de tirar uma foto de toda aquela operação. Mas era melhor agir como se ainda estivesse doente, ainda muito confusa.

Lena se virou. Nos fundos da sala havia um recinto em estilo zoológico. Dentro havia dois cervos filhotes, mas enormes, comendo grama. Mais pareciam pôneis do que veados. Uma gaiola encostada na parede estava cheia de morcegos grandes que a enojavam mais do que o rato.

– Roscoe, seu menino lindo – sussurrou a observadora. Ela lhe deu mais água, acariciou sua cabeça branca.

Ao longo das paredes próximas às portas, havia computadores em mesas e vasos de plantas. Algumas tinham folhas que pareciam feitas de pastrami – os novos brotos rosa-claro pareciam especialmente crus. Outra planta tinha a cor e a textura dos pelos de gatos laranja. Lena queria tocar naquela planta e ver se realmente era como parecia.

– Como você está se sentindo? – perguntou a observadora.

Lena olhou a planta por mais tempo. O rato chiou.

– Lena, como você está se sentindo?

– Sementes – disse ela.

– Espero que você não esteja muito preocupada. Não consigo imaginar como seria – disse a observadora em voz baixa. – Vamos te fazer andar um pouco mais.

Ela ajudou Lena a se levantar da cadeira. Caminhou com ela até os fundos da sala. Os filhotes estavam dormindo. Eles não se assustaram quando Lena e a observadora se aproximaram.

— Esse é o Rei Kai, aquele é o Goku.

Elas voltaram para o corredor e entraram em outra sala, onde as paredes e o teto estavam cobertos de grama. Grossa e exuberante. Luzes foram instaladas no teto, e nesses locais a grama ao redor parecia dourada. No chão, o milho estava crescendo. Algumas espigas eram grandes demais, como os animais na sala ao lado. Outros eram cinza-ardósia. Uma mulher estava curvada tirando fotos do milho cinza. Ela se virou.

— Oi, Helena – disse ela. – O que você está fazendo?

— Estou ajudando o grupo T. Fritaram mais um dos sujeitos deles.

A mulher com a câmera revirou os olhos.

— As merdas que as pessoas fazem por dinheiro.

A observadora – Helena – riu, mas soou falso.

— Espero que você melhore – disse a mulher, voltando-se novamente para as plantas.

— Linguiça – disse Lena, com uma voz lenta e sonhadora.

O solo sob seus pés estava quente. Lena pensou que seria incrível ter um quarto como aquele em uma casa. Provavelmente era caríssimo e seria preciso aparar toda a grama do teto à mão, em cima em uma escada.

— De qualquer modo, tenho de fazê-la andar por um tempo. Volto para te ajudar em uma ou duas horas.

— Não se preocupe. Quase todos estão na apresentação, então provavelmente só limparemos as gaiolas bem mais tarde.

Lena e a observadora foram para o corredor. Lena deixou seu corpo mole, cedeu um pouco nos braços de Helena. Aqui tudo era tão branco e limpo, que a coisa mais suja eram as solas dos pés dela.

— Você precisa continuar se esforçando — disse a observadora. — Isso aqui vai determinar o resto da sua vida.

Elas passaram por uma porta grande, onde um homem de jaleco observava os braços de três pessoas. Neles via-se filas de cogumelos, da cor exata de sua pele marrom. O formato deles era muito parecido com o daqueles que Lena gostava de usar no espaguete.

— Doeu quando eles brotaram? — perguntou o homem de jaleco. Ele estendeu a mão e tocou gentilmente um dos cogumelos. — Pegajoso — comentou com uma voz entediada.

Elas seguiram em frente e a observadora guiou Lena até o banheiro.

— Você consegue fazer isso? — perguntou a Lena.

Naquele momento, Lena quase desistiu. Ela não queria que aquela mulher a ajudasse a usar o banheiro, mas, se não fosse assim, a mulher perceberia que estava fingindo. Lena repetiu para si mesma que queria saber mais. Então deixou que a mulher a ajudasse a entrar na maior cabine. A mulher pegou as mãos de Lena e as guiou para que abaixassem as calças macias e a calcinha que estava usando. Então ela se virou e olhou para outro lugar enquanto Lena fazia xixi. Quando Lena terminou, a mulher guiou suas mãos até o papel higiênico. Lena sentiu-se nauseada com a experiência, mas pensou consigo mesma que poderia ter sido muito pior. A observadora ajudou Lena a lavar as mãos.

– Espero que estejam te pagando o bastante por isso – murmurou a mulher para Lena –, porque definitivamente a mim não estão.

Lena pegou seu telefone.

– Você tem de andar por pelo menos mais dez minutos.

Lena gemeu.

– Eu sei. Mas se pudesse se lembrar de como se faz isso, você me agradeceria.

Elas voltaram para o corredor. Os pés de Lena estavam frios. Era mais difícil do que ela esperava manter o rosto relaxado e desinteressado. Ela sabia que se aquela mulher não tivesse tanta certeza de que Lena tinha "fritado", veria o que estava bem na sua frente. Mas essa mulher tinha certeza de que ela estava doente, realmente não a via como pessoa. Ela parecia apenas se importar em realizar o que fora instruída a fazer.

Onde elas estavam? Tudo está muito quieto, pensou Lena.

Sem barulho de rua, pássaros ou cães. Sem janelas. A observadora e Lena pararam perto de uma sala onde três mulheres brincavam com o que parecia um Pé Grande robótico. Uma usava um laptop. Outra dizia:

– Agora, faça-o olhar para Beatrice.

O robô não se mexeu. A terceira mulher, presumivelmente Beatrice, penteava o pelo do robô com o que parecia ser uma escova de gato. Pé Grande olhou para Lena. Seus grandes olhos eram de um amarelo amarronzado. Sua boca se curvou para baixo, como se tivesse acabado de ouvir notícias realmente ruins. Lena pensou que ninguém acreditaria que aquele Pé Grande era real. Ele deveria estar imundo, coberto de galhos e folhas, ensopado de lama, em vez de parecer uma grande coberta branca. Pé Grande olhou para o teto.

— Acho que errei uns códigos na programação — disse a mulher que trabalhava no laptop.

A mulher que penteava o pelo do Pé Grande olhou para Lena. Em seus cabelos verdes, havia uma faixa preta em que ela prendera canetinhas.

— Fritou? — perguntou ela à observadora.

— Sim.

— Certifique-se de que ela mova os braços também, depois de fazer a caminhada.

— Eu me sinto como se estivesse no *Weekend at Bernie's* — disse a observadora.

— Eu nunca vi esse filme.

— Ah... bom, é sobre dois garotos que tentam enganar...

— Nós não precisamos de um resumo — disse a mulher no laptop.

— Ah, tá certo. Desculpa. A gente tem de continuar andando, de qualquer maneira.

A observadora se ajeitou para que seu braço direito contornasse a cintura de Lena. Então moveu o braço esquerdo de Lena e passou a cabeça por baixo dele, para que descansasse no ombro de Lena.

– Acho que assim fica um pouco melhor – disse a mulher.

Elas seguiram em frente. A mulher abriu outra porta e entrou em uma sala que era exatamente como a da Great Lakes Shipping Company: a combinação entre computadores novinhos em folha e outros terrivelmente ultrapassados. O pôster idiota de Judy. No que seria a mesa de Lena, havia uma cópia da foto que ela mantinha em sua própria mesa de trabalho: ela e a mãe rindo na varanda da frente. Um monte de canetas da Great Lakes Shipping Company em uma caneca azul e branca de Cedar Point. A mancha preta no teto, que todos os participantes do estudo disseram que parecia suspeita, como mofo preto, e os observadores explicaram que era apenas um azulejo antigo que precisava ser substituído.

A observadora sentou Lena em uma cadeira e levantou os braços dela várias vezes. Pegou um e fez movimentos circulares com ele. Lena gostou de ter alguém gentilmente alongando e massageando seus braços. Ela suspirou.

– Prometo que logo logo você vai poder voltar pra cama.

A mulher falou sobre caminhos neurais e movimentos e as redes do cérebro de uma maneira que Lena não conseguia entender. Quando terminou de movimentar os dois braços de Lena, ela a ajudou a se levantar novamente.

Elas andaram em círculos pela réplica do escritório. A parede ao lado da sala de descanso estava coberta de cartões de anotações em cores neon. Havia uma foto de cada funcionário do escritório e, abaixo, tramas. Ian sai para o escritório. Lena pensa em voltar para a escola. Mariah diz a todo mundo que quer mudar seu nome para Geode. Tom se esquece de fazer *backup* de um servidor. Judy diz algo racialmente preconceituoso a Charlie. Charlie questiona o próprio futuro. Havia muitos mais, com grandes e pequenos detalhes. Provavelmente, eram usados para produzir as folhas diárias, as coisas que os participantes deveriam contar às pessoas quando perguntados sobre o trabalho ou seu dia.

Lena se sentiu distante do próprio corpo ao ver os próximos oito meses de sua vida distribuídos e escritos assim. Havia anotações para interações fora do trabalho: churrascos, uma viagem à feira do condado, *happy hours*. Talvez nada em Lakewood tivesse sido real. Talvez tivessem planejado a festa de Charlie, esmagado seu para-brisa, enviado o homem para conversar com ela sobre Pé Grande. Talvez eles fossem todas as pessoas que ela via, todos os dias. Mas qual seria o objetivo?

– Estamos fazendo um circuito – disse a observadora.

Lena queria voltar para a cama.

– Batata frita – disse ela.

– Sinto muito, mas você ainda não pode comer.

Elas pararam do lado de fora de uma sala cheia de pessoas assistindo a um filme em uma tela grande.

– Ainda está acontecendo – disse a mulher a Lena.

– Será que deveríamos pedir a alguém para dar um basta na Madison? – perguntou uma voz familiar.

— Não podemos interferir — disse Lisa.

Na tela, uma garota estava abrindo um cofre. Dentro havia uma arma, que parecia uma pilha de dinheiro e uma caixa marrom. Lena a reconheceu. Era uma das Madisons que ela vira no segundo andar. Madison não olhou para o dinheiro ou a caixa marrom, apenas pegou a arma. Ela ficou parada. Parecia muito grande em suas mãos. A menina usava um pijama com uma estampa grande de baleia. O cabelo dela estava preso em duas tranças. Ela apontou a arma para a lâmpada e as cortinas.

— Ela provavelmente só colocará de volta.

Madison saiu da sala com a arma. A câmera a perdeu por um momento. A tela ficou escura, dividida em muitas imagens da casa — interior e exterior, ângulos laterais e de cima. Então a parte de trás da cabeça de Madison enquanto caminhava pelo corredor, a arma visível por cima do ombro. A tela cortou para esse ângulo, seguindo a garota. Ficou claro que ela sabia andar pela casa sem acordar os pais. Não havia som. Madison abriu uma porta.

— Talvez isso esteja indo longe demais — disse Smith.

A Dra. Lisa fez um barulho pensativo, escreveu algo.

— Isso é incrível — disse a observadora. Ela apoiou Lena contra a parede. — Você está bem.

No quarto, uma mulher dormia de lado, usando uma máscara de dormir. Um homem, provavelmente o pai da menina, dormia de costas, braços cruzados sobre o peito. A mulher parecia falar durante o sono. Madison manteve a arma apontada para a cama. Ela caminhou até a beira e apontou de maneira instável para a mãe. Ela apertou o gatilho uma vez, mas não foi forte o bastante. Tentou de novo, atirando na cabeça da mãe. Houve um coice. Ela caiu um pouco para trás, batendo o braço na mesa de cabeceira. O pai de Madison se sentou na cama. Ele parecia confuso. Estendeu a mão como se ainda estivesse sonhando, a boca aberta como em um grito ou um bocejo. Madison atirou nele também. Algumas pessoas na sala se sobressaltaram, mas a maioria anotava furiosamente.

A boca de Lena deixou escapar um som. O resto ela conseguiu conter, embora manter todas as suas emoções sob controle fosse como segurar um espirro. Ela não choraria, nem poria a mão sobre a boca. Ela não vomitaria, apesar de toda a raiva e o desgosto que se formavam em sua garganta.

Madison disse alguma coisa. Ela limpou o rosto, mas não estava chorando. Havia respingos de sangue nele. Madison pousou a arma no pé da cama e saiu.

– Isso era completamente desnecessário – disse Smith.

– Precisávamos saber se funcionava. – A Dra. Lisa parecia entediada.

A maioria dos observadores olhava para a tela, mas alguns olhavam para os dois e tomavam notas. Lisa disse:

– Precisávamos ver uma gama completa de resultados desse estudo.

Smith se levantou. Deixando para trás sua prancheta, ele foi até Lena e a observadora. Lena abriu a boca. Fechou. Deixou os olhos focados na parede atrás dele.

— Brócolis — disse ela.

Smith pôs a mão na bochecha dela, olhou em seus olhos. Ela se manteve focada na parede, ignorando os olhos cinzentos dele, as sobrancelhas pálidas.

— Por que você a trouxe aqui?

— Ela está andando.

— Eu... — começou Smith, irritado. — Ora, vamos, você sabe que não deveria ter trazido ela até aqui.

— Ela não vai se lembrar de nada — respondeu a mulher, hesitante. — Eu sinto muito.

— Tá. Vamos levá-la para a cama.

Eles caminharam com Lena pelos corredores. As pessoas falavam alto e com muita emoção sobre o que havia acontecido. Era como o fim de um evento esportivo. Comentavam os melhores momentos — quando o sujeito pegou a arma no cofre, quando o sujeito atirou em sua mãe, sem hesitação. Ótimos resultados.

Smith disse baixinho que Lena estava fazendo um excelente progresso por já conseguir andar. Talvez ela se recuperasse totalmente. Ele parecia aliviado.

— Você vai contar a ela? — perguntou a observadora.

— Ela provavelmente viu que você estava com essa aqui — disse Smith. — Ela não vai ficar nada feliz. É a nossa primeira rodada com esta versão.

– Foi você quem me disse para fazer o procedimento usual.

– Eu sei, mas...

– Eu não posso perder este emprego.

– Eu sei – disse Smith.

Eles ajudaram Lena a voltar para a cama, aconchegaram-na entre os lençóis, certificando-se de que cabeça e pescoço estavam apoiados no travesseiro. Smith levou um copo de água com um canudo aos lábios de Lena, para ver se ela conseguia beber. Lena tomou um pequeno gole. Tossiu.

– Você vai melhorar – disse ele.

Smith levantou a mão e, por um momento, pareceu que queria tocar na testa dela, afagar seus cabelos. Lena deixou que seus olhos se fechassem. Ela ouviu Smith se acomodando na cadeira e mandando a outra observadora embora:

– Vá falar com a Dra. Lisa agora, peça desculpas. Talvez fique tudo bem. Este sujeito já fritou, as chances são pequenas de que pela manhã se lembre de qualquer coisa que tenha visto hoje. A Dra. Lisa deve estar de bom humor agora e, na verdade, talvez seja seu melhor momento no ano inteiro. Eu posso ficar aqui e monitorar o sujeito até que o turno da noite assuma.

20

— Você sabe o que é isso? — A Dra. Lisa mostrou a imagem de um garfo.

— Garfo. — Lena estava apoiada em três travesseiros.

Várias pessoas de jaleco estavam na sala, tomando notas e observando o rosto de Lena, as mãos e os pés. Mais cartões. Gato. Fogão. Poltrona. Liquidificador. Então, propuseram que fizesse contas. Respondesse a perguntas hipotéticas. Removeram seu gesso, como se isso a ajudasse a se lembrar das coisas. O pulso de Lena parecia mais fraco do que antes, mas foi um alívio poder coçar sua pele. Pediram a Lena que andasse em linha reta sem ajuda, pulasse com um pé só e, depois, que tocasse no próprio nariz.

— Eu não estou bêbada, pessoal — brincou Lena, mas ninguém riu.

Depois de duas horas, a Dra. Lisa disse que não havia problema em parar. Havia um pouco de terra no cabelo dela e embaixo de suas unhas. Lena se perguntou o que todos no escritório estavam fazendo. Talvez fosse como a situação de Bethany, em que todos tiveram um dia de folga.

Um homem mais velho, com uma barba branca como a neve, estava de pé com os braços cruzados. Ele lançava a Lena o tipo de olhar prolongado que damos a alguém com uma mancha de comida no queixo ou com uma remela amarelada no canto dos olhos, enquanto nos perguntamos se é mais ou menos constrangedor dizer alguma coisa. Era difícil não tatear o próprio rosto atrás do que quer que houvesse de errado.

— Seu sobrenome é Johnson, certo?

Ela assentiu. Ele apertou os lábios.

— Eles já te alimentaram?

Lena assentiu novamente.

— Você se parece com sua mãe ou sua avó?

— As pessoas dizem que pareço mais com minha avó. Mas acho que tenho as expressões faciais da minha mãe.

O homem assentiu como se soubesse exatamente de quem ela estava falando, em vez de avaliar as funções motoras e de fala dela.

— Você se lembra de algo sobre a noite passada?

— Eu estava tonta. Tive um sonho em que vi... — Ela tocou o queixo. — Como é o nome daqueles monstros? Os que parecem homens, mas maiores?

— Centauros?

— Os centauros vivem nas montanhas?

— Oh, Pés Grandes. — O homem tocou sua barba como se não estivesse acostumado a tê-la no rosto.

— Sim. O Pé Grande guiava um cortador de grama. Eu contei à minha avó sobre ele e ela me disse que eu estava sendo rude. Que as pessoas não escolhiam o rosto que tinham.

Enquanto ela falava, o homem parecia não ouvir. Ele olhava para o rosto dela como se a conhecesse de algum lugar e estivesse tentando descobrir de onde. Lena esperou que ele perguntasse quantas vezes ela ainda esquecia palavras. Ou se ela estava tendo espasmos musculares, ou se ela já sentia suas pernas mais firmes. Ela notou que ninguém estava interrompendo, os olhos de todos estavam essencialmente nele.

— Você é próxima da sua avó?

A pergunta surpreendeu tanto Lena que a voz dela falhou.

— Eu era. Ela morreu.

A expressão no rosto dele era de uma tristeza genuína. Ele deu um passo para se aproximar um pouco mais da cama.

— Como ela era?

Lena se endireitou para ficar sentada completamente ereta.

— Se você não quiser falar sobre isso, eu entendo.

A bondade na voz dele a fez suspirar. Ela manteve os olhos no rosto dele enquanto falava, ignorando todos os outros.

— Acho que o que me faz mais falta é ouvir a risada dela. Mas imagino que você não esteja mesmo interessado em falar sobre ela.

— Não, isso me diz muito. — Seus olhos enrugaram quando ele sorriu. — Foi um prazer conhecer você, Lena Johnson.

Ele se virou e saiu, parando na porta para gesticular para a Dra. Lisa e dizer:

— Vamos conversar novamente em quinze minutos.

A maioria dos observadores reuniu suas coisas e o seguiu porta afora. Lena afundou de volta nos travesseiros. Os pés descalços da menina no tapete. Suas mãos pequenas na arma. A maneira como quase todos na sala tomavam notas, imperturbáveis, enquanto aquela menina matava sua família, acabava com a própria vida. O cérebro de Lena voltava à imagem da cabeça da mãe logo após o disparo. A máscara de dormir, a boca aberta. Rosa, escarlate e cinza nas paredes de acabamento fosco e nos travesseiros cor de carvão. Os olhos de Lena lacrimejaram. Ela esperava que, se percebessem, atribuíssem aquilo a um outro efeito colateral.

Depois que a Dra. Lisa verificou a saúde de Lena, Smith a levou até seu apartamento. Então, pediu a ela que pegasse algumas roupas e livros, pois iria para a casa da mãe.

— Você precisa de ajuda para subir as escadas? — perguntou Smith.

— Minhas pernas estão cansadas, mas acho que estou bem.

No apartamento dela, tudo estava mais limpo do que antes. O tapete em seu quarto tinha marcas de aspirador recém-produzidas. Todos os pratos foram lavados. A banheira e a pia do banheiro estavam brilhando. A procuração médica que ela deixara para Tanya, junto a um bilhete, tinha sido aberta.

Ela reuniu livros, verificou se as outras cartas para Tanya foram encontradas – e constatou que não haviam sido. Pegou o carregador do telefone e algumas roupas. Ainda não eram nem seis e meia da manhã, de um dia que Lena não fazia ideia de qual era. Ela sabia que, em alguns momentos, era pior pensar ativamente sobre o que estava acontecendo ou havia acontecido. O melhor era se concentrar nas pequenas tarefas, deixar que se encarregassem de preencher seu dia e fornecessem o afastamento necessário para sobreviver.

Quando ela entrou no carro, havia um café à sua espera no porta-copos. Smith disse que também seria bom se Lena quisesse dormir, e que não se preocupasse em dar instruções.

– Sabia que até hoje não temos certeza de por que as pessoas precisam dormir? – comentou Smith.

– Não é porque estão cansadas?

– Não é tão simples assim. – Ele tomou um gole de café. – O sono faz muitas coisas.

– Como vamos explicar a sua presença à minha mãe?

– Eu não vou ficar lá com você.

– Eu estou sendo expulsa?

– Ah, não. Não. Você está apenas dando um tempo, precisa se recuperar.

A névoa escorria dos rios e estradas, espessando o ar. Uma das coisas que tornavam essa parte de Michigan diferente de sua casa era a neblina intensa. Os moradores diziam que era porque Lakewood estava em um vale. E que, também por isso, lá não havia tornados. Na semana anterior, Lena ouvira um velhinho em uma das lojas de rosquinhas falando sobre como o governo estava aprendendo a controlar o clima agora, porque a mudança climática seria uma verdadeira crise. Os amigos dele assentiram. Ele continuara:

– Lakewood com certeza é uma das estações de teste. Não temos tornados. As nevascas chegam a ter saudades de passar por aqui. Vocês acham que é só porque estamos em um vale?

O assobio dos pneus na estrada. Borracha contando fofocas que não deveriam ser reveladas ao asfalto. Smith dirigia rápido. O carro cheirava a café de posto de gasolina: requentado, mas quase delicioso. Nas estradas secundárias, os faróis do carro pouco ajudavam ao atravessar a neblina. Pareciam apenas enfatizar sua intensidade.

Lena fingiria que aquela era uma visita comum. Elas iriam ao cassino se a mãe se sentisse bem o bastante. Visitariam o cemitério. Jantariam juntas. E se a casa dela estivesse sendo observada? E se eles tivessem feito com ela o que fizeram com Madison? Não havia armas em casa, Lena lembrou a si mesma. Pequenas câmeras que pareciam manchas no teto. Talvez usassem o celular de sua mãe para ouvir todas as conversas.

Smith passou por um carro parado à beira da estrada, as luzes do pisca-alerta ligadas. Lena não conseguia afastar da mente que em sua casa havia muitas facas.

— Você gosta de ficção científica? — perguntou Smith.

— O quê?

Ele contou a ela que estava escrevendo uma comédia no seu tempo livre. Alienígenas pretendiam invadir e conquistar a Terra. Mas os planos nunca avançavam por causa do chefe inconveniente, que sempre fazia piadinhas ou brincadeiras, e enlouquecia a todos no ambiente de trabalho levando o crédito por ideias alheias, ou dizendo a coisa errada.

— Por que o chefe não é demitido?

— Porque ele é filho de um grande almirante da força espacial alienígena. Nepotismo. Sexismo. E talvez o problema seja que eles, na real, não querem invadir a Terra, mas os alienígenas precisam se manter ocupados, então...

— Não é triste pensar que alienígenas teriam os mesmos problemas que nós?

— É por isso que a piada funciona.

Lena encostou a cabeça na janela do carro e bocejou ruidosamente. Ela fechou os olhos.

■ ■ ■

— Lena, chegamos na casa da sua mãe — disse Smith, tocando no ombro dela.

Apesar de tudo, ela sorriu. A casinha amarela delas. Do outro lado da rua, os hibiscos de Dona Cassandra estavam rosa-vivo. Lena saiu do carro. Smith abriu o porta-malas e ela pegou sua mochila, indecisa entre o desejo de ser educada e dizer adeus e o de entrar em casa e abraçar a mãe. Lena levantou a mão como um guarda mandando os carros pararem. Smith tomou como um aceno, devolveu e foi embora.

Lena pegou suas chaves e abriu a porta da frente. A casa estava com um cheiro diferente, como pipoca e sabão de violetas. Sua mãe estava acordada – dava para ouvi-la cantando alto junto com o rádio, na cozinha. A sala estava quase toda limpa, com alguns sapatos no chão. Uma revista de culinária aos pés do sofá.

– Mamãe.

A mãe de Lena largou a caneca de café que segurava e a abraçou. Enquanto sorria e chorava, Deziree dizia:

– Esta é a melhor surpresa.

Na agitação de abraços, emoções e saudades, Lena pôde ver como sua mãe mudara. Ela estava ereta, sua voz era clara, seus olhos brilhantes.

– Ah, meu amor, você parece exausta.

– Estou me recuperando de uma virose – disse Lena. – E estou muito estressada, então...

– Então me deixa fazer um café da manhã pra você.

Sua mãe a deixou para ir pegar um batedor, ovos, leite. Havia uma longa faixa verde-floresta na parede mais próxima da mesa da cozinha. O restante da parede ainda estava pintado de creme, porém havia cartões coloridos colados nela: jade, eucalipto, malaquita, cacto, árvore de Josué, figo, vidro do mar, névoa de feiticeiro. Deziree derreteu a manteiga em uma panela e desligou o rádio. A cafeteira soltou vapor pelo topo. Na cadeira que costumava ser o lugar de sua avó à mesa, havia duas caixas de sapatos empilhadas.

– Em que cor você está pensando?

– Estou pensando em Camaleão Perfeito.

Parecia nojento, mas parecia bom. Uma cor mais suave. Embora Lena preferisse Hera de Chalé.

– Se você quiser, podemos pintar a cozinha enquanto eu estiver aqui.

A mãe dela riu. Ela vestia um quimono que Lena nunca tinha visto antes – rosa, com estampa florida, de seda – por cima de sua calça de moletom e a blusa de sempre. Deziree despejou a mistura da massa na panela.

– Gostei do quimono.

– Foi um presente.

Lena pegou pratos, talheres e canecas. Abriu a geladeira e encontrou um pouco de bacon, que fritou no fogão, ao lado da mãe. Deziree parava o tempo todo para tocar Lena – afagar sua cabeça, um aperto carinhoso no braço ou no ombro, uma carícia no meio das costas. Estar em casa era ouvir o som delas cozinhando juntas, suas vozes se harmonizando quando uma música que ambas conheciam e gostavam tocava no rádio, a risada incontida de sua mãe. Lena se esforçou para estar presente, para não deixar sua mente pensar em por que ela havia sido autorizada a vir para casa. Para não pensar que eles só a deixaram ver sua mãe porque isso a faria querer continuar nos estudos. Ela estava sendo manipulada. Deziree fez uma panqueca em forma de "L".

Depois do café da manhã, Deziree levou as caixas de sapatos da cozinha para a sala de estar. Deixou-as no sofá e deu tapinhas no assento ao lado delas, para que Lena se sentasse.

– Tem algumas coisas da mamãe aqui dentro. Acho que ela gostaria que você ficasse com algumas delas.

A caixa de cima tinha diários, bilhetes, cartas, receitas. Na outra havia fotos da infância e da juventude de Lena. Segunda série: um vestido rosa-peônia com uma gola branca cheia de babados, sem os dentes da frente. Primeira série: um macacão preto com uma camisa branca de manga comprida por baixo. Mais fotos, mais papéis.

– Tem outras caixas no quarto dela – disse Deziree. – Mas estou indo com calma.

– Mãe, eu posso fazer isso, se for mais fácil pra você. Não é um problema para mim. – Era, mas ela não conseguia deixar de oferecer.

– Eu gosto, é por isso que estou demorando. Sinto que estou sabendo mais sobre ela. Não estou exatamente ansiosa para deixá-la partir.

– Eu sei.

– Então... – Deziree se inclinou para a frente. – Eu tenho um encontro esta noite. Mas posso cancelar, sem problema.

– O quê? Sério? O mesmo cara?

– Sim. Miguel. – Deziree sorriu ao dizer o nome dele. – Ele é muito simpático.

– Você deveria ir. – Lena sabia que parecia educada ao ponto de ser passivo-agressiva, mas sua mãe não percebeu, ou não quis perceber.

– Mas...

– Não, não, vá.

– Tá bom. – Deziree olhou para o telefone. – Preciso me aprontar para a fisioterapia.

Lena assentiu.

– Estou exausta.

Ela se levantou, pegou a caixa de cima e foi para o quarto. Todo um lado de seu corpo doía. Ela sentiu que se esforçara o bastante para fingir que estava tudo bem. Eles não haviam dito quanto tempo ela ficaria aqui. Na caixa havia uma foto de Deziree antes do acidente. Ela tinha 22 anos e posava com as mãos segurando a barriga, embora quase não houvesse nada para ver. No verso, estava escrito "a primeira foto do bebê".

A avó dela não tinha letra de avó. Era uma mulher muito forte para ter uma caligrafia cheia de floreios. Cada letra podia ser uma espada. Escrevia com uma mão pesada e febril, como se tudo o que pensasse precisasse ser registrado no papel. Doar casacos para a caridade. Falar com o seguro. Leite, banana, coxa de frango, espinafre. O artigo em inglês de Lena está pronto.

A página seguinte, frente e verso preenchidos...

"Meu pai as chamava de noites, e sempre achei que eu poderia inventar um nome melhor. Mas estou sentada nesta cama há pelo menos dez minutos e tudo em que penso é pior que o nome anterior. Ele me alertou sobre essas criaturas, as noites. À luz do dia, elas desaparecem no mundo ao seu redor. Tornam-se invisíveis. Algumas dormem, o ronco parece máquinas à distância. Outras levam coisas de sua casa, especialmente se você for bagunceiro ou descuidado. Elas podem se fazer passar por comuns. E algumas parecem se apaixonar por pessoas. Elas não param de observá-las, seguindo-as por aí. Queriam saber tudo o que há para saber sobre as pessoas. Quando o céu começa a ficar azul-marinho, as noites não podem se esconder. Seus olhos brilham na escuridão. Branco, amarelo ou verde. E seus olhos pareciam maiores. Se eles se agacham, podem ser confundidos com um grande gato ou gambá. Mas a maioria é do tamanho de um homem. Imagine ver um par de olhos verdes brilhantes caminhando em sua direção durante a noite. Meu pai arregalava os olhos quando dizia essa parte, e abria os dedos longos para fazê-los parecer garras. De algum modo, isso me fazia realmente vê-los."

— Shaunté está aqui — chamou Deziree pela porta. — Volto em algumas horas.

— Divirta-se — respondeu Lena, distraída demais para pensar na fisioterapia da mãe.

Tentava recordar se sua avó já havia contado essa história. Lena se lembrava de estar em sua cama, com os braços da avó em volta dela e um brinquedo de pelúcia aconchegado entre seus braços, um cachorro marrom chamado Eddie. A voz da avó, tão ágil durante o dia, ficava mais lenta na hora de dormir. Mas tudo se misturava na memória dela.

"As noites, então, ficaram ameaçadas. Homens as matavam. As crianças atiravam pedras. Uma mulher ousada descobriu como incendiar uma noite. Papai disse que as noites descobriram que a única maneira de permanecerem vivas era conhecendo os segredos das pessoas. 'Você é um pecador: vejo você jogando, bebendo, perseguindo mulheres. Eu vi quando você fingiu não ter ouvido seu filho cair.' Alguns atacavam a voz e os olhos sem corpo, e derramavam toda sua feiura no mundo. Mas a maioria das pessoas aprendeu a ignorá-las. Alguns iam além e ofereciam presentes e comida.

Meu pai disse que, quando ele era menino, as noites ainda iam às cidades, farejando segredos e aceitando as ofertas. Um dia, a maior noite que alguém já viu chegou em sua cidade, dizendo que eles aprenderiam tudo o que havia para aprender, no mundo inteiro. E então elas desapareceram. Sem mais ofertas, sem mais vozes sussurrando segredos. O único momento em que as pessoas as viam era à noite, em lugares onde não deveriam estar. As noites ainda estavam coletando segredos.

Quando eu era pequena, tomei aquilo como verdade. Toda vez que eu fazia algo de errado, imaginava um grande par de olhos se abrindo, sugando minha maldade. Eu pegava longas folhas de grama, trançava-as em anéis e as deixava na minha cama, como presentes para as noites. Quando fiquei mais velha e entendi um pouco mais o mundo, pensei que talvez meu pai estivesse tentando me dizer algo sobre a maneira como as pessoas se tratavam. Contudo, posso estar dando muito crédito a ele agora. Ele era um homem direto, alguém que não gostava de falar sobre as coisas por metáforas."

Lena leu novamente. Era como ter a avó sentada ao lado dela, xícaras de chá para as duas fumegando nas mãos. *Se você não tivesse adoecido, se não tivesse morrido*, pensou Lena. Ela não se deixou terminar. Esse caminho estava cheio de espinhos, cobras e cascalho solto, criados pela profunda injustiça da vida.

Ela tocou a letra de sua avó. Era bom ter um vislumbre de seu bisavô. Ele era uma figura, era o que a Dona Toni dizia frequentemente sobre o pai. Ele era um dos maiores e mais fortes homens que ela já tinha visto. Ele trabalhara em sua fazenda e aprendera a fazer a melhor manteiga possível. O segredo era a grama doce que ele cultivava. Ela costumava sentir um cheiro úmido, como uma mistura de morangos quentes ao Sol e um gramado recém-cortado.

Os avós de Lena se divorciaram quando ela era jovem. Seu avô ainda estava vivo, mas não fora ao funeral de Dona Toni. Sobre o próprio pai, Lena só sabia que seu povo era do Leste, uma expressão que ela amava, pois fazia parecer que ela vinha de uma longa linhagem de bruxas dos contos de fadas. A família de Deziree vinha de Michigan. Agora que a avó se fora, histórias sobre eles só poderiam ser encontradas nessas caixas.

Lena pôs a caixa ao lado da cama e guardou a história cuidadosamente. Ela deslizou entre as cobertas, olhando para o teto. Uma aranha escura cruzava, centímetro a centímetro, toda a extensão do teto. Lá fora, o bairro estava completamente desperto. Carros saindo das garagens. Dona Claire e a Dona Cassandra conversando alto e, provavelmente, andando de um lado para o outro na rua. Dona Claire com seu velho agasalho rosa, Dona Cassandra vestida como se fosse à igreja, com uma saia floral longa e recatada. Faziam o mesmo percurso havia seis anos. Subiam e desciam quatro quarteirões da rua de Lena, indo um acima e voltando. Elas sabiam que os três quarteirões à esquerda e os três à direita, agora, não eram seguros para duas senhoras mais velhas por conta própria. Em Lakewood, todos se gabavam de como a cidade era segura. As pessoas mantinham suas portas e janelas destrancadas. Havia trinta anos não ocorria um assassinato.

– Você está bem? – sussurrou Deziree.

Lena abriu os olhos e os esfregou. Sua mãe estava usando um batom vermelho-vivo. Sua pele parecia úmida.

– Há quanto tempo estou dormindo?

– O dia todo.

– Ah, merda, me desculpe.
– Não se desculpe. Você precisa mesmo descansar.
– Você está bonita – disse Lena, e se sentou.

A mãe usava calça jeans e uma camiseta com listras brancas e azul-marinho que era de Lena. A avó odiava a cor do batom de Deziree.

– Quero usar saltos, mas sei que, se acontecer alguma coisa, provavelmente me machucarei mais se cair.
– Ele sabe?
– Ele sabe quase tudo. Ele sabe que às vezes tenho de usar uma cadeira de rodas. Mas há uma diferença entre eu dizer a palavra errada, ou ter de pedir para que ele repita e, você sabe...

Lena assentiu.

– Você deveria arrumar o cabelo – disse a mãe. – Escove seus dentes.

Antes que Lena pudesse dizer que não estava pronta para conhecer Miguel, sua mãe se virou e voltou para o quarto. Lena foi ao banheiro, escovou os dentes. Tentou ignorar as olheiras sob os olhos.

Em seu sonho, ela estava em um parquinho. As crianças jogavam bolas de queimada e pôneis de plástico em Lena. Toda vez que alguém a acertava, ela morria. Explodia. E então voltava um pouco diferente. As crianças riam sempre que acontecia. Não se importavam quando ela falava sobre a dor, que era insuportável, ou tentava fazer com que a vissem como uma pessoa.

Lena lavou o rosto e prendeu o cabelo em um coque lateral baixo.

Na sala de estar, a mãe estava animada e alegre. *Ela deve gostar muito dele*, pensou Lena, e prometeu a si mesma que se esforçaria para ser legal. *E se ele fosse nojento? E se ele fosse atraente demais, a ponto de deixá-la desconfortável o tempo todo? E se ele fosse jovem demais, ou velho demais?*

Houve uma batida à porta. Deziree a abriu e Tanya, Kelly e Stacy entraram, com sacolas de comida chinesa e garrafas de vinho.

– Surpresa – disse Deziree.

Todos os três estavam sorrindo.

21

Teria sido mais fácil se os amigos de Lena guardassem ressentimentos. Mas toda vez que Lena pedia desculpas pelo quão distante estava ou fazia uma pergunta para recuperar o tempo perdido, eles sorriam. Tanya disse para que parasse de se desculpar. Kelly lembrou que ela estava enviando dinheiro para a família. Falou coisas meio bregas, que a família cuida de seus membros, mas Lena olhou para o chão e sentiu as lágrimas se acumulando. E Stacy ria e distribuía pratos de comida para todos, servia vinho e contava que esteve em um show de drag, o que os fez rir e ofegar. Ele estava claramente exagerando para deixá-los mais à vontade, mas funcionou.

E Lena bebeu vinho, copo após copo. Tanya servia sempre que seu copo esvaziava.

– Você está de férias.

Quando conseguiu um momento a sós com Lena, Kelly inclinou-se para a frente e disse:

– Não consigo parar de pensar em você.

— E por que você não falou nada? – perguntou Lena, derramando gotas de vinho sobre a mesa enquanto gesticulava com o copo.

— Eu estava sendo sutil.

Kelly pegou o telefone, tirou uma foto de Lena e mostrou a ela. Ela estava rindo, com os olhos semicerrados. O impulso de Lena foi pegar o telefone e apagar a imagem. A foto não era nada lisonjeira; era íntima demais, algo que você tirava da sua namorada, não da garota para quem você enviou fotos de tênis, de Chinatown e do nascer do Sol.

— Estou bêbada – disse Lena.

Mais tarde, ela e Tanya ficaram rindo e conversando na sala enquanto os meninos guardavam a comida e varriam a cozinha. Lena notou que ocasionalmente dizia as palavras erradas: acampar em vez de trabalhar, listar em vez de errar. Tanya não comentou. Lena esperava que fosse por causa do vinho e da exaustão. Era algo que acontecia com as pessoas o tempo todo.

— Talvez eu esteja apaixonada. – Tanya parecia envergonhada. Seus lábios estavam manchados de vinho.

— Você deveria estar feliz – falou Lena, pronunciando o "liz" por mais tempo do que o normal.

— Eu tenho vinte e um. Será um ano da minha vida, e aí teremos uma briga, ou ficaremos entediados e um dia será embaraçoso que eu já o tenha amado.

— Você realmente se sente assim ou só quer se sentir assim?

Tanya colocou os pés em cima da mesa de café, as unhas pintadas na cor de ouro antigo. O cabelo dela era liso. Usava uma argolinha em uma orelha, dois diamantes na outra. Vestia uma blusa cinza-clara que deixava seu sutiã de renda rosa levemente aparente. Lena pousou o copo de vinho no chão. Parecia importante absorver Tanya como um todo, torná-la uma pessoa real novamente. Lena sentia falta da amiga e da pessoa que era quando estava com ela.

– Não tenho certeza – disse Tanya.
– Por que não dá uma chance?
– Bem, e quanto a você?
– Ele está na Califórnia e eu estou... – *Estou em uma pesquisa patrocinada pelo governo sobre a qual não posso comentar.* Lena pigarreou. – Estou em Lakewood.
– Vamos jogar um jogo. – Stacy se deixou cair no chão ao lado do sofá e tomou um gole de vinho do copo de Lena. – Se você pudesse fazer um filme sobre qualquer coisa, o que seria?
– Eu faria um... sobre Marian Anderson, e um dos bons – disse Tanya. – Meu pai não para de falar sobre ela.
– Eu faria um baseado na vida de Janet Jackson – falou Stacy. – Da era *Rhythm Nation*.
– Na verdade, estou fazendo um filme, nesse momento, para uma exibição. Envolve tinta, luz e um DJ muito maneiro que conheci – disse Kelly, colocando as pernas ao lado da cadeira da avó de Lena. As meias dele estavam tingidas ao estilo *tie-dye* verde, amarelo e azul. Notando o

interesse de todos pelas meias, Kelly comentou: – Estou curtindo umas texturas agora, tipo gelo picado, cimento... essas coisas.

– Pare, está me fazendo odiar você – disse Stacy, arranhando os pés do irmão.

– Não. Toque. Nos. Meus. Pés. – Kelly se endireitou na cadeira, afastando os pés do alcance do irmão.

– Eu acho que faria um filme sobre... – Lena pegou seu vinho, bebeu em um longo gole – ...estudos baseados em pesquisa nos Estados Unidos. Tipo, eu faria um filme sobre Tuskegee, ou sobre um outro que rolou nos anos 1950, sobre controle da mente. As pessoas adoram controle da mente.

A porta da frente se abriu. Sua mãe estava de volta do seu encontro.

– Isso soa como um filme de Chadwick Boseman. Eles o fazem tomar LSD e ele tem um surto psicótico. Algo sobre direitos civis. Ele usa terno.

– Eu assistiria a qualquer coisa com Chadwick. – Lena estendeu o copo de vinho para Stacy, que lhe serviu mais.

– Isso poderia muito bem acontecer na Rússia agora. Você tem visto as notícias? – comentou Tanya. – É uma loucura.

– Do que vocês estão falando? – Deziree tirou os sapatos. O batom dela parecia borrado.

– Estudos baseados em pesquisa – explicou Kelly.

– Ah. – Deziree franziu o cenho.

— Filmes — disse Stacy. — Sua filha quer fazer um filme sobre uma pesquisa.

— Eu faria um. — Deziree pôs a mão no quadril. — Uma boa comédia. Nenhuma coisa nojenta. Uma comédia comedida. Nada de xixi, cocô, vômito ou bunda. Apenas negros engraçados.

Seus olhos estavam no rosto de Lena, mas a filha não sabia dizer no que sua mãe estava pensando. Lena levantou as sobrancelhas para perguntar se ela estava bem. A mãe inclinou a cabeça para a esquerda. Isso significava que ela não deveria se preocupar. Mas havia uma expressão pensativa em seu rosto. Talvez Miguel tivesse feito ou dito alguma coisa.

— Vou pegar um copo de água. — Deziree olhou em volta. — Aliás, vou pegar um copo de água para todos vocês.

Eles comeram mais, puseram um filme. Deziree pediu licença, dizendo que tinha de trabalhar na igreja no dia seguinte logo pela manhã.

— Não vamos fazer barulho, pode deixar.

Lena acordou no meio do filme. Foi ao quarto dela para pegar cobertores, travesseiros. Sua bolsa estava no chão, o conteúdo derramado. Alguém a tinha revirado, procurando por algo. Mas logo pensou que estava sendo paranoica. Ninguém ali vasculharia sua bolsa. A casa era pequena e barulhenta demais para que alguém invadisse sem que eles ouvissem. Lena balançou a cabeça. Levou toda a roupa de cama para os amigos. Cobriu os pés de Tanya, que dormia no sofá. Deu um travesseiro a Stacy. Parou diante de Kelly.

Olhou para ele à luz branca da televisão, seu rosto gentil com o sono. Os cílios de Kelly eram longos, seus lábios pareciam – eram – macios. Ela pôs um cobertor sobre ele. Então, ele pegou a mão dela e entrelaçou os dedos com os seus. Lena exalou. Ela relaxou, tentando se concentrar apenas na mão quente dele, em como era muito maior do que a sua.

O terror que Lena sentira ao desmaiar não saía de sua cabeça. Lembrou-se dos sons que sua boca fazia, do jeito como seu corpo se recusava a fazer qualquer coisa que ela mandava. A garota entrando no quarto, como doía respirar porque seu corpo estava machucado pela queda do desmaio. Em três segundos, a bala saiu da arma, a bala na mãe, o spray, o som de canetas no papel. A maneira como parecia ridículo que algo do qual ela começara a participar em maio a fizesse desmoronar e reorganizar tanto quem ela era, *quanto como* ela era. Como cerca de três meses podiam ser tão marcantes em relação a vinte e um anos. A respiração de Kelly ficou mais lenta. Lena soltou a mão dele e foi dormir.

■ ■ ■

Na manhã seguinte, os amigos foram embora logo cedo. Sozinha em casa, Lena voltou para as caixas de sapatos da avó, de quem encontrou uma foto amarelada e quadrada de quando era adolescente. Dona Toni segurava um livro em uma mão e um pequeno punhado de flores silvestres na outra. A grama alta só permitia entrever seus joelhos. Uma árvore que parecia familiar ao fundo. A avó dela sorria o suficiente para que o espaço entre os dentes da frente ficasse à mostra. Ela raramente fazia isso. Os olhos de Lena continuaram analisando a árvore, a grama, as flores silvestres. Era um palpite, mas ela tinha quase certeza de que Dona Toni estava no pasto perto de Long Lake.

Não era impossível. A avó crescera a apenas quarenta e oito quilômetros de distância. Provavelmente, não era nada. Uma viagem ao interior para ver um lago, um prado coroado de trevos roxos e as flores silvestres de agosto, talvez um piquenique. Talvez ela conhecesse alguém na área, ou talvez tivesse algum parente distante por lá. E provavelmente não era nada: Lakewood era apenas uma cidadezinha de Michigan na época. Muitas igrejas, muitas rosquinhas, invernos intensos. Quando pôs a fotografia sobre a cama, suas mãos tremiam.

PARTE 2

22

Querida Tanya,

Ontem de manhã, minha mãe me disse para largar o emprego. Ela pediu: *Fique aqui, a gente se vira, temos economias agora.* Deziree me mostrou algumas pesquisas que havia feito sobre a negociação de dívidas médicas. Ela me disse que ainda havia tempo para eu me matricular nas aulas. *Nós temos uma reserva.* Ela não sabia quanto realmente tínhamos. Eu depositei apenas quatro mil dólares na conta dela. Tenho uma conta nova, separada, que ela não pode ver nem acessar. Minha mãe disse que ela poderia tentar encontrar algo real. *Eu atendo chamadas e faço consultas agora no escritório principal. Eu tenho um sistema que mantém tudo organizado.* Deziree falava comigo como se eu fosse minha avó, como se precisasse me convencer. Tomei café, comi frutas, reuni forças para responder:

"Mãe, eu gosto de trabalhar na Great Lakes Shipping Company e de morar em Lakewood". Quando disse isso, minha voz beirava o contentamento. "Não quero fazer isso para sempre, mas é uma boa mudança de vida. E vamos ficar muito bem se eu fizer isso por um ano."

"Seu trabalho paga bem demais", disse minha mãe. Esperei que ela continuasse. De repente, senti que ela sabia o que eu estava fazendo em Lakewood, pelo tom dela. O jeito lento com que tinha pronunciado as palavras. Mantive meus olhos na comida, porque sabia que travar contato visual significava que teríamos de ser honestas e partir para uma outra conversa: *Isso paga pelos seus comprimidos. Pela primeira vez, em mais de quinze anos, você tem uma vida comum e chata. Posso abrir mão de um ano da minha vida para que você tenha isso para sempre.*

Provavelmente, era só paranoia minha, porque depois ela retrucou: "Com um salário desses, você nunca vai querer sair. Vai se sentir confortável e se acomodar".

"Faz assim? Quando você conseguir um emprego em período integral, a gente fala sobre isso de novo." Minha voz não soou tão gentil quanto eu pretendia. Meu fraseado saiu completamente errado. Uma das razões pelas quais amo minha mãe é que todos os sentimentos dela ficam estampados em seu rosto. Isso me faz confiar nela. Ela parecia pronta para me sacudir. Depois, parecia ter entendido meu ponto de vista.

Estou escrevendo isso em Lakewood. Vou retornar à pesquisa amanhã. Esta tarde, tive uma consulta de acompanhamento com a Dra. Lisa. Fizemos formas, cores. Eu disse a ela quem é o presidente, em que dia estamos, por quanto tempo fiquei fora. Escrevi coisas. Nós analisamos juntas. Minha caligrafia era diferente antes – para cima e para baixo, sem se inclinar, com menos conexão entre as letras. Eu escrevi algumas palavras erradas. Rixo em vez de roxo. Surreal em vez de cereal. Fiapos em vez de quiabos. Então, ela me mandou escrever em um diário todas as noites. Decidi que, por vintes minutos, todos os dias, vou anotar coisas chatas para eles verem. E aí vou escrever uma carta para você.

Você provavelmente sabe disso – as escolas em que estudou eram muito melhores que as minhas –, mas quando uma pessoa realiza um experimento, ela deve ter uma hipótese. Algo que ela está tentando provar. Com o experimento de Madison, a única hipótese em que consigo pensar é em como podemos fazer uma criança se voltar completamente contra seus pais. Em relação ao meu experimento, eles alegam que estão testando um medicamento. Mas o que esse medicamento faz? Era apenas uma pílula para nos ajudar a memorizar palavras? Bem, por quê?

Lakewood é isolada de todas as principais rodovias. Você tem de dirigir para o sul por quase vinte e cinco quilômetros até a interestadual. A cidade mais próxima fica a dezesseis quilômetros de distância, mas, na verdade, é composta apenas de uns poucos postes de luz, uma loja de festas, um bar chamado JJ's e um posto de gasolina cercado por algumas casas de fazenda. As estradas aqui são mais vermelhas do que em outros lugares. Fora da cidade, tudo que se vê, basicamente, são terras agrícolas, mas há bosques atrás da Great Lakes Shipping Company, um pequeno parque estadual a dez quilômetros da cidade e Long Lake. A água daqui é terrível. Eu me tornei uma dessas pessoas que compram água para beber até em casa. Eu sei que é irresponsabilidade. E a gente daqui é diferente. Todo mundo é tão, tão atento. Não quero dizer de uma maneira meditativa. Eles estão sempre conscientes um do outro, das pessoas ao seu redor. Existe o julgamento habitual do Centro-Oeste, mas em todos os lugares aos quais vou me sinto notada. Acho que isso se deve, em parte, à impressão que tenho de que só vejo pessoas negras quando assisto às notícias em canais conservadores. Mas...

É possível que a cidade inteira, de alguma maneira, não seja real? Mas há tantas pessoas trabalhando nas instalações em que estou... É como um tipo todo fodido de Disney World? Em que todos, exceto nós, os visitantes, participam? Mas e Charlie, seus amigos? Quando dei uma volta por Lakewood, havia lojas de rosquinhas, as igrejas metodista e luterana, o posto de gasolina onde abasteci, meu apartamento. Talvez a operação não fosse tão ampla.

No entanto, meu telefone não me permite buscar artigos sobre pesquisas baseadas em estudos.

Meu apartamento ainda está muito limpo. Alguém deu uma geral na minha geladeira enquanto eu estava fora, jogou fora toda a comida vencida e comprou novos produtos, leite fresco e ovos. Tinha até um bilhete preso nela, com um sorrisinho e uma mensagem de boas-vindas.

Você se lembra daquela cidade na América do Sul que apareceu no noticiário há uns seis meses? Aquela que mudou seu nome para McDonald's? Talvez tenha sido no Peru. Houve uma crise depois de um terremoto, e alguém havia convencido os líderes da cidade de que mudar o nome poderia ajudá-los a obter algum tipo de patrocínio corporativo. Eles pintaram todas as casas de vermelho e amarelo. As pessoas começaram a se vestir com essas cores, e algumas foram além: Ronald McDonald vagava pelas ruas. Um homem vestido como o ladrão de cheeseburger. Um monte de gente escreveu artigos e posts sobre a voracidade daquilo. Parecia uma façanha corporativa fodida. Alguma tentativa ofensiva de publicidade. Outra teoria era a de que aquilo seria para um filme. Mas era real. Penso nisso agora como uma prova de que as pessoas estão percebendo que os governos podem ser absolutamente inúteis. A única maneira confiável de sobreviver, hoje em dia, é depositar sua fé no poder daqueles que queiram te dar dinheiro. Captação de recursos on-line. Empresas que ainda fingem se importar com o que os consumidores pensam. Elas querem poder dizer que são benevolentes, para que as pessoas não falem de como essas empresas poluem os oceanos e não pagam salários justos aos trabalhadores.

Naquela época, eu só pensava no quão estranho deveria ser estar lá, andar pela rua e ver casas vermelhas e amarelas ao lado de escombros. Alguns indivíduos de perucas brilhantes e sorrisos pintados, outros sofrendo.

23

Querida Tanya,

Voltei há uma semana e todos os dias eles me testam de jeitos diferentes. Como está o meu vocabulário, se consigo identificar imagens, observar gradientes e organizá-los do mais escuro para o mais claro. Ainda me pedem para memorizar palavras – *smoking,* taco de beisebol, canela –, mas não me dão mais doses do medicamento. Quase todo mundo tem estado fora do escritório realizando estudos paralelos ou em pausas. Está bem tranquilo e essa lentidão quase me convenceu de que posso fazer isso por mais quatro, oito meses.

Tom e eu almoçamos juntos e conversamos sobre o jardim dele. Ele me mostrou uma foto de seus tomates – um tipo chique, de que nunca ouvi falar, Cherokee Purple – e eles são grandes. Ele disse que já estão do tamanho de seus dois punhos. Ele teve de montar gaiolas especiais por causa do seu peso. E falou que os maduros, até agora, têm gosto de lixo. Literalmente, lixo. Que nem quando você passa por uma caçamba de lixo e o ar empesteia o carro, penetra sua boca e nariz.

— Esta cidade é amaldiçoada — eu disse.

— Você parece uma moradora local — ele retrucou.

Tanya, você adoraria a maneira como eles falam sobre esta cidade. Sempre que há algo de estranho ou errado, eles falam sobre como um grande chefe viveu e amou esta terra e a amaldiçoou por todos os homens brancos. Sim, é racista. Mas ouvi homens brancos velhos nas lojas de rosquinhas a usarem como explicação para o sinal ruim de celular, a taxa crescente de divórcios entre jovens casais da região, drogas. Por uma garota ter sido assassinada aqui no início dos anos 1970. Ninguém culpa o homem que fez isso, o pai de uma criança de quem a menina estava cuidando. E para "a doença misteriosa que circula pela cidade". Parece que muitas pessoas têm resfriados de verão, algumas erupções cutâneas, sentem-se fracas, apresentam dores de cabeça, e tudo convergiu em uma só doença. O povo aqui é doido.

Hoje, depois do trabalho, saí para correr pela primeira vez desde o... — não sei como chamá-lo — ...acho que... o experimento. No centro da cidade, perto dos degraus do tribunal, as pessoas protestavam contra algo, segurando cartazes e gritando. Quando cheguei perto o suficiente, pude ver um cartaz que dizia "Parem de violar os direitos humanos nos Estados Unidos". Todos estavam vestindo camisas que diziam "Liberte-se da tirania do governo!". Gritavam coisas como "Direitos humanos, dignidade humana".

— Se você estiver em um estudo, podemos te ajudar — gritou um homem branco com *dreadlocks*.

Quanto mais tempo passo aqui, melhor me torno em fazer do meu rosto uma máscara. Eu o mantenho educado: nunca reajo muito, especialmente se alguém fizer ou disser algo que me irrite. Sempre que ouço alguém falar, eu me forço a abrir um pouco mais meus olhos. Sei que isso me faz parecer mais jovem, mais inocente. E raramente uso maquiagem, também por esse motivo. Especialmente por ser uma mulher jovem e muito baixinha, já sei que a maioria das pessoas não me considera uma ameaça. Mas eu ainda incremento isso. Sorrio muito. Peço desculpas sem precisar. Rio frequentemente. E me certifico de não fazer o riso forçado e vertiginoso que faz algumas pessoas parecerem desesperadas demais. Tento o máximo possível rir como se estivesse encantada. Quanto mais bonita eu sou, mais agradável eu pareço e menos os outros percebem quanta atenção estou prestando.

Isso me mudou. Não posso mais ficar aqui. Quando eu estava na casa da minha mãe, notei que a observava e tentava antecipar o que ela queria de mim. De certo modo, não era muito diferente de quando eu era criança. Percebi que passei a maior parte da minha vida vigiando alguém, garantindo que estava fazendo todo o possível para não incomodar de maneira nenhuma. Abafando minhas reações para não acrescentar estresse à situação. Talvez tenha sido por isso que a faculdade foi um alívio para mim. Foi a primeira vez em que pensei em mim primeiro. Que eu pude saber quem eu era quando tinha algum espaço.

Quando o manifestante, o homem branco com *dreadlocks*, gritou a palavra estudo, meus olhos dispararam instantaneamente de medo. Minha boca começou a abrir. Olhei para o rosto deles, esperando reconhecê-los em uma segunda olhada. Pensei que poderiam ser observadores testando se alguém cederia e comecei a correr. Nunca tinha visto aquelas pessoas na minha vida. Uma das mulheres enfiou um panfleto na minha mão. Continuei correndo. Esperei até que estivesse a dois quarteirões de distância para parar e ler.

Na parte superior do folheto estava escrito "Parem a operação Lightbox!". E embaixo, em uma fonte muito menor: "Eles nos testam desde a Guerra Fria. Isso é uma violação dos direitos humanos. Eles enganam você para fazer do seu corpo um lixo. Recrutam pessoas pacíficas e as transformam em assassinos. Os pobres, os doentes, os esquisitos, os negros, os pequenos, as vítimas do grande golpe de crédito, os nativos, os deficientes. Todos são usados como cobaias em experiências. Acorde, América! Estamos comendo nossa própria carne! Vá para stoplightbox.net.".

Eu não consegui acessar stoplightbox.net no meu telefone. Estava bloqueado.

Abaixo do texto, havia um desenho e uma história em quadrinhos com o Tio Sam. O desenho, ao estilo de "Saturno devorando um filho", de Goya, mostrava o Tio Sam comendo uma pessoa. Eu odeio essa pintura, mas essa versão me fez rir. Na história em quadrinhos, o Tio Sam batia em uma criança robusta, ou um homem muito pequeno, com a bandeira americana. "Progresso", ele gritava. No painel seguinte, a criança explodia como uma piñata. Depois disso, o Tio Sam reunia os órgãos e os rotulava. Um coração valia mil, setecentos e setenta e seis dólares. Intestinos, apenas setenta e quatro dólares. O esqueleto, um dólar e cinquenta centavos. Não entendi o que estava sendo dito aqui, nem o sistema de valores do Tio Sam. Na parte de trás havia frases de efeito escritas com letras maiúsculas. Eu dei uma olhada, mas os destaques eram "O governo dos Estados Unidos está costurando a cabeça dos cães nos homens", "As mulheres estão recebendo pílulas para torná-las mais subservientes" e "A nova carne de laboratório está sendo cultivada apenas para os ricos, e a carne da mercearia deixa todos mais baixos". As instalações estavam em todo o mundo.

Três de seus folhetos haviam sido colados no poste ao meu lado. Outro folheto preso acima dele dizia: "Se você é sujeito de uma pesquisa baseada em estudos, saiba que pode ser resgatado". No campus, no semestre passado, uns alunos fizeram um... – como chamar? Um projeto de arte? Uma pegadinha? – em que espalharam cartazes alegando que os esquilos não eram reais. "Todos os esquilos que você vê são robôs!" Você provavelmente se lembra de ter visto um. O site dizia que eles eram veículos para pequenos alienígenas de uma galáxia distante. Pensei comigo mesma que poderia ser algo do estilo. Os manifestantes por quem eu passara eram um pouco velhos demais para espalhar boatos falsos na internet.

Joguei meu panfleto no chão e corri para a loja de rosquinhas mais próxima. Suada, cansada e nojenta, eu me sentei, pedi um copo de água e uma rosquinha de chocolate.

— Há quanto tempo você está nas pesquisas? — perguntou a voz de uma mulher.

Eu balancei minha cabeça, certa de que paranoia e ansiedade estavam me fazendo ouvir coisas.

— Não estou nelas, só tenho certeza de que estão acontecendo nesta cidade. Eu ouço os rumores há anos — respondeu uma voz masculina.

Eu sabia que deveria sair dali imediatamente. Mas estava muito curiosa, queria saber o que ele queria dizer com *anos*.

A pessoa média está mais interessada em alguém que possa dar atenção a ela. Eles me notariam se eu virasse a cabeça ou estivesse obviamente ouvindo. Peguei meu telefone, abri a seção de anotações.

— Ouço essas histórias desde menino. Os adultos me proibiam de me aproximar do porão do antigo hospital, porque as pessoas de cor estavam sempre indo e vindo — disse o homem.

— Pessoas de cor? — A mulher questionou como se dissesse "Como é que é?".

Isso me fez gostar dela. Gosto de quem ouve algo racista e reage imediatamente, em vez de cair na falha de processar o-que-diabos-acabei-de-ouvir. Eu queria ver quem eles eram, então me levantei e tirei uma selfie. E mais uma.

A mulher usava um blazer preto e pequenos óculos de leitura vermelhos. A parte de trás da cabeça do homem estava careca, um pouco queimada pelo Sol. Ele poderia ser qualquer um. A mulher parecia o protótipo da repórter de um programa de televisão: uma mulher branca bonita com cabelos escuros levemente bagunçados, como se estivesse ocupada demais caçando histórias para dar um jeito no cabelo.

Antes, eles me diziam se eu estava ou não em um experimento. Mas, quando eu estava na instalação, vi cartões de anotações que esboçavam coisas que faríamos fora do trabalho. Coisas que aconteceram, como a festa de Charlie. A mulher poderia facilmente ser uma atriz. Toda a situação poderia ser uma farsa para que eu me abrisse para ela. Eu já imaginava o cartão rosa-neon: "Lena atua como fonte anônima de uma repórter e viola seu acordo de confidencialidade".

O homem divagou sobre outras coisas: a doença que circulava pela cidade, um homem encontrado morto em um carro, com as mãos azuis. Ele ainda não havia sido identificado por ninguém. Os manifestantes, enormes morcegos na floresta, que pareciam ainda maiores que os morcegos-raposa. Ele disse que era uma corporação do mal que usava pessoas como escravos para esses estudos. Comi minha rosquinha rapidamente, fiquei com açúcar nos lábios, migalhas grudadas nos cantos da boca. O restaurante cheirava a gordura de fritura, açúcar e um café nada especial. As mesas ainda fediam a milhares de cigarros que as pessoas já fumaram lá. Pensei nas vezes em que ficávamos acordadas até tarde estudando, e eu dava um tapa no seu cigarro eletrônico. Por alguns minutos após cada tragada, meus pensamentos ficavam tão claros... Com certeza eu daria um jeito em tudo, saberia o caminho certo a seguir, se pudesse sair para caminhar com você e conversar honestamente por uma noite inteira.

Odeio estar sozinha.

A única coisa que o homem disse que me fez questionar se ele estava mentindo foi o lance dos morcegos. Tanta coisa mais estava errada. Estou sendo paga, recebendo excelentes cuidados de saúde. O respingo de sangue na bochecha de Madison. A sujeira na parede. Os olhos dela totalmente inexpressivos. Quanto ela e sua família haviam recebido para participar de um estudo que a levou a fazer aquilo? Eles disseram que eu poderia sair.

Então, hoje de manhã, levei um dos folhetos para o trabalho. Pedi ao Cabelinho que me levasse até o consultório da Dra. Lisa. Havia uma nova planta pendurada acima de sua mesa, com as folhas de um verde-vivo. Ela estava conversando com um homem mais velho, que eu já vira antes, aquele que tinha me perguntado sobre minha avó. Quando me viram na porta, os dois pararam de falar. Quando mostrei o folheto, a Dra. Lisa ergueu as sobrancelhas, mas o velho riu.

– E ainda dizem que a vida nas cidades pequenas é chata. Sabem, quando eu estava na faculdade, alguém tinha certeza de que Stephen King era o Assassino do Zodíaco. Espalharam panfletos por toda a cidade defendendo que os crimes do assassino combinavam perfeitamente com os das tramas de King. E o mais estranho era que Stephen King nem morava lá…

Eu não conseguia entender quem ele era ou o que fazia lá. Era como se um professor universitário querido pelos professores tivesse tropeçado nos observadores. Ele tinha de ser alguém importante. A Dra. Lisa deixou o velho falar, ouviu-o atentamente.

– Como você se sentiu ao ler este panfleto?

– Assustada, bem ansiosa. Partes dele são meio engraçadas, mas não consigo pensar na palavra certa para isso. O que aconteceria com a pesquisa se as pessoas descobrissem?

– O que te faz pensar que as pessoas já não sabem disso? – Dra. Lisa perguntou e os dois riram.

Eu queria perguntar a eles: *Desde quando todos vocês têm senso de humor?* Em vez disso, desci as escadas.

Havia um cartão me desejando melhoras em cima do meu teclado, embora eu já tivesse voltado havia bastante tempo, e uma nova pessoa no cubículo ao lado do meu. Preso com fita adesiva em cima do pôster "Stressed is just desserts spelled backward!", havia um novo pôster: a imagem de um bolo de abacaxi de cabeça para baixo, com um fundo verde-claro e, em letras maiúsculas: "Stressed is just desserts spelled backward!" Eu ainda podia ver a borda roxa do outro pôster.

A mulher provavelmente estava na casa dos cinquenta. Olhos verdes. O cabelo tingido em um loiro-escuro estático, então dava para ver que não era totalmente natural. Mas ela era baixinha e estava em boa forma, como a última Judy. Eu me apresentei e ela riu como se eu estivesse brincando. Então parou, parecendo preocupada.

— Você já me conhece — disse ela. — Eu sou a Judy.

Já estava começando de novo.

Durante a manhã, Judy me enviou seis e-mails. Uma mensagem encaminhada sobre os produtos químicos perigosos nos alimentos que ingerimos. A cada mordida, ficamos um passo mais perto do câncer. Há um limite para a quantidade de tapetes de ioga que uma garota pode engolir sem que haja consequências. Um pequeno e-mail escrito sem pontuação que me dizia para comer mais peixe, mas não o salmão, porque havia uma doença nele. As pessoas que comiam salmão às vezes descobriam vermes crescendo em seus braços e pernas. O salmão não era saudável para o coração, como querem que você acredite. As vendas do salmão estavam financiando governos estrangeiros.

Judy me mandou o link de um artigo de um site sobre o qual eu nunca tinha ouvido falar — GreatHealthVibes.net., no qual havia uma foto de um homem que teve de retirar dezessete vermes de seus antebraços — e um close de um deles. Preto e brilhante. Eu me virei um pouco, para poder vê-la me enviando mais um e-mail. Judy estava tão empenhada em encontrar todas as maneiras de me consertar. Ela estava lendo um site sobre beber um tipo especial de grama moída todas as noites antes de dormir, murmurando alguns dos destaques para si mesma.

Depois do sexto e-mail, bati um lápis na minha mesa e, ao me inclinar, verifiquei qual observador estava de olho em nós. Mas o único no escritório era Cabelinho, que estava comendo uma barra de energético e olhando para o telefone. Essa Judy se virou para mim, olhou para o meu rosto, franziu os lábios. Os olhos dela no meu tom de pele. Eu podia senti-la percebendo o inchaço das minhas pálpebras por falta de sono.

– Corte todos os fermentados da sua vida – disse ela alto o bastante para que sua voz assustasse Cabelinho e ele largasse o telefone. – São os alimentos da morte.

Mais tarde, Cabelinho me entregou uma pílula e um copo de água. Ele disse que reduziria meu estresse. Outro e-mail de Judy apareceu na minha tela. Começava assim: "Conforme dizia meu último e-mail, ao qual você não se deu o trabalho de responder". Engoli a pílula, bebi a água e quase cuspi tudo. O sabor da água era ainda pior do que eu me lembrava.

24

Dia 63: Um dos funcionários do armazém foi pego fumando um baseado no estacionamento. Você passou o resto do dia assistindo a um treinamento on-line da Great Lakes Shipping Company sobre o consumo de drogas no ambiente de trabalho.

Tanya, Charlie ainda não apareceu aqui. Desde que voltei, a cada manhã tenho medo de encontrar um outro homem sentado à mesa dele – alguém cuja aparência seja muito semelhante à dele. O homem me diria que ele era o Charlie. Os observadores assistiriam a tudo, dispostos a registrar se eu aceitaria aquela informação ou argumentaria que aquele não era o Charlie que eu conhecia. No almoço, eu roubei um iogurte em homenagem a ele e perguntei a Mariah e Tom se sabiam o que estava acontecendo.

Mariah pisou gentilmente no meu pé e disse que ele estava viajando. Tom olhou em volta e começou a falar sobre pão de fermentação natural e como era preciso mantê-lo vivo, como um peixinho dourado. Eles falavam um com o outro, cada vez mais excitados, sobre fungos e fermentos.

Tigelas para pão. Panquecas. Comi o meu iogurte, ouvindo a mensagem de que eu deveria calar a boca e me comportar.

Depois do trabalho, eu saí para correr de novo. Uma das coisas em Lakewood que mais me chamam a atenção é a limpeza da cidade. Não há pichações, lata de refrigerante ou bitucas de cigarro jogadas na grama. As calçadas são irritantemente limpas. Nenhum pássaro ou cachorro havia ousado fazer cocô ali, nem um pedacinho sequer de chiclete cuspido. Estava bem quente. A umidade e as últimas semanas de sono insuficiente me deixaram pesada. Enquanto eu corria, meus pés discutiam com o meu cérebro. Tentavam descansar e acabar com aquilo. Nunca precisei me esforçar tanto para fazer com que meu corpo me obedecesse. Minha perna esquerda estava perdendo a firmeza e tive de parar. Desabei em um banco. Os panfletos haviam desaparecido. Nem um sinal de papel rosa-choque em troncos de árvore ou postes de luz. Eu estava à beira do pânico, mas repetia incansavelmente para mim mesma: *Minhas pernas só estão cansadas, é normal, está tudo bem.* Quanto tempo leva para que a mentira que você conta para si mesma funcione? Eu me recompus. Caminhei pela rua. Virei a esquina e voltei para a loja de rosquinhas.

A maior mesa da loja estava ocupada por coroas. No meio, a mulher que talvez fosse uma repórter, tomando notas enquanto os homens mais velhos discutiam a história de Lakewood. Voltaram a falar sobre o lance da maldição de novo. Um deles disse que vinha dos Ojíbuas. Nesta versão da história, os indígenas amaldiçoaram os homens brancos que os expulsaram dessas terras. Suas últimas ações foram orar para que o mal se abatesse sobre qualquer um que ousasse morar ali. Houve uma jorrada de homens se interrompendo: garotas mortas encontradas em córregos, um aumento incomum nos casos de câncer. Seus pais haviam crescido com medo de um homem com cabeça de cachorro que supostamente vivia na floresta. Um deles disse:

— Talvez essas histórias existam até hoje porque esta é a única maneira de falarmos das consequências do passado sem nos sentirmos responsáveis por nossas ações no presente.

Os demais o ignoraram.

Peguei um copo de água gelada e me sentei em uma cabine vazia nos fundos da loja. A água estava tão gelada que minha garganta quase se fechou. Eu tossi. Pressionei o copo contra a testa e as bochechas para me refrescar. A garçonete mais velha de lá me trouxe uma rosquinha de chocolate sem que eu tivesse pedido, e um pequeno bule de leite desnatado.

— Eu me lembro de você — disse ela.

Eu sorri para ela, embora soubesse que teria de parar de ir lá. Ela começaria a me perguntar sobre minha vida. Talvez contasse às pessoas sobre mim.

Os homens velhos pararam de falar. Eles e a mulher olhavam através da larga vitrine para o lado de fora. Alguns se elevaram um pouco de seus assentos. Pousei meu copo de água, paguei a conta e fui ver o que estava acontecendo. De pé, do lado de fora, estava o homem de *dreadlocks* que eu vira protestando dois dias antes.

A camisa estava aberta. Havia um enorme buraco em seu torso. Os intestinos dele estavam rosados e o sangue circulava. Havia algo amarelado, talvez o estômago ou a vesícula biliar. A ponta de um osso, rosa-claro e cinza.

– Eles fizeram isso comigo! Eles fizeram isso comigo! Eles não podem mais controlar essa cidade – gritava o homem.

Fiquei tonta, meu cérebro dividido entre lutar contra a náusea e ponderar como aquilo era possível. Como os órgãos dele não haviam pulado pra fora? Como ele estava vivo? Os intestinos dele me lembravam cachorros-quentes. E, na maior parte das vezes, eu realmente acho cachorros-quentes muito perturbadores. É o modo como eles brilham, como se parecem com carne humana. Havia mais panfletos aos pés dele. O estômago dele tremia.

Enquanto escrevo isso, meus dedos estão trêmulos, meus olhos estão ardendo. A angústia que senti ao antecipar que os órgãos dele cairiam na calçada, que eu o veria desabar sobre as próprias vísceras e sangrar até morrer, continua correndo por todo o meu corpo.

Eu me inscrevi para participar de um "experimento sobre a memória". Mas tem sido muito mais do que isso. Simplesmente nos disseram que esta é uma cidade pequena e que as pessoas gostam de falar. Os *pellets*. A cabana. A garota. Os comprimidos. Meu cérebro. A maneira como fazem com que eu duvide de mim mesma, questione a realidade. Todos os segredos.

É tortura.

Quando cheguei em casa, mandei mensagens de texto para você. Liguei para a minha mãe. Ela também não atendeu.

25

Querida Tanya,

Estou aqui no meu apartamento depois de uma longa caminhada noturna pelo bosque com Charlie e Mariah. Havia hematomas nos braços e nos pés dele, embora ele dissesse o tempo todo que se sentia ótimo. Ele me mostrou seus braços e pernas. Estavam completamente sem pelos.

– Uma pílula – disse Charlie. – Estou tão lisinho.

Era uma noite de lua cheia. No parque, Mariah nos disse que estava nesses estudos porque, durante anos, arruinara sua vida. Tinha roubado dinheiro de amigos e familiares, acumulou dívidas em cartões de crédito. Era viciada em Adderall, gostava das drogas inebriantes em geral.

– Se tomar o bastante, podem fazer o cabelo cair, os dentes ficarem moles, mas você consegue fazer as coisas.

Impressionada com todas as coisas que ela disse que aquelas pílulas podiam fazer, eu não conseguia parar de perguntar. Ela está pagando as pessoas, e espera que talvez o dinheiro ajude a reconstruir sua vida de um jeito que os pedidos de desculpas não permitiam. Agora percebo que provavelmente estava sendo super-rude, mas na hora eu não conseguia parar de perguntar. Ela disse que se interessou por cristais, óleos, a natureza de tudo – embora essas coisas também pudessem ser caras –, porque havia muito que você precisava saber. Os detalhes complicados e o foco que aquilo demandava davam ao cérebro dela alguma coisa em que se concentrar.

Charlie disse que estava nos estudos porque queria voltar para a escola, mas seus pais não podiam ajudá-lo.

Caminhamos pelos bosques e, à luz do luar, as flores que Charlie prometeu que apareceriam em agosto pareciam pequenos fantasmas. Perguntei aos dois se eles tinham se sentido tentados a contar a alguém o que estava acontecendo aqui.

Quando eu era criança, minha avó dizia que, nas noites de lua cheia, a terra e o céu se tocavam e milagres aconteciam. "Talvez você ouça ou veja alguém amado que já foi, ou escute a voz de Deus." Enquanto caminhávamos, eu tinha a sensação de que minha avó estava dez passos atrás de nós, andando na própria velocidade. Essa sensação me deixou distante.

Charlie ignorou minha pergunta. Em vez de me responder, tentou me distrair, contando outro mito de Lakewood.

– O antigo cemitério, aquele perto do campo de girassóis, é assombrado pelos espíritos de duas irmãs competitivas. Uma irmã escultural, que tenta te beijar e te convencer de que seu amor pode trazê-la de volta, e uma irmã de aparência normal, que conta piadas, mas diz que beijar a irmã é condenar sua alma ao inferno.

— Tive muita vontade de contar à minha irmã — confessou Mariah. — Não nos falávamos havia mais de um ano e, poucas noites atrás, sem nenhum motivo aparente, ela me ligou. Acho que ela queria retomar o contato, sabe? Mas eu sei que, se contasse à minha irmã sobre Lakewood, ela ficaria em silêncio até que, finalmente, em uma voz muito baixa e decepcionada que odeio ouvir, diria que estou chapada de novo.

Charlie a interrompeu:

— Meu avô dizia que Long Lake não foi formado pelas mesmas geleiras que formaram esse vale e que deram ao solo essa composição tão incomum... Foi construído pelos homens, nos anos 1950. Acabou se tornando a fonte de abastecimento de água para a cidade e fez com que os visitantes parassem de perguntar onde ficava o tal lago.

— É difícil mentir pra minha mãe — falei.

— Em uma cidade a cerca de oitenta quilômetros daqui, encontraram o maior esqueleto de mastodonte do mundo — comentou Charlie, como se não tivesse me ouvido.

Quanto mais ele falava, mais eu me irritava. Ele tinha muito menos a perder do que nós. Eu duvidava que ele fosse mesmo para a escola se juntasse dinheiro o bastante este ano. Ele provavelmente se safaria disso com alguma outra desculpa para nunca deixar este lugar. Naquele momento, eu não gostava nem um pouco dele. Eu me virei e comecei a andar no sentido contrário, sem me despedir.

Fui até a árvore em que achava que a foto da minha avó tinha sido tirada. Grama longa, flores pequenas. A grande árvore projetava uma sombra, a grama se movia com o vento e a minha mente se convenceu, por um breve e lindo momento, de que ela estava lá. No instante seguinte, quando a árvore voltou a ser somente o que era, uma árvore, e a sombra de suas folhas se projetou pela noite iluminada, fiquei triste como não ficava havia muito tempo. Era como se eu a tivesse perdido novamente. Era justamente para que isso não acontecesse que eu tentava ao máximo não pensar nela. A vida é profundamente injusta, isso é algo que sei desde criança. A maldade da vida não é nada. Passei anos me convencendo de que, embora algo seja injusto, ainda pode valer a pena. Minha mãe está saudável. Sua risada está diferente agora. Não há hesitação nem rancor. Mas este ano tem sido uma provação.

Já não sou religiosa há muito tempo. O deus de que minha avó falava, o deus sobre o qual eu ouvia na igreja, nunca falou comigo. Não quero dizer isso literalmente, como se eu esperasse que ele falasse a minha língua ou aparecesse como um arbusto em chamas e me desse mandamentos. Não há prazer ou conforto para mim na ideia de que um ser onipotente fez um mundo como este. Mas ultimamente tenho desejado que as coisas fossem diferentes. Ter fé significaria realmente acreditar que um dia eu a veria novamente.

Minha avó queria que eu fosse uma boa pessoa. Eu costumava me ressentir quando ela me dizia para ser prestativa e gentil. E respondia perguntando se, caso eu fosse um menino, ela me diria as mesmas coisas, ou me diria para ser corajosa, para sustentar minha família, alguma outra porcaria assim. E ela dizia que ser gentil era ser corajosa. Eu me lembro de revirar os olhos. Parecia uma dessas frases de impacto para mídias sociais. Bom demais, fácil demais para significar algo real.

Quando me senti menos predisposta a chorar, fui até onde Charlie e Mariah estavam. Eles tinham aberto a comida que trouxemos para fazer um lanche. Mirtilos, queijo cheddar, biscoitos, cervejas. Então perguntei:

— Pra vocês, qual é o objetivo desses estudos? O que estão tentando comprovar?

— Provavelmente, um monte de coisas — respondeu Mariah.

— É um estudo sobre a memória — disse Charlie. Ele não olhou para mim, concentrando-se em usar o canivete para cortar o queijo em pedaços gerenciáveis.

— Talvez seja como o que está acontecendo em outros países. O *doping*, os experimentos com soldados e atletas. Talvez os Estados Unidos tenham sido mais cautelosos do que outros países. Só que estão usando zés-ninguéns como a gente, primeiro, para não fazer mal a alguém importante – falei.

Charlie tentou responder com uma brincadeirinha, algo sobre ele ser uma pessoa muito importante, mas eu não ri. Não estávamos em condições suficientemente boas para que eu fingisse que havia mérito em suas tentativas de ser engraçado.

– Eu não li essas notícias. – Ela me fez perguntas, dando tapinhas em seu corpo, e então disse: – Mas eu não me sinto especial. Por que eles escolheriam alguém como eu?

Desejei novamente que essas pessoas fossem absolutamente confiáveis. Demorou dois meses, morando juntas e tendo uma aula juntas, para eu saber que éramos realmente amigas, Tanya. Foi o tempo em que ficamos acordadas a noite toda no primeiro ano, tentando falar somente em espanhol para nos prepararmos para o exame. Você praticamente grunhia ao rir e nunca tentava esconder. Você não se importava se eu tivesse de lembrá-la sobre o gênero de certas palavras. Você só continuava rindo. Eu sabia que éramos amigas na época porque, em público, você se mantém polida. Você sempre se veste bem, pensa antes de falar. Tudo o que você faz com a maioria das pessoas transmite a sensação de que pensa muito bem antes e durante suas palavras e atitudes.

Eu me sentiria tão perdida assim aqui se confiasse nessas pessoas?

E a confiança não leva ao amor? E não era justamente por amar muito minha mãe e minha avó que eu estava em Lakewood?

— Às vezes acho que eles estão apenas nos torturando — disse Mariah.

— Eu também — concordei. — É como se estivessem tentando ver quanto podem tirar de nós, mental, física e emocionalmente, antes de cedermos totalmente.

Eu abri minha lata de cerveja, olhei para a Lua. Talvez a hipótese seja quanto as pessoas põem o dinheiro antes de si mesmas. Contei a eles como tinha ouvido um homem mais velho dizer que achava que vinham realizando estudos aqui desde que era menino. Eu me virei para Charlie. Fiz contato visual e perguntei o mais gentilmente que pude:

— Você acha que isso pode mesmo ser verdade?

— Vamos falar sobre outra coisa — respondeu Charlie. Aquela conversa o deixava desconfortável.

26

Querida Tanya,

Já está bem tarde. Não estou conseguindo dormir. Hoje foi o Dia 66. A Lena que sou na vida falsa encontrou um morcego no armazém de novo. Eu reclamei com o Charlie e disse que, se ele não levasse o assunto a sério, eu reportaria a questão à empresa. O que realmente houve foi que Judy, Mariah e eu chegamos cedo. Tomamos pílulas cujos efeitos colaterais talvez nos deixassem enjoadas e depois teríamos dores terríveis por conta do movimento intestinal excessivo. Dores de cabeça. Náusea.

Eu disse a eles que parecia bem ruim. Sobrancelhas de Einstein tentou fazer uma piada, mas a mensagem era basicamente *fique quieta e faça o que eu mando*. Você acha que as pessoas realmente acreditam que a dor de outra pessoa existe? Você se lembra daquela garota branca na faculdade que disse – e ela estava tão orgulhosa que isso nos deixou furiosas – gostar de ir às cidades depois de um tiroteio com a polícia? Ela não se dava ao trabalho de mentir sobre ser solidária, levar os recursos necessários, ou de esconder o fato de que tudo se tratava do espetáculo, de sentir que fazia parte de algo grande. A garota tinha feito isso duas vezes. Ficara em hotéis, assistira aos protestos, mantivera-se segura e distante. Ela disse repetidamente que estava lá, como se por isso alguém devesse lhe dar algumas rosas e uma porra de tiara. Eu perguntei a ela qual era o sentido de ir lá apenas para assistir. A garota encolheu os ombros, indiferente, e saiu rapidinho depois que as pessoas começaram a fazer outras perguntas mais cruéis.

A maneira como os observadores estavam agindo me lembrou daquela merda de encolhida de ombros dela.

Depois que tomamos uma pílula, Bunda de Panqueca perguntou:

– Ah, merda, eu me esqueci de perguntar. Alguma de vocês está menstruada?

Quando dissemos não, todos os observadores ficaram muito aliviados. Internamente, eu gritei. Eu me vi derrubando todas as xícaras de café, lembrando-lhes de que esta é nossa saúde, nossa vida. Em vez disso, fui às máquinas de venda automática e comprei barras de chocolate para mim, Mariah e Judy.

No almoço, Charlie e eu nos sentamos lá fora, na mesa de piquenique. Quando terminou de comer seu sanduíche, ele me disse que parecia haver algo errado com o meu carro. Eu estava prestes a perguntar o que era, e então fizemos contato visual. Ficou claro que ele queria conversar em particular. Enquanto caminhávamos até o carro, Charlie me contou que havia pontos em branco em sua memória. Mas ele se lembrava de estar em uma sala cheia de plantas cinza. Eles o fizeram comer uma que parecia salsa, só que ardida como pimenta. Isso o fez vomitar. Então ele ficou agitado e empolgado, como se tivesse bebido muito café. No meu carro, ele apontou para os pneus traseiros e disse em voz alta:

— Devo estar enganado. — Ele olhou em volta e continuou: — Acho que... o que estou tentando dizer... eu não sabia que havia toda uma instalação no subsolo. É possível que isso esteja acontecendo há mais tempo do que eu pensava.

Eu ficaria mais feliz se ele tivesse se desculpado por duvidar de mim ou se não parecesse tão satisfeito consigo mesmo. Mas isso me deixou um pouco menos zangada com ele. Eu apertei seu braço.

Então ele me surpreendeu. Charlie apertou meu braço de volta.

— Prometa que não vai falar com ninguém sobre isso. Não prejudicaria só a você, mas a sua mãe e todo mundo nesses estudos. Todos temos boas razões para estar aqui, Lena — pediu ele. Sua voz falhou. Ele soava como um garoto de dezesseis anos.

Eu estava prestes a lembrá-lo de que havia assinado um contrato de confidencialidade, como todo mundo. Que eu tinha ótimas razões para estar ali. Mas notei algo se movendo pelo canto do meu olho. Era Smith, observando a gente da calçada. Ele estava fumando um cigarro. Tirei a mão de Charlie do meu braço e voltei para o escritório.

O resto do dia foi literalmente um caos. Não consegui me concentrar no que Charlie havia me dito porque comecei a sentir efeitos colaterais. Não tinha sentido nada de diferente depois de tomar a pílula, mas às três da tarde – e quero soar engraçada aqui, agir como se não fosse nada – passei por uma emergência envolvendo cocô. Estou comendo biscoitos água e sal e bebendo Pedialyte, porque nada mais vai parar no meu estômago. A Dona Shaunté me mandou uma mensagem para avisar que minha mãe não estava se sentindo bem. Que havia muito tempo que ela não ficava tão mal assim. Comi lentamente outro biscoito e depois liguei.

– Onde ela está, onde ela está – Deziree repetia.

– Ela quem, mãe? Ela quem? – perguntei, esperando que não fosse o que eu já pensava. Meu estômago emitia sons dignos de uma banda de rock pesadíssimo.

– Mamãe – disse Deziree. – Quando ela vai voltar pra casa?

Minha avó me disse para nunca mentir para Deziree quando isso acontecesse. Mentir para ela não era gentil e, de fato, tornaria as coisas piores. Mas eu não queria fazer aquilo. Afastei meu telefone por um segundo. Apertei meu estômago, tentando encontrar as palavras certas, mas não havia nenhuma maneira certa e gentil de dizer aquilo a ela.

— A vovó estava doente, lembra? Ela tinha câncer, e morreu meses atrás. Nós fizemos o funeral. Você fez um discurso bonito. – Eu estava chorando, mas acho que ela não percebeu na minha voz.

Deziree fez silêncio. Eu esperava que talvez aquilo tivesse passado. Mas então ela me disse que todas as abelhas eram alienígenas e por isso estavam desaparecendo agora. Emitiu um som agudo, começou a soluçar e me perguntou novamente onde estava sua mãe. Eu dizia que sentia muito repetidamente. Queria que a vovó voltasse para casa, com os braços cheios de compras, usando as sandálias às quais havia moedas presas. Ela acalmaria Deziree, pegaria o telefone e me mandaria pra casa. Era imaturidade, mas eu gostava de fingir que todos os nossos problemas se resolveriam se ela estivesse viva. Mas ainda haveria as contas médicas, ela ainda estaria se recuperando da cirurgia e da quimioterapia.

Minha mãe desligou. Eu me sentei e esfreguei meu rosto. Liguei várias vezes para ela, mas ela não atendeu. Mandei uma mensagem para ela. Sem resposta. Enviei uma mensagem para a Dona Shaunté. Nada. Em momentos como aquele, eu tinha certeza de que algo verdadeiramente terrível havia acontecido. Que ela estava perambulando pelo bairro tentando encontrar a vovó quando caiu e bateu com a cabeça. Comecei a arrumar minha mala, uma vez que com certeza eu teria de ir para casa, estacionando para aliviar a agonia do meu estômago sempre que possível em cada posto de gasolina, parada ou restaurante 24 horas que eu pudesse encontrar. A viagem provavelmente levaria a maior parte da noite porque eu estava muito doente. Pus uma calça de moletom e bebi mais água. Então a Dona Shaunté me mandou uma mensagem. Deziree havia tido uma convulsão e elas estavam indo para o hospital. Ela voltaria a entrar em contato. Provavelmente, estava tudo bem, mas elas queriam ter certeza. E que eu deveria ficar calma, porque ela estava lá cuidando das coisas. "Lena, eu cuido disso", disse ela, duas vezes.

Tentei me forçar a não me preocupar. Mandei uma mensagem para você com mentiras chatas sobre o trabalho. Percorri um blog de arte que apresentava uma série de fotografias de que normalmente eu gostaria. Um grupo de modelos – pessoas negras de todos os tons, usando *bodies*. Às vezes, eram sobrepostos um ao outro e pareciam elegantes, apesar da estranheza de vários braços e pernas entrelaçados. Passei mal de novo, e de novo. Comprei on-line um novo travesseiro hipoalergênico. A Dona Shaunté me ligou. Minha mãe estava bem. Só tinha sido um pouco pior para todos porque fazia muito tempo desde a última vez em que ela se sentira tão mal.

Deitada no chão do banheiro, escrevendo isso, não consigo parar de pensar que tenho de ficar aqui. *Eu consigo. Eu consigo.*

Mas também fico pensando – e a voz na minha cabeça não soa como eu, mas como minha avó – no que acontecerá se eu não sair saudável daqui.

27

Querida Tanya,

Começou no dia 68 dos experimentos – um dia comum, de acordo com a folha que eles me deram, nada de especial, exceto pelo fato de que meu novo fone de ouvido havia chegado. Nesta manhã, eles anunciaram que começaríamos outra fase do estudo da memória. Estávamos na sala de conferências. Todos recebemos duas pílulas. Quando as segurei contra a luz, ficaram cinza-cintilante. Um nevoeiro preso em uma garrafa.

– Quais são os benefícios disso? – perguntei.

A Dra. Lisa ergueu os olhos da prancheta. Sua expressão era de surpresa.

– Se não estiver à vontade – disse ela –, pode sair. Eu sei que a última vez foi difícil para você.

Todo mundo parou de falar. Eles estavam olhando o rosto dela. Ninguém havia engolido as pílulas. Ela fez uma pausa. Dava para ver que havia percebido que reagira da maneira errada.

— Quais são os benefícios? — Mariah perguntou, os cotovelos na mesa e o rosto apoiado na palma das mãos.

Todo mundo estava de braços cruzados. Fiquei tão grata a ela por me apoiar que quis esticar a mão por debaixo da mesa e apertar o braço dela, encontrar um jeito de agradecer.

— Processamento mental mais rápido, maior clareza de memória, maior compreensão e retenção de leitura, menor risco de desenvolver demência ou doença de Alzheimer durante a velhice — respondeu Smith, mantendo os olhos baixos. Ele falou rapidamente.

Charlie, Tom e Judy pareceram mais tranquilos. Mas Ian, Mariah e eu trocamos um olhar. Era bom demais para ser verdade. Como uma pílula poderia fazer todas essas coisas?

A Dra. Lisa perguntou se havia outras perguntas. Seu rosto estava relaxado, mas sua voz saiu cortada.

Eu tinha tantas, mas, a julgar pelo clima que se instaurara ali, se respirasse da maneira errada, seria expulsa. Agora, olhando para trás, eu queria muito ter continuado a fazer perguntas, ter falado e falado até que se cansassem, mandassem a gente para casa pelo resto do dia ou para sempre.

No dia anterior, dia 68, fui para casa e fiz meu jantar. Fingi que estava cansada, não por uma manhã inteira correndo e uma tarde em que doei sangue, mas pelo falso emprego na Great Lakes Shipping Company. Planilhas, rastreamento de rotas, preocupação com as remessas. Um trabalho em que eu dizia coisas como "Foi uma terça daquelas". Flertava com um motorista de caminhão, o tipo de cara que dava cantadas nada assustadoras e bem rasas. Eu poderia ligar para minha mãe a qualquer momento e contar exatamente o que tinha acontecido durante o meu dia.

Com o que mais as pessoas comuns se preocupavam? Em ter uma casa. Pagar meus empréstimos estudantis. Encontrar alguém de quem eu gostasse o bastante a ponto de vê-lo todos os dias, a ponto de construir uma vida separada daquela com a minha mãe. Então, filhos. Mas ainda não estou pronta para pensar nessas coisas – parecia falso demais e, se eu continuasse, acabaria com todo o encanto.

Então, procurei on-line por cães e gatos disponíveis para adoção. Uma mistura de pit bulls chamada Snake Plissken. Desconfio de todas as pessoas que dizem coisas ruins sobre pit bulls. Todos os cães podem ser maus. Pensei seriamente em adotar um gato caolho chamado Star Wars. As pessoas do abrigo mais próximo são péssimas em dar nomes a animais. Blackie 2, Blackie 4, Colon, Vodka Cat. Depois de me lembrar de que não havia como ser responsável por um gato em meio a tudo isso, decidi imaginar minhas férias.

Deziree e eu em Paris. Ir a um restaurante e comer um prato de legumes coloridos com molho de manteiga. Andar pelo Louvre. Ser bem previsível e chorar ao ver a Mona Lisa pela primeira vez. Ir ao Pompidou. Beber vinho. Ver tantas coisas maravilhosas, estar em algum lugar tão diferente que meu cérebro chega a doer, com quão emocionante a vida pode ser. Olhos marejados de emoção, tentar se comunicar com gestos para transmitir o que você está sentindo naquele momento. O único lugar fora do país que minha mãe e eu, ou qualquer uma de nós duas, já fomos é Windsor. Prometi a mim mesma que, quando isso aqui terminasse, nós iríamos a Paris e veríamos tudo.

Nós tomamos os comprimidos. Eles não tinham gosto de nada. A Dra. Lisa nos deu palavras para memorizar. Eu me preparei para desmaiar de novo, meus braços e pernas não me obedecerem. Eles não nos dispensaram. Os observadores continuaram tomando notas. Alguém fez um barulho, como se estivesse sufocando. Procurei de onde vinham os ruídos. Os olhos de Mariah se reviravam, sangue saía de seu nariz. Era uma convulsão. Corri para o outro lado da mesa. Ajudei a estabilizá-la, deitei-a de lado, com a ajuda de Smith. Charlie ainda estava tossindo. Eu me sentia cansada e fraca, mas fiquei sussurrando para Mariah que ela estava bem, que tudo aquilo passaria.

Todos se limitavam a observar passivamente. Ela continuou sangrando pelo nariz, pela boca. Então, desfaleceu nos meus braços. Eu parei de sussurrar.

Mariah morreu.

Smith continuou tentando ajudá-la, mas eu sabia que ela estava morta. Soltei as mãos dela, corri para fora da sala de conferências. Eu não era mais uma pessoa, mas uma mistura de choque, raiva e medo. Houve um momento em que eu estava aos soluços junto à máquina de venda automática, as embalagens de batatinhas azul-marinho brilhante e vermelho fosco. Entrei no banheiro, tentei vomitar, mas não deu certo. Então o velho estava lá. Ele pegou minhas mãos e me guiou escada acima.

Fomos até o consultório da Dra. Lisa. O velho disse que tinha algo para que eu tomasse, que aquilo me acalmaria. Ele pegou uma caixa. Continha pílulas douradas, como algo que uma bruxa ofereceria a um camponês burro em um conto de fadas. *Se você escolher um, sua vida será cheia de riquezas. Se você escolher outro, sua vida será cheia de riquezas, porque tudo em que você tocar se transformará em ouro.* Os olhos do velho brilhavam de excitação.

— Se você pudesse estar em qualquer lugar agora, onde seria? — ele me perguntou.

— Eu teria sete anos — eu disse —, e estaria andando de bicicleta.

Ele riu como se eu estivesse brincando, mas não estava.

A Rádio Pública Nacional tocava pelos alto-falantes do laptop. Uma mulher com uma voz séria falava sobre como várias nações haviam colaborado para criar uma espécie de superesteroide antes dos próximos Jogos Olímpicos. Houve graves repercussões: sanções contra todas as nações participantes, questões de saúde para os sujeitos. Lesões no fígado, pressão alta, ossos enfraquecidos. Um deles morreu de colapso esquelético enquanto levantava pesos.

— Dá pra acreditar que as pessoas se importam tanto com os Jogos Olímpicos? — perguntou o velho.

– Na verdade, não. Jogos Olímpicos são chatos – respondi.

– Tudo não passa de uma reportagem de fachada. As pessoas querem acreditar que esses estudos envolvem algo simples, que elas entendam, como vencer uma competição. Eles não querem pensar no porquê de um governo querer realizar experimentos com seus cidadãos.

– Eles fazem isso porque podem – eu disse. – Porque você não nos vê como pessoas.

Ele não gostou do que ouviu e me entregou uma pílula e um copo grande de água.

Parecia ter nuvens em volta, como se houvesse sabão nela.

– Tome.

Eu tomei. Depois de engolir a pílula e a água, comecei a tossir. Tossi mais e mais. Meus olhos se fecharam. Quando se abriram, eu estava do lado de fora. O céu e as nuvens se moviam rapidamente, borrados como se estivessem em uma corrida. As de formato cúmulo se transformaram em diamantes envolvidos por todo aquele azul. Parecia um papel de parede art déco. Tudo caleidoscópico: diamantes, cruzes, quadrados. Eu estava chorando, mas não sentia as lágrimas na minha bochecha. O mundo parecia fluido, sagrado. Eu me virei e Smith estava lá, assistindo e escrevendo. As nuvens continuavam atrás dele. Eu o observei se virar e seguir meu olhar, mas ele não reagiu. Eu entendi que, para ele, aquilo era comum. Ele exibia as reações normais de quem assiste a um espetáculo. Se fosse um sonho, ele também o teria visto.

Smith disse que minhas pupilas estavam dilatadas demais para a iluminação do ambiente, e que meus olhos poderiam ser danificados. Ele pegou óculos de sol e os entregou para mim. Não senti o plástico nas minhas mãos. As pontas dos meus dedos estavam dormentes. Era como se o que quer que eu tivesse tomado, de algum modo, fizesse com que meu cérebro não pudesse mais processar sensações táteis. Eu pus os óculos.

Eu pedi a ele que me desse água. Ele assentiu, levantou-se e caminhou cerca de trinta passos até uma pequena cabana. Era como aquela em que me haviam trancado.

Meu coração estava batendo rápido, como se eu tivesse acabado de subir e descer degraus por vinte minutos. Havia uma figura à distância. No começo, como estava parada entre as árvores e eu estava usando óculos escuros, achei que a tinha visto escura por estar envolta por sombras. Mas parecia realmente sem cor nenhuma. E o Sol estava brilhando. Eu pude vê-la se aproximando por entre os galhos, um borrão entre o verde e o vicejante. A escuridão se derramava e se acumulava sobre as raízes, presa entre as árvores, mais perto. Prendi a respiração. Continuou deslizando. Eu podia sentir uma espécie de dor vindo dela: um desejo de estar perto de mim. Toquei a grama, tentei me concentrar nela para me acalmar. Não olhar. Mas não senti a relva. Não havia o calor do Sol no chão. Também deveria ter cheiros:

grama, terra, bosques à distância, meu desodorizante lutando contra o calor. Nada.

Logo antes de vovó morrer, ela me disse que saber sobre seu câncer era como ter um pássaro constantemente pousado em seu ombro. Ele se recusava a ir embora. Às vezes, ele tagarelava. Suas penas estavam sempre roçando na bochecha, as garras afiadas furando sua carne. Ela nunca mais ficara sozinha, porque ele estava sempre com ela.

Eu achava aquilo terrível. Não conseguia imaginar como era saber, o tempo todo, que você estava morrendo. Houve momentos em que eu quis perguntar a ela: *Você tem que acordar a cada manhã e dizer a si mesma que aquela podia ser a última? Como você parou de ter medo? Como seu cérebro lida com o estresse de pensar que cada dia poderia ser o último? Você está com medo de ir dormir?* Teria sido egoísta e imaturo perguntar essas coisas a ela. Eu segurava a sua mão e dizia que a amava toda vez que ela aparecia.

Eu ia morrer quando aquilo me alcançasse. Era a maior certeza de que eu já tivera em toda a minha vida. *Que merda injusta*, pensei, *de olhos fechados*. Eu sabia que em poucos segundos aquela forma me engolfaria. Algo cutucou meu braço.

Eu gritei.

Um baque quando a garrafa de água caiu. Eu abri meus olhos. Smith olhou para mim, tenso e com medo.

— Sou só eu — ele disse.

Eu olhei atrás dele, em direção à floresta. A escuridão já não estava mais lá. Empurrei os óculos de sol e esfreguei os olhos. Pequenas manchas vermelhas flutuavam no canto deles, mas o mundo voltou ao normal.

– Por que você gritou? – ele perguntou.

– Era preto como piche. Uma forma que me queria morta. – Minha voz saiu fraca.

O céu estava começando a distorcer novamente.

Tanya, a única vez em que me senti perto disso foi quando ficamos chapadas naquela festa americana. Nós tínhamos voltado para casa juntas. Eu estava com medo e segurando a parte de trás da blusa com babados que você usava. "Alguém te deu alguma coisa?", você perguntava o tempo todo. Mas eu estava monumentalmente chapada, e chegamos a uma árvore coberta de corvos. A noite era um monstro com muitas cabeças. Suas cinquenta bocas gritavam comigo. Mas o que me assustou foi o mundo ser completamente diferente do que eu conhecia. Tentei te explicar e você disse, com uma voz muito doce: "Logo chegaremos em casa, e eu vou fazer pipoca. Pense em como você se sentirá aconchegada".

– Você está muito excitada – disse Smith.

Se eu estivesse com menos medo, diria que não é assim que as pessoas falam com adultos. É como eles falam com cães e crianças. Ele pegou minha mão e me levou para a cabana. Como eu não conseguia sentir seus dedos, era como se uma força – a gravidade – me puxasse para lá. Eu não conseguia resistir.

A madeira da cabana era fascinante. Eu podia vê-la voltando à vida e se tornando um novo tipo de árvore. Ela se entrelaçava, com folhas claras crescendo em todos os espaços. Dentro da cabana havia um alçapão.

– Meu coração vai explodir – eu disse.

Smith desceu por uma escada e depois me ajudou a fazer o mesmo. Ele estava suando. Ele me disse para me apoiar nas laterais e que o avisasse se eu ficasse tonta. Descemos um lance de escadas esculpidas na terra. O lugar tinha cheiro de manteiga de amendoim e chuva. Ele me puxou para a frente, embora eu quisesse tocar nas paredes, nas escadas. A escuridão me acalmou um pouco, fez com que tudo parecesse mais comum. Uma centopeia percorria a parede, ficando cada vez mais longa conforme eu a observava.

Chegamos a uma porta nova e pesada. Smith teve de digitar um código. Quando a porta se abriu, havíamos retornado às instalações. Percebi que ainda usava os óculos de sol. Tentei tirá-los, mas ele disse que ainda estava muito claro e que eu deveria mantê-los nos olhos.

Eu queria perguntar a ele: "O que você fez comigo?". Contudo, o que saiu foi:

– Por que você faria isso com alguém? – Minha boca disse isso várias vezes.

Eu não quis dizer a droga, mas os experimentos. Mas Smith entendeu como se fosse a droga e respondeu:

– Eu sabia que ela não estava pronta.

– Por que você faz esse trabalho? – perguntei a ele.

Passamos pela sala onde todos haviam assistido ao vídeo, e Smith me levou a uma sala que estava preparada para o trabalho médico. Havia um homem sentado sozinho em uma cadeira, com a boca aberta. Uma gosma azul escorria pelos cantos de seus lábios e nariz. Sua expressão não era de preocupação ou aborrecimento, mas algo como Jesus-Cristo-eu-não-acredito-que-tenho-de-esperar.

Smith puxou as cortinas para que eu não pudesse mais ver o homem. Então ele me ajudou a me sentar em uma cama de consultório. O papel grudou na parte de trás das minhas pernas. O suor escorreu pela minha testa. Smith pegou o celular e começou a mandar mensagens. Cinco mulheres apareceram, todas vestindo jalecos de laboratório. Uma anotou enquanto tirava meus óculos escuros e olhava nos meus olhos. Outra verificou meus reflexos enquanto a colega ouvia meu coração. A mulher que olhou nos meus olhos murmurou algo sobre ser um pouco cedo para realizar algo assim comigo.

Então ela olhou para Smith e eu não sabia dizer se ela queria ver se ele concordava ou se tinha medo da reação dele.

As mulheres foram embora e Smith e eu ficamos sozinhos.

Ele agarrou meus ombros e pousou seu queixo sobre a minha cabeça. Eu podia sentir e contar todos os cabelos que compunham sua barba por fazer. Ele cheirava a café, cigarros e balas de hortelã. As luzes do teto brilhavam na minha visão periférica.

Soa quase romântico, mas não foi. Objetivamente, Smith não é uma pessoa pouco atraente. E eu sentia a ligeira atração que pode surgir quando passamos muito tempo com alguém que está prestando atenção em você. Mas não havia nada de sexual no que ele estava fazendo. Ele estava ouvindo minha respiração, sentindo o calor da minha pele, mas não se tratava de uma conexão ou de sentimentos vindo à tona. Ele estava lembrando a si mesmo: *Esta é uma pessoa. Lena é uma pessoa.* Tornou-se cada vez mais perturbador. Ele tinha de tocar meu cabelo, minha pele, para se lembrar ativamente de que eu era alguém. Ainda assim, ele estava me tocando, e eu não queria que ele me tocasse. Era mais um dos meus limites sendo desrespeitado.

Eu disse a ele que ia vomitar. Minha voz soou estranha novamente – alta, quase estridente. Eu abri meus olhos. Minha avó estava atrás dele. Não como ela era quando eu a conhecia, mas como ela estava na fotografia. Ela me disse que minha vida estava se abrindo. Espetadas em seu braço esquerdo havia – eu não sei o nome médico exato delas –, agulhas usadas para injetar vacinas.

– Oi – eu disse a ela. "Fala pra mim." Não tenho certeza se disse isso em voz alta ou pensei. "Fala pra mim que terei minha vida de volta."

Ela pegou minha mão, mas não sorriu.

"Me manda ir pra casa", pensei ter dito a ela. Minha avó tirou uma agulha do próprio braço e a espetou no meu. "É só uma picada, querida. Olhe para mim. Juntas, podemos superar qualquer coisa."

Estiquei minha mão para pegar a dela, mas só havia ar.

28

E então, Tanya, eu acordei e estava em Long Lake. Do outro lado, havia o prado com a grama alta e a árvore da minha avó. Mas eu estava perto das docas, de onde as pessoas podiam partir para passeios de barco e fazer piqueniques. Fiquei olhando enquanto os observadores jogavam recipientes de metal na água. O ar tinha o odor de uma mistura entre o perfume do algodão-doce e material de limpeza queimando em um fogão. O ar machucou minhas narinas, meus pulmões. Coloquei minhas mãos sobre minha boca e nariz, mas meus dedos fediam àquilo. Os recipientes afundaram na água e eu tive um acesso de tosse tão forte que fez com que eu me curvasse. Havia uma garrafa vazia perto dos meus pés, e eu a peguei quando terminei. Joguei-a na lixeira e tossi novamente.

Voltei para um carro e a Dra. Lisa estava me esperando. A noite estava tão clara. Perguntei-lhe se eu ficaria chapada por toda a eternidade. Ela ligou uma música e deu partida no carro. A música era sobre estar pegando fogo, ou pedir fogo a alguém. Ou talvez fosse sobre ser um fósforo e implorar para ser riscado e morrer. Eu tinha certeza de que a música havia sido escrita para mim. Abri a janela e pus a cabeça para fora. O vento corria para acompanhar o carro. Um inseto se esmagou contra a minha testa. Eu uivava para o céu claro, as estrelas que não davam a mínima para nada. Elas eram apenas luz. A Dra. Lisa riu e me disse para colocar o cinto de segurança.

– Sacred, sagrado, é um anagrama de scared, assustada – eu disse.

– Ficar chapada é tão embaraçoso – disse a médica. – Sinto falta disso.

Não sei quanto tempo se passou, mas, quando percebi – e não tenho certeza se foi antes ou depois de estar no lago –, eu estava usando uma peruca, batom vermelho e um vestido preto. Prestava muita atenção a todas as conversas ao meu redor, enquanto fingia que todo o meu foco estava nos bolinhos de caranguejo que comia. Eu sabia que teria de discutir mais tarde tudo o que ouvia. Limpei minhas mãos em uma toalha de mesa. Eu estava em um encontro com uma mulher branca e ela ficava perguntando se eu estava me divertindo. *Você está sendo tão quieta e educada.* Ela tinha três tranças enroladas na testa, como uma coroa. Eu me perguntava quem ela era. Usávamos pulseiras combinando, finas e douradas, que estalavam juntas quando movíamos nossos pulsos. Perguntei a ela para onde ia na próxima semana, e ela disse que voltaria a cuidar do petróleo. Eu ri um pouco, esperando que ela não percebesse que eu estava totalmente confusa. Havia uma arma na minha bolsa. Uma lista de nomes ao lado, um pouco de batom vermelho e um pequeno borrifador de perfume.

Outra lembrança: eu estava comendo sorvete compulsivamente. Morango. Eu não me importava com o sabor. Eu precisava do frio na minha boca. *Dói*, eu disse. A escuridão da floresta me observava de um canto. Ela se aproximou e ficou ao meu lado. Eu me recusei a reconhecer e enfiei mais sorvete na minha boca. A coisa estremeceu, como se também sentisse o nervoso de ter engolido algo gelado rápido demais. Havia um pedaço congelado de morango na minha boca. Eu o mantive lá até que se hidratasse um pouco. Rechonchudo e meio vivo novamente com meu cuspe.

Dias ou minutos depois, a Dra. Lisa falava comigo. Eu estava em uma esteira, correndo mais rápido do que nunca. Ela parecia quase com inveja.

— Está se sentindo bem? Você tem muita energia.

— Meu cérebro e coração estão mais acelerados do que nunca, e isso é terrível. Mas também estou me sentindo ótima, porque correr é divertido. E acho que deveria ter começado a menstruar há quatro dias, mas isso ainda não aconteceu — respondi com a voz tensa.

A pequena parte de mim que ainda era Lena estava tão desconfortável com a rapidez do meu discurso, de como parecia que eu devia estar passando por algum tipo de episódio maníaco. *É a única possibilidade em que posso pensar. E muitas doenças mentais não começam por volta dos vinte anos?* Então pensei: *Oh, talvez seja por causa das drogas.* O mais próximo que posso chegar de descrever como me senti naquele momento é dizendo que me senti como um champagne extremamente sensível. Adorei a sensação de estar exposta ao ar, borbulhando sobre a borda da minha garrafa. Eu estava fazendo o que eu deveria fazer, e tinha certeza de que, em breve, estaria esgotada, e tudo bem. Tudo morre.

Eu estava sentada em uma sala e um homem deu um soco em meu olho. Ele dizia algo como *fale, fale e tudo isso vai acabar.* Eu não fazia ideia do que ele estava falando. O interior da minha boca estava inchado. Lembro-me de dizer: *Não me importo se você fizer isso comigo.* Ele parou, balançou a cabeça. Eu me joguei nele. *Bata em mim*, eu disse. *Bata em mim. Eu não me importo. Faça.* Ele era muito maior que eu. Eu dei um tapa nele e gritei. Eu poderia dizer que estava o assustando. *Vai*, eu disse. Minha voz repentinamente calma, calma como se eu estivesse respondendo a uma pergunta na sala de aula.

Ontem à noite, ou uma semana atrás, eu estava sentada em uma sala cheia de animais. Todos falavam com vozes humanas, sobre fofocas de celebridades. Uma celebridade foi pega traindo com um empregado. Dois dos filhos dela eram dele. Um dos animais era Pé Grande. Seus dentes estavam amarelos. Havia folhas presas em seu rosto. *Você parece muito mais autêntico*, eu disse a ele. Havia guaxinins diferentes. Um morcego. Gostaria de saber se eles eram todos os robôs que eu tinha visto antes. Meu nariz estava sangrando e manchou minha camisa. *Você precisa se cuidar*, um dos guaxinins me disse. Eu ri. O sangue escorreu pelo meu nariz e queixo, mas fiquei e os ouvi conversando.

Então hoje eu acordei na minha cama. Olhei para o meu telefone e fiquei surpresa em ver em que dia estava. Era sábado, cinco de setembro. Perdi duas semanas em agosto e no início deste mês. E já eram seis da tarde. Fui ao banheiro e tirei minha roupa para tomar um banho. Havia uma cicatriz perto do meu peito, bem próxima de onde fica o coração. Respirei. Pensei em como eu estava vendo, respirando, ouvindo. Verifiquei meu batimento cardíaco. Eu me senti eu mesma novamente. Havia um pequeno curativo embaixo do meu olho.

Tomei banho e me vesti. Escrevi o começo disso aqui para nós duas. Conforme escrevia, tentei ao máximo possível não sentir nada. Eu precisava ser objetiva. Eu precisava ser o mais clara possível.

Primeiro, fui à emergência mais próxima. Eu queria que um médico olhasse minha cicatriz. Talvez pudessem me dizer o que tinha acontecido.

O pronto-socorro estava lotado. Havia uma criança com um pano pressionado contra a cabeça. Ela ficava tentando tirar o pano e tocar o que havia embaixo. Um homem estava deitado no chão, enquanto dois outros homens tentavam convencê-lo. *Eu consigo ouvir tudo*, ele disse. "*Eu consigo ouvir seu sangue se movendo em suas veias. Eu consigo, eu consigo.* Uma mulher cuja pele era tão amarela que parecia formar um conjunto com seus cabelos loiros. Várias pessoas dizendo que podiam ver um lodo preto as seguindo. Estava escorrendo por baixo da porta. Estava brilhando nas paredes. *Não está vendo?* Parecia exatamente o que eu tinha visto, e olhei em volta, mas tudo o que vi foram paredes brancas, pessoas assustadas e televisões baratas nos cantos.

Acho que machuquei feio meu olho. Uma adolescente disse: "Estou vendo uns diamantes em neon". Ela tinha um cachecol estampado amarrado sobre os olhos. A mãe dela segurava sua mão.

Alguns adolescentes tinham um odor familiar. Doce, como algodão-doce, fogo e, talvez, vitaminas. Um deles tinha um corte longo na palma da mão. Seu sangue parecia mais azul do que vermelho. Um homem com uma unha saindo do pé. Ele dizia: "Não dói. Eu poderia viver assim para sempre. Vamos tomar um milk-shake".

Apesar do frio, eu estava suando. Uma mãe entrou com um bebê no colo, a pele dele de um vermelho brilhante. O bebê chorava desesperadamente.

Na tevê, o noticiário trouxe uma reportagem especial. O âncora disse que não deveríamos beber a água em Lakewood e nas áreas circundantes. Ele listou as cidades próximas. Havia contaminação generalizada, e não consumir a água, naquele momento, ajudaria. Nenhuma das pessoas que esperavam pareceu notar. Uma enfermeira saiu e colou um saco de lixo sobre o bebedouro. No posto de coleta, ela disponibilizou uma fila de garrafas de água. "A espera é de três horas para qualquer coisa que não seja fatal", alguém gritou.

Saí e dirigi por duas horas para casa. Quando abri a porta, minha mãe gritou. Ela deixou cair o copo de água que segurava e correu para mim.

– Você está bem? – ela me perguntou. – O que aconteceu? Eu fiz algo que te aborreceu? Não tenho notícias suas há dias!

Ela disse que ligou para o meu escritório para saber se eu estava bem, e eles disseram que eu ainda não tinha chegado.

Deziree agarrava minhas mãos.

– Conta pra mim o que houve. Sei que tem algo de errado, me diga o que é.

Eu respirei fundo. E então contei tudo a ela. Como a carta chegou pelo correio me convidando para fazer parte do Projeto Lakewood. E não, eu não a tinha mais. Rasguei e joguei fora depois de assinar o acordo de confidencialidade. Os testes durante a orientação, o que eu conseguia me lembrar de Lakewood, minha certeza de que não se tratava de pesquisas sobre algum tipo de avanço na medicina, mas formas de tortura e controle. Minha impressão era de que eu havia falado por horas. Minha voz estava ficando rouca por ter falado sem interrupção por tanto tempo.

Deziree não soltou minhas mãos. Ela parecia pensativa, seus olhos estavam nos meus. Fiquei esperando pelo momento em que veria que ela não acreditava em mim, em que começaria a pensar que eu estava com algum transtorno mental, que falava de algo impossível.

Ela me disse para fazer uma pausa. Então foi até a cozinha e voltou com um copo de água.

— Beba isso.

Enquanto eu bebia e tentava me acalmar, ela foi até o quarto da minha avó e voltou com um pedaço de papel. Estava muito desbotado e fora dobrado várias vezes.

— Cara Deziree — ela começou a ler —, você está convidada a participar de uma pesquisa sobre memória e percepção. O Mineral Hills Project foi desenvolvido para ajudar as gerações futuras a entenderem o que há de mais misterioso neste planeta: a mente humana. — Ela parou, olhou para mim e falou: — Há três anos da minha vida de que não me lembro. O ano em que engravidei de você e os dois anos anteriores ao meu "acidente". Sua avó e eu estávamos brigadas naqueles anos, então mal conversávamos. Ela pensou que eu estava drogada. E eu pensei que ela tinha vergonha de mim. — Ela apontou para o pedaço de papel. — Eu estava lá. Não tenho nenhuma prova. Mas eu sei que estava lá.

Eu acreditei nela.

Quando eu era jovem, minha avó me levou até Mackinac. Na primeira vez em que vi o Estreito, onde o Lago Michigan e o Lago Huron se juntam, a água estava muito azul. Eu sabia que não era o oceano, mas mesmo assim perguntei a ela se era. Fiquei impressionada com a beleza daquilo. As pessoas falam sobre como as grandes extensões de água podem fazer com que você se sinta insignificante. Mas ali havia algo que me fez sentir maior. Talvez fosse a mistura entre a alegria por amar algo tão imediatamente e o medo de saber que amava algo que nunca deveria tocar – eu não sabia nadar. Eu morreria rapidamente se algum dia entrasse nos lagos. Não sei. Mas vendo aquele pedaço de papel, sentindo que ali estava a explicação de por que ninguém conseguia descobrir o que havia acontecido com minha mãe, senti esse mesmo misto de alegria e medo.

29

Querida Tanya,

Deziree e eu passamos o resto da noite conversando. Lembrei a ela de que era assim que eu estava pagando os cuidados com a saúde dela. Comecei a me oferecer para continuar na pesquisa, para mantê-la bem, mas ela ergueu a mão.

– Se eu soubesse que era isso que você estava fazendo... Lena, essa é a minha vida. Você só deve tomar decisões por mim se eu estiver doente a ponto de não conseguir fazer isso eu mesma. Você precisa falar comigo. Pensei que já soubesse disso.

Eu prometi que nunca mais faria isso, mas no fundo eu sabia que faria qualquer coisa para cuidar dela. Em meio a tudo isso, é sobrepujante perceber quanto você ama alguém, quanto de si mesmo você destruiria por causa disso. Fui à cozinha em busca de algo alcóolico para beber, mas tive de me contentar com uma kombucha.

Falamos sobre o acordo de confidencialidade. Minha mãe disse que deveríamos falar com um advogado, não confiar em pesquisas na internet. Incluímos isso na nossa lista de afazeres. Falamos em deixar o país. Isso faria com que nos sentíssemos mais seguras se descobríssemos um jeito de falar sobre aquilo? Eu contei a ela sobre a repórter, embora provavelmente fosse inútil, porque eu não poderia oferecer declarações em caráter oficial. Era um labirinto de possibilidades, e nós falamos sobre todas elas. Por volta da uma da manhã, decidimos ir até Lakewood no dia seguinte para pegar as caixas de sapatos da minha avó, que eu tinha deixado no meu apartamento. Decidimos que, se nos sentíssemos ameaçadas, simplesmente sairíamos de lá e, na manhã seguinte, pensaríamos novamente.

Havia coisas que eu queria perguntar a ela. Ela tinha alguma ideia de quem era o meu pai? Seria possível que, de alguma maneira toda a minha existência fosse atribuída a um desses estudos? E se sim, por quê? Mas ela disse que não se lembrava de todo o ano em que ficou grávida de mim. Pensei em todos os detalhes e pistas do meu pai que tentei juntar ao longo dos anos. Ela tinha dito que meu pai era mais alto que ela, mas não seria considerado alto. Uma vez, quando eu estava rindo, ela disse, *você soa mais como ele do que eu*. E então havia todas as coisas que presumi sobre ele: como eu era boa em matemática e ela não era; a diferença entre o nosso cabelo, meus ouvidos, meu dedo feio; eu gosto de coentro e de ficar sozinha, porque não me deixa triste estar no meu quarto, sem falar com ninguém por horas. Eu tinha construído uma imagem pouco a pouco, mas agora isso acabava com tudo. Acho que nunca mais vou querer pensar em quem é meu pai.

O Sol nasceu enquanto passávamos pelos arredores de Lakewood, minha mãe cochilando no banco do passageiro. Laranja, roxo, rosa refletido em todas as janelas. O céu estava bonito. Uma senhora usava uma máscara de gás para aparar suas sebes. Famílias botavam bagagens e pertences nos carros como se um aviso de despejo se encerrasse ao meio-dia. Os ventos do pânico sopravam cada vez mais fortes, empurrando as crianças e agarrando pelos cabelos todas as pessoas que tentavam deixar Lakewood.

Havia lixo na calçada. A maioria das lojas do centro estava fechada. Fomos à loja de rosquinhas. Todos os velhos ainda estavam lá, comendo rosquinhas e tomando café. Cada um lia um jornal diferente. Na primeira página de alguns, havia manchetes que diziam *Emergência sanitária em cidadezinha*. Em outro, estava escrito *Os hospitais da área pedem desculpas pela participação em estudos baseados em pesquisa*.

Compramos alguns jornais com a atendente.

– Oi de novo – ela me disse, entregando-me uma rosquinha de chocolate com glacê branco.

Em uma mesa, minha mãe e eu abrimos os jornais. Havia uma história sobre um sistema hospitalar em Michigan se desculpando por sua participação em pesquisas com afro-americanos no final dos anos 1960, início dos anos 1970. Em um artigo, havia uma carta publicada ao lado do relatório oficial.

Minha mãe e meu pai estavam entre as pessoas mais desconfiadas da Terra. Quando minha mãe me via sorrir ou olhar para um garoto pelo que achava ser tempo demais, ela me dava um beliscão e dizia: "Este é um lembrete de toda a dor que qualquer homem te causará, especialmente tão cedo na vida". Ela me dizia isso desde os meus seis anos.

Nós morávamos em Flint e eles me alertavam sobre duas cidades às quais eu nunca deveria ir: Lakewood e Otter Pond. Minha tia e meu tio eram agricultores e moravam perto de Lakewood. Tínhamos ouvido rumores. Eles viam picapes com garotos negros seguindo rumo à cidade. Também os viam pela cidade. Recém-chegados do Sul, achavam que estavam em outro planeta porque os brancos os tratavam com um mínimo de educação. Meus pais disseram que eles estavam estudando a morte. *Eles matavam aqueles meninos, infectando-os com diferentes doenças, vendo se nós, os negros, morríamos mais devagar ou mais rápido que os brancos.*

Ouvi histórias como essa durante toda a minha vida. Eu não tinha permissão para visitar a casa de um amigo que morava muito perto de um hospital à noite. Meus pais diziam que as pessoas dos hospitais sequestravam crianças negras para usar em seus experimentos. A maioria delas nunca mais voltava, e as que voltavam não eram as mesmas. Aquelas crianças eram assombradas pelo que havia acontecido a elas. Não conseguiam dormir bem. Acabavam morrendo jovens, desaparecendo novamente ou levadas embora.

Algumas pessoas diziam que Lakewood não envolvia estudos sobre a morte, mas de um novo tipo de escravo. Eram testes relacionados à obediência. Os homens que eram levados para lá recebiam drogas que faziam com que se sentissem em uma terra de contos de fadas. Alguns eram mantidos em isolamento, ou eram feridos de diferentes formas. Eletricidade nos pés. Água na cabeça. Eu tinha dezessete anos e queria me sentir autêntica. Pensar que era importante como os adultos ao meu redor. Alguns dos meus amigos já estavam se casando.

Então, em um fim de semana, fui a Lakewood com meus amigos. Nós estávamos na cidade por provavelmente apenas dois minutos quando um homem branco e idoso veio até nós. Dava para sentir encrenca exalando pelos poros dele. Pensei que ele ia chamar a polícia para nos prender. Mas, em vez disso, ele sorriu e perguntou se queríamos ganhar algum dinheiro.

Eu respondi que sim, claro.

Então, ele nos orientou a irmos até o hospital e dizermos que estávamos lá para a pesquisa da vacina.

Fomos até lá. Eles nos enviaram para o último andar subterrâneo. Passamos pelo necrotério e sentimos o cheiro dos mortos e dos produtos químicos que usavam para impedir sua decomposição. Chegamos a uma pequena sala, em que nos revezamos para entrar e sair.

Um médico aplicou duas injeções no meu braço. Fiquei surpresa por não ter sido no meu estômago, na minha coxa ou bunda. Contudo, se fosse em algum desses lugares, eu provavelmente não teria deixado. Eles me deram dez dólares. Tive de informar a eles meu nome, meu número de previdência social e assinar um compromisso de que voltaria, no próximo mês, para outra injeção. Eu ganharia mais quinze dólares por essa.

Nunca imaginei que, ao envelhecer, eu me sentiria ridícula ao pensar sobre quanto as coisas costumavam custar. Não me orgulho de ter vivido em uma época em que o café custava menos do que vinte centavos. Talvez eu me sentisse melhor a respeito se o café ao menos fosse bom.

Um de meus amigos disse que eles estavam testando vacinas, tentando encontrar uma maneira de imunizar as pessoas contra doenças sexualmente transmissíveis, catapora, câncer. Em minha família, todos tinham câncer. Alguns ainda jovens, outros mais velhos, mas todos tinham aquilo. Eu me sentia bem em pensar que talvez essa vacina fosse transmitida aos meus filhos e aos filhos dos meus filhos. Uma maneira de evitar a morte prematura.

Participei daquilo por seis meses. Eu nunca disse aos meus pais. Ainda sinto certo orgulho por ter ganhado tanto dinheiro e eles nunca terem descoberto. Há uma parte de mim que sempre terá dezoito anos, eu acho, e um pouco de medo da minha mãe.

Meu braço doía muito após cada visita. Meus amigos e eu ríamos e dizíamos que era o preço de viver até os cem anos. Planejávamos ficar velhinhos e conversar em cadeiras de balanço, jogando cartas.

Mas se eles me deram a vacina, não funcionou. Não estou mais surpresa. Como eles poderiam manter em segredo a cura do câncer por mais de quarenta anos? Como duas de minhas tias e meu avô, morrerei antes dos setenta anos.

Eu me acostumei à ideia de que aquelas injeções funcionariam como aquelas medalhinhas dos santos que as mulheres católicas usam. Fumei cigarros, bebi, evitei ir ao médico, inalei produtos químicos, comi mal, ignorei a dor que crescia no meu estômago. Uma parte de mim pensava: *Está tudo bem. Eu sou imune.*

■ ■ ■

Tanya, eu tinha certeza de que minha avó havia escrito aquilo. A carta era digitalizada, embaçada, difícil de ler, às vezes, no fino papel de jornal. Minha mãe disse que eu estava vendo o que queria ver. *Sua avó não fazia o T assim. Além disso, a letra dela era inclinada para a direita, e ela também preferia cursiva.* Mas pensei em tudo o que ela me pedira para enviar depois do funeral. As cartas nas caixas de sapatos.

No fim de sua vida, vovó estava calma. Sem arrependimentos. Era bem a cara dela deixar tudo amarradinho, encontrar uma maneira de melhorar um pouco as coisas sem prejudicar nenhuma de nós. Talvez por isso que o homem mais velho das pesquisas gostasse tanto de me perguntar sobre ela. Não seria extraordinário poder observar a pesquisa em três gerações? As amostras que eles tiraram do meu sangue, da urina, da pele. Haveria em mim efeitos duradouros que pudessem ser encontrados nos meus genes?

Deziree e eu decidimos ir a algum lugar mais privado para conversar.

— Você já viu o lago? — perguntou-me a garçonete enquanto me trazia um café para viagem.

— Não.

— Se os policiais não estiverem por perto, vale a pena ver.

E, Tanya, valia mesmo.

Nós dirigimos na direção do lago. Passamos pela cabana cuja antena parabólica era decorada com uma imagem de Jesus segurando um copo de vinho em uma mão e um peixe na outra. Embaixo da imagem, havia *Ele é a verdade* escrito na fonte Papyrus. Passou pela minha cabeça que o dono da antena talvez fosse o pastor da igreja de Tom. Eu tinha ido com ele algumas vezes, mas não havia feito nada por mim. Havia uma família no quintal, sem máscaras, parecendo atordoada. Todos vestiam roupões e pijamas. A mãe vomitou no quintal, o resto da família pareceu não notar. Os olhos deles estavam na estrada de terra.

— Essa é uma péssima ideia — disse minha mãe, mas ela não pediu para dar meia volta e desistir daquilo.

Partes do lago estavam cobertas por uma espuma como a de sais de banho. Parecia mágica. Pequenos arco-íris apareciam em alguns dos amontoados brancos. Outras partes eram iridescentes, como gás na calçada. Uma ciclovia perto do lago estava coberta por uma espuma tão alta que, se eu passasse de bicicleta, chegaria ao meu pescoço. Meus olhos lacrimejavam enquanto eu estacionava o carro. A área fedia a cheiro de lago misturado com podridão, doces e gasolina. Fiquei aliviada que a mulher da lanchonete tenha me dito para vir e que minha mãe estivesse ali ao meu lado. Se não fosse por elas, que confirmavam o que eu estava vendo, eu poderia ter pensado que ainda estava drogada.

Saí do carro e caminhei até o ponto mais alto da praia. As pessoas que estavam lá pareciam colher amostras da água, de coisas ao longo da costa ou chamando para um pequeno barco. Elas usavam roupas de proteção, luvas de borracha e máscaras de ventilação. Saindo do carro, minha mãe me entregou um cachecol. Ela já estava com meu suéter sobressalente amarrado no nariz e na boca, e amarrou o cachecol em mim da mesma maneira. Levantou a mão e apontou para os dedos para indicar que deveríamos ficar lá por cinco minutos, no máximo. Eu espiei, tentando ver o que estava acontecendo com o barco. A luz refletia na água. Naquele ângulo, os reflexos da espuma quase cegavam, mas pensei ter visto uma mulher solitária sentada em uma canoa.

A essa altura, meus olhos já estavam ardendo.

Um homem de terno escuro nos notou e se aproximou. Ele recomendou que partíssemos.

– O governo ainda não sabe quão tóxico é – disse ele.

Em poucas horas, iniciariam uma evacuação obrigatória de todos os que viviam ao redor do lago. Estavam apenas aguardando para que pudessem fazer as malas e tomar as providências necessárias.

– O que isso faz? – Apontei para a espuma.

– A exposição causa uma erupção cutânea. Pode induzir sintomas neurológicos – respondeu. – Dois homens estavam aqui mais cedo, tirando fotos, e um deles chegou muito perto. As mãos dele ficaram vermelhas, como se estivessem queimadas. Pode haver danos permanentes nos nervos. Ele parecia quase bitolado. Há uma mulher ali que aparentemente só dorme naquela canoa e agora ela se recusa a voltar para a orla.

Eu sacudi a cabeça. Reagi mais visceralmente à ideia de alguém preferir dormir em uma canoa ao lago poluído bem na minha frente. Talvez se tratasse de limites, ou do contexto. O lago era tão estranho. Meu cérebro não sabia – e ainda não sabe – como esboçar uma grande reação, como entendê-la completamente. Tirei fotos com o meu telefone. Depois, gravei um vídeo rápido. Certifiquei-me de capturar a maneira como a espuma se movia com as pequenas ondas do lago. Fiz uma lenta panorâmica de tudo.

– Como isso aconteceu? – perguntou minha mãe.

— Substâncias químicas — respondeu o homem, como se tais palavras já bastassem para explicar tudo.

Eu me aproximei um pouco mais. O homem não me impediu. As dunas estavam mudando e puxando meus pés. Eu estava prestes a tropeçar, rolar pela praia e cair no lago. Eu parei. Não havia câmeras de notícias por perto. *Isso é real*, eu disse a mim mesma. *Real, real, real*. Bitucas de cigarro, uma embalagem de chiclete brilhante. Algumas gaivotas voavam acima do lago. As pessoas tentavam afugentá-las, para que não pousassem ou fossem atrás de qualquer coisa que quisessem na praia. *Você vai morrer*, elas gritavam, como se os pássaros pudessem entender inglês. *Você vai morrer*.

A mulher ainda se recusava a vir para a praia.

Aquilo provavelmente se parecia com banho de espuma. Talvez fosse gostoso até começar a queimar.

30

Querida Tanya,

Quando chegamos ao meu apartamento, tudo o que eles haviam fornecido – o sofá, a cama, a cômoda do quarto, a mesa da sala de jantar – desaparecera. Minhas roupas foram jogadas no chão do quarto, espalhadas em cima das caixas que não me preocupei em abrir. Livros por toda parte, com cartas para você ainda seladas dentro deles. Eles levaram meus pratos e tigelas. Continuei me concentrando nesse fato enquanto percorria o resto do apartamento. Acho que me permitiu fingir que havia menos em jogo. Era mais fácil agir como se eu tivesse terminado um relacionamento com alguém mesquinho, que levaria coisas que obviamente eram minhas, do que pensar no que isso realmente significava.

– Bem, não era isso que eu esperava – brincou minha mãe. Ela estava segurando a foto emoldurada em que estávamos eu, ela e minha avó.

Era confortante tê-la aqui, ter alguém para confirmar que sim, aquilo estava acontecendo e não, não era normal.

Tentei fazer uma piada, algo idiota sobre a maior tendência de decoração do ano ser o chique-fugindo-do-país. Ela não riu. Em vez disso, olhou em volta, para as paredes, os armários brancos, e disse que estava tendo um grande *déjà-vu*.

Mandei mensagens para Charlie um milhão de vezes. Ele não respondeu. Tentei ligar para ele. Nada, nem mesmo uma secretária eletrônica.

– Talvez ele tenha mudado de telefone – disse minha mãe.

Nenhuma de nós se sentiu convencida pelo que ela disse.

On-line, mais e mais veículos cobriam as confissões dos hospitais quanto à realização de pesquisas com afro-americanos. Houve relatórios concisos. De alguma maneira, as pessoas já haviam postado editoriais sobre como experiências como essas eram um lembrete do racismo histórico nos Estados Unidos. Ver as discussões me deu esperança. As pessoas se importavam! E aquilo tratava de estudos realizados há quase cinquenta anos. As pessoas continuariam investigando e descobririam que não eram apenas hospitais, era o governo. Eles descobririam que não acontecera apenas uma vez, não só no passado, mas vinha acontecendo repetidamente.

Enquanto algumas pessoas comentavam como aquilo era ultrajante, outras já faziam piadas e criavam memes idiotas. Várias contas pipocaram para alegar que tudo não passava de uma farsa. Eram apenas mentiras dos negros. É o que eles fazem. As pessoas perguntaram como poderiam ajudar. Havia uma raiva genuína. Eu sabia que nada seria resolvido em um dia, uma semana ou um mês, mas eu esperaria, eu esperaria.

Assumimos um risco e dirigimos até a Great Lakes Shipping Company. O portão estava aberto, assim como a porta da frente. Não havia carros no estacionamento. No interior, tudo desaparecera – cubículos, máquinas de venda automática, computadores, persianas nas janelas. Nossa conversa ecoava pelo espaço. Segurei a mão da minha mãe quando entramos no armazém. Cheirava como se alguém tivesse recentemente quebrado vários frascos grandes de picles em conserva. Mas ali só havia pardais voando e pulando entre as vigas do teto. Pássaros comuns.

– Isso aconteceu – eu disse.

Subimos para o segundo andar, o terceiro. Tudo estava vazio. A cada passo, esperava que alguém pulasse em cima de mim, ou que eu dobrasse em um corredor e alguém que eu conhecia estivesse segurando uma arma. Mas estava quieto. Limpo.

– Onde mais você esteve? – perguntou minha mãe, quando estávamos no carro.

Eu contei a ela sobre a cabana na floresta, mas, na verdade, eu não sabia se essas eram as florestas atrás da Great Lakes Shipping Company ou as florestas no parque estadual ao norte da cidade. Dirigimos até a casa de Charlie. No quintal havia uma placa de "aluga-se". Bati várias vezes. Chamei o nome dele. Então espiamos pela janela da frente. Não havia nada lá dentro.

Dirigimos até a casa de Tom. Uma família diferente estava morando lá. Uma mulher e um homem que regavam o jardim usando jarros de água. Um garotinho de cabelo vermelho brilhante perseguia um cachorro. Eu queria ir à casa de Mariah, mas nunca tinha estado lá.

– Você ainda acredita em mim? – perguntei à minha mãe. Ela apertou meu ombro.

– Eu sempre vou acreditar em você.

– Você tem de acreditar, né? É minha mãe.

Deziree balançou a cabeça, lembrou-me de que muitos pais não são assim. Algumas pessoas são mais leais à maneira como pensam que as coisas deveriam ser do que às outras pessoas, incluindo sua família. Pensei que talvez ela estivesse falando da vovó, mas não entendi o contexto. Havia tanta coisa entre elas que eu não sabia, não queria saber. Mas talvez Deziree visse as coisas de maneira mais clara do que eu agora.

– Existe algum outro lugar, alguém em quem você possa pensar, que talvez nos dê uma prova? – minha mãe finalmente perguntou.

Eu balancei a cabeça.

Quando voltamos para o meu antigo apartamento, começamos a juntar minhas coisas. Meu telefone estava explodindo com mensagens sobre Lakewood. Você, Kelly, Stacy, pessoas que não falavam comigo desde abril. Eram todas sobre a água. "Você está bem? O que você vai fazer? Como você está se sentindo? Você está assustada?" Enviei a vocês três uma foto do lago. A espuma, as pessoas em trajes de proteção. "Como posso ajudar?", todos vocês perguntaram.

Quando eu frequentava a igreja, o pastor adorava falar sobre como ser bom no mundo de hoje. Ele usava situações genéricas, geralmente banais. Quando você está em um clube noturno. Quando alguém interessante do seu passado te manda um e-mail, mas você tem uma relação estável com outra pessoa. Ele não costumava falar assim, e sempre achei meio condescendente. Era a maneira como um policial diria aquilo. Jogos de azar, sexo, filmes violentos, videogames violentos, oportunidades de violência. Ele falava dessas situações para os pais presentes naquele lugar. "Você vai destruir a sua família se tomar a decisão errada. Seus filhos nunca mais olharão para você da mesma maneira. Você quer ser outro pai ruim neste mundo? Mães, vocês são anjos. Filhos, ouçam suas mães."

Em todos os lugares, eu era ensinada a pensar sobre as coisas da maneira mais simples. A escola me ensinou que qualquer coisa poderia ser resumida e concluída em quatro palavras. Isso = bom. Aquilo = mau. Mas agora penso muito no contexto. Penso no que devo às pessoas da minha vida e no que devo às pessoas que nunca verei, com quem nunca falarei. Posso fazer algo de uma maneira melhor? Se eu violasse meu acordo de confidencialidade, alguém me ouviria?

Faz seis semanas desde que saí de Lakewood. Deziree se recusa a me deixar falar com qualquer repórter. Ela diz que eu já fiz o suficiente. Toda vez que isso acontece, é o mais próximo que chegamos de brigar. Ela diz que se uma de nós tiver de correr riscos, desistir das coisas, ir para a cadeia, será ela. Ela diz que, de algum modo, eu me esqueci – e o jeito como ela fala é tão passivo-agressivo que me deixa de dentes cerrados – de que ela é a mãe. Que ela é a pessoa que toma decisões por si mesma e pela nossa família.

O que sabemos e não dizemos é que os repórteres podem ter mais facilidade em me considerar uma fonte confiável. Ela mexeu uns pauzinhos e conversou com alguns jornalistas. Cada um fez digitalizações de sua carta de convite. Eles lhe disseram que o que ela tem a contar é interessante. Mas ela voltou mal-humorada e derrotada de cada uma dessas reuniões. Não há provas concretas. E Deziree diz que há tantas bandeiras vermelhas que ela duvida que a levem a sério. Seus problemas de saúde, incluindo sua memória não confiável, seu andar manco, sua escolaridade até o Ensino Médio, sua pele escura. Ela acha que a enxergam como alguém tentando lucrar. Ou pior, alguém que leu os jornais e se iludiu pensando que aquela era a resposta para sua doença. Eu frequentei uma boa faculdade e falo com confiança, mas posso contar nos dedos de uma só mão as vezes em que minha mãe me disse para não fazer algo. Por enquanto, obedecê-la é a coisa certa a fazer.

Eu penso muito em todos que estavam nos experimentos, especialmente em Charlie. Onde ele estava? Ele estava bem? Às vezes, tarde da noite, me pergunto se já houve um Charlie. Talvez ele fosse apenas um ator fingindo ser meu amigo, fazendo anotações para relatar a eles. Atualmente, não há provas, na internet, de que já tenha existido um Charlie Graham em Lakewood.

Deziree diz que leva tempo, mas um dia você se acostuma a viver sem ter certeza. Você aceita que nunca terá uma resposta clara. Em vez de ser o centro da sua vida, eventualmente será algo em que você raramente pensa. Estará às margens da sua vida. Eu quero acreditar nela. Eu a observo tomando seu chá, olhando-me com uma expressão amorosa de mãe que faz com que pareça mais com a vovó, e espero que ela esteja certa.

Quero contar à família de Mariah o que aconteceu com ela, e que queria pagar a todos quando morreu, mas nunca soube seu sobrenome.

Outro dia, você me perguntou por que eu ainda não havia me matriculado nas aulas de inverno. Eu disse que talvez me matriculasse e tentei mudar de assunto. Eis a verdadeira resposta. Minha mãe e eu não temos dormido bem. A cada som nos sobressaltamos pensando que podem ser eles vindo para levar uma de nós ou as duas de volta. Vindo – e eu gostaria que isso me parecesse melodramático, que eu fosse capaz de rir – nos matar. A Dona Cassandra quebrou o quadril há algumas semanas, e seu sobrinho veio ficar com ela para ajudá-la. Quando vejo sua sombra à noite, quando sinto o cheiro de seus cigarros, mas não o vejo, todos os meus órgãos parecem congelados, tornando-se uma massa pesada dentro de mim. Meus pés ficam desesperados para correr. O novo apelido da minha mãe para mim é Esquilo. Ela está tentando fazer com que eu volte a me sentir bem.

Há momentos em que não tenho medo. Eu falo com você no telefone, tento pensar no meu futuro. Há momentos em que alguém me pergunta como estou me sentindo e não penso em cada copo de água que bebi em Lakewood, ou na cicatriz em meu peito.

Na segunda-feira, minha mãe conseguiu um novo emprego. Agora ela tem um seguro de saúde. Todas as folhas alaranjadas, vermelhas e amarelas pareciam aplausos enquanto ela assentia e sorria falando com eles ao telefone. Os olhos dela estavam tão grandes. Quando desligou, dava para ver que estava emocionada.

– Consegui o emprego! – gritou ela uma vez, e de novo.

Dançamos como se ela tivesse acabado de ganhar quinhentos dólares no caça-níqueis.

Todos os dias ela me diz que tenho de voltar para a escola. Não apenas porque preciso de educação, mas para sentir que estou me movendo em uma direção diferente. E eu quero. Mas há dias em que não consigo sair de casa. Eu tento, mas não consigo calçar os sapatos. Ou não consigo girar a maçaneta e sair. Eles podem estar em qualquer lugar. Qualquer um poderia ser um deles. Ou à noite, quando estou meio acordada, meio adormecida, sinto mãos na garganta novamente. Eu grito e me debato, e minha mãe tem de vir correndo me dizer que tudo ficará bem. Ela coça meu couro cabeludo, alisa meu cabelo. Eu não estou preparada.

No início de setembro, houve conversas sobre ações judiciais, audiências no congresso, danos, investigações adicionais sobre as pesquisas. Depois, havia a água de Lakewood. Era tão fotografável! E não quero dizer apenas Long Lake. Houve o grande rebanho de gansos do Canadá que morreu ao pousar em sua superfície. Os velhos homens brancos – que eu tinha me acostumado a ver encherem a boca de rosquinhas, as bochechas polvilhadas com açúcar de confeiteiro, a cobertura de chocolate nos dentes – haviam sido transformados em uma combinação de majestosos e acabados em retratos em preto e branco.

Nos principais sites de notícias, Lakewood é só cultivos abandonados e abóboras podres. Uma cidade pequena, com muitas árvores grandes e casas antigas vazias, que parecia inspirar as pessoas na tevê a falar sobre o passado, a classe média. E o que aconteceria com todas aquelas garotinhas brancas que estavam bebendo a água? Suas vidas seriam mais curtas, provavelmente teriam problemas de saúde remanescentes. E havia quanto tempo a água estava à beira disso? Por que o Estado não notou? O que levou a situação ao limite? Olha, olha, olha para todos esses agricultores tristes. É o tipo de desastre que as pessoas adoram ver.

Tanya, você ainda não leu essas cartas porque não quero que pense que sou louca ou mentirosa. Eu não sei. Talvez você diga algo como *pelo menos você foi paga por isso*. Não é justo com você, mas eu ouço todos os argumentos, todas as maneiras de tornar isso muito menor saindo da sua boca.

Fiz cópias de todas essas cartas. Minha mãe e eu nos sentamos com seu pai e redigimos nossos testamentos. Se algo acontecer a nós duas, você receberá as cópias. Espero ser capaz de, pelo menos, tentar dizer algo algum dia. Se eu não tiver feito isso, me desculpe.

Às vezes, eu olho em volta – tomando café na cozinha, em um engarrafamento, segurando um pacote de frango no supermercado – e penso: *Isso é real?* Eu raramente me sinto sozinha; sempre há uma chance de alguém estar observando. Tenho de me conter para avaliar como estou me sentindo em uma escala.

Desde que voltei para casa, tenho ido muito ao museu de arte. Aquele em que minha avó me levava quando eu era criança. É um dos poucos lugares em que me sinto segura agora. Por capricho, eu me inscrevi em um treinamento para docentes. Há câmeras por toda parte. Nas ocasiões em que vou, vejo as mesmas pessoas que trabalham lá há anos. Eles me saúdam, perguntam sobre minha mãe, meu dia.

Há uma pintura aqui que faz parte de uma exposição itinerante. Eu não me canso dela. De um lado, é um quarto ao estilo dos anos cinquenta. A sala é clara, seus móveis são cinza, o carpete e as cortinas são verde-grama e há abajures amarelos. Uma pequena imagem em preto e branco é sobreposta à sala. Honestamente, este lado da pintura significa muito pouco para mim. Se eu estivesse na sala de aula ou escrevendo uma resenha, teria de falar sobre pós-modernismo, algo sobre o vazio e as muitas maneiras pelas quais a pintura tenta expressar ausência e distância. Eu já estou cansada de pensar nisso.

Mas o outro lado é pintado em roxos e pretos. Quatro pessoas estão decididamente olhando para você. Elas te forçam a reagir. Duas estão rindo, as outras duas te julgando. Não há nada que você possa fazer para detê-las. Eu deveria odiar, mas ela me suga e eu não consigo evitar. Eu sonho com esse lado da pintura, Tanya. Ele é bem inclinado para a feiura e definitivamente existe alguma maldade ali, mas eu o adoro. É a primeira coisa nova de que eu gosto há algum tempo. Recuso-me a aprender algo sobre o pintor. Eu me forço a viver apenas na pintura em si, amar a maneira como ela me faz reagir.

Decidi que vou até lá todos os dias. Beber no mesmo bebedouro em que eu bebia, quando era pequena; as mãos da minha avó me erguendo para que minha boca o alcançasse. Tomar uma xícara de café na cafeteria e observar a água espirrar para cima e cair para os lados no chafariz. Vou admirar as pinceladas, as esculturas brilhando sob a luz bem ambientada como chocolates, as molduras douradas, imagens em preto e branco daqueles que já morreram há muito tempo. Eu vou me lembrar de como as pessoas são capazes de fazer coisas maravilhosas, apesar de tudo que sei.

©2020, Pri Primavera Editorial Ltda.

©2020, Megan Giddings

Equipe editorial: Lourdes Magalhães, Larissa Caldin e Manu Dourado
Tradução: Mabi Costa
Preparação: Larissa Caldin
Revisão: Fernanda Guerriero Antunes e Sirlene Prignolato
Ilustração da capa: Isabelle Mesquita
Montagem da capa: Lhaiza Morena Castro
Projeto gráfico e Diagramação: Primavera Editorial

Dados Internacionais de Catalogação na Publicação (CIP)
Angelica Ilacqua CRB-8/7057

Giddings, Megan
 Projeto Lakewood / Megan Giddings ; tradução de Maria
Beatriz Costa. -- São Paulo : Primavera Editorial, 2020.
 336 p.

ISBN: 978-65-86119-28-2
Título original: Lakewood: a novel

1. Ficção norte-americana I. Título II. Costa, Maria Beatriz

20-3519   CDD 813.6

Índices para catálogo sistemático:

1. Ficção norte-americana

PRIMAVERA
EDITORIAL

Av. Queiroz Filho, 1560 - Torre Gaivota - Sala 109
05319-000 – São Paulo – SP
Telefone: (55 11) 3031-5957
www.primaveraeditorial.com
contato@primaveraeditorial.com

*Todos os direitos reservados e
protegidos pela lei
9.610 de 19/02/1998.
Nenhuma parte desta obra poderá
ser reproduzida ou transmitida
por quaisquer meios, eletrônicos,
mecânicos, fotográficos ou quaisquer
outros, sem autorização prévia,
por escrito, da editora.*

Projeto Lakewood
foi impresso pela Bartira Gráfica
para Primavera Editorial em outubro de 2020
Fontes: Garamond; White on Black
Papel: Polen Soft 80gr